圖書館內亂

有川 浩
Hiro Arikawa

Illustration
徒花スクモ
Sukumo Adabana

目錄

導讀 006

一、雙親擾亂作戰 017

二、戀愛的障礙 077

三、美女的微笑 145

四、兄與弟 211

五、圖書館的明日將何去何從 267

後記 346

導讀

大森 望

有川浩旋風席捲出版界！二〇〇四年二月，在輕小說海平面上形成的這個颱風，挾著一股強大力量漸漸增強，在一般文學書單行本的平台上登陸。接著更輕而易舉超越原有的分類及媒體架構的高牆，以壓倒性的姿態睥睨日本文藝娛樂界。

談到撰寫逼真的懸疑冒險小說，當然還有其他名家。至於擅長寫扣人心弦的青春小說、或是喜感十足的逗趣愛情，日本小說界也不乏優秀作家。不過，能將這三項要素以如此高水準呈現在長篇小說的，就屬她一人！尤其是她筆下描寫那些在團體中努力不懈的專業男性們，個個英姿煥發。這類獨特的文風至今無人能仿效。

她從將現代寫實的「怪獸小說」具體化的《鹽之街》、《空之中》、《海之底》（通稱「自衛隊三部曲」）出發，在接下來的《圖書館戰爭》系列作品裡，一舉將創作領域拓展到「軍事愛情鬧劇」的新天地。對於一般讀者，有川浩也以嚴肅的愛情小說或文學小說來證明自身實力。在此，先以各個系列來簡單回顧有川浩的創作歷程。

榮獲二〇〇三年第十屆電擊小說大賞，相當值得紀念的初試啼聲代表作。二〇〇四年由電擊文庫以《鹽之街wish on my precious》的書名出版，更在二〇〇七年加入四篇番外短篇後重新修訂，以《鹽之街》為名出版精裝單行本小說。

故事背景架構在近未來（或可稱為平行世界）的日本。某天，直徑五百公尺的白色隕石狀物體以迅雷不及掩耳之勢墜落在地球上。同一時間，發生了人類變化成鹽柱的詭異現象（一般稱之為「鹽害」），光是日本地區的死亡人數便估計多達八千萬人。文明社會在一瞬間崩潰，劫後餘生的人們逃到農村，過著自給自足的貧乏生活……

小說的前半段淡淡地描寫因鹽害失去家人的女孩和同住的男子生活的情景，然而，故事到了後半段，男子真實身分揭曉後節奏一變，一口氣帶動起有川風格。

重新拜讀後，才了解到本書已幾乎包含所有有川浩作品的特色——科幻背景的設定；比起解開危機的科學之謎更著重在因應面；大團體旗下一群專業男子大顯身手的英雄式小說；不擅言詞、個性笨拙的腳踏實地型主角搭配圓滿周到、伶牙俐齒的配角；讓人看了心焦的超緩慢戀情發展……唯一稍嫌薄弱的逗趣愛情要素，也由收錄於精裝本的幾篇番外短篇（首見於《電擊ｈｐ》誌）精彩補足。堪稱有川浩的原點。

《空之中》

基本上可說是「沒有超人力霸王（註：ウルトラマン）的超人力霸王」，或是將金

子修介導演在電影「卡美拉 大怪獸空中決戰（註：電影「ガメラ 大怪獣空中決戦」，一九九五年）」中所呈現出的意象（摒棄過去怪獸電影制式化的描寫，改以具體懸疑情節敘述的手法）在小說世界裡重現的科幻冒險鉅作。

故事發生在四國海域高度兩萬公尺的高空中。民營超音速噴射機開發小組的測試機和自衛隊軍機相繼在同一片領空發生了神秘的意外，似乎有相當巨大的不明飛行物飄浮在上空。民營事故調查委員會委員——春名高巳造訪自衛隊基地，與失事當時駕駛同一小隊另一架軍機的女飛行員武田光稀一同前往事故領空展開調查。

另一條故事線的主角是住在高知市近郊的高中生——齊木瞬。瞬在海邊撿到了類似水母的不明生物，將其取名為「ＦＡＫＥ」。ＦＡＫＥ擁有任意操縱電波訊號的能力，透過瞬過世的父親留下的手機，以生澀的語言和他交談……這部分就成了「Ｅ．Ｔ」風格的青少年科幻路線。以使用方言的筆法鮮活重現高知當地的氣氛，充滿青春小說的寫實風格。

兩線故事夾雜敘述，在後半段合而為一時展現出一幅雄偉浩大的景象。這部傑作在現代小說中，重新鮮活地感受到兒時首次看到「超人力霸王」瞬間的感動與激情。

《海之底》

主角為海上自衛隊，敵人則是神秘的巨大螯蝦群，人稱「海蠍（Regalis）」。在有川作品中少見地以密室發生的緊湊故事為主軸。

主要的故事舞台為停泊於美軍橫須賀基地的海上自衛隊親潮級潛艦「霧潮」。在接獲命令準備啟航時，卻因不明緣故陷入無法航行的狀態。於是艦長做出決定，要艦上所有人員撤退；然而當艦組人員步出霧潮艦時，目睹的竟然是一群體型大如人類的甲殼類生物捕食基地人員的淒慘畫面……

小說主角是海上自衛隊的一組年輕自衛官，夏木大和與冬原春臣。兩人雖然帶領十三名參加基地教學觀摩活動的兒童逃進了霧潮艦，卻也因此而行動受限。另一方面，地面上則由神奈川縣警官和警政廳參事組成特勤小組，為擬定因應海蠍來犯對策而奔走……是一部描寫現場一群男子拚盡全力奮鬥的災難科幻小說，情節緊湊，一氣呵成。有如以「大搜查線」加「卡美拉2 雷基歐來襲（註：電影「ガメラ2　レギオン襲來」，一九九六年）」為主軸，探索理想的英雄形象。

《クジラの彼》、《ラブコメ今昔》

兩部都是聚焦在自衛隊隊員的戀愛小說集。《クジラの彼》收錄的六篇故事中，「ファイター・パイロットの君」是《空之中》的支線短篇。描寫的是春名高巳和武田光稀的「後續發展」。此外，書中同名短篇以及「有能な彼女」中也出現了《海之底》的人物（冬原春臣與中峰聰子、夏木大和與森生望兩對情侶）。

《ラブコメ今昔》同名短篇，講的是習志野第一空艇團的大隊長，被一名新任公關部軍官無理要求：「讓我採訪你結婚的經過啦！」兩人展開一逃一追的輕鬆喜劇。至於另一篇「青い衝撃」，敘述一名妻子對於隸屬Blue Impulse小組一員的丈夫感到不安，是有川浩對於心理懸疑風格的全新挑戰。

圖書館戰爭系列

《圖書館戰爭》、《圖書館內亂》、

《圖書館危機》、《圖書館革命》、

《別冊圖書館戰爭1》＋《雨林之國》

系列作品總計熱賣一百一十萬冊，成為超級暢銷大作，並已改編成動畫躍上電視螢幕，堪稱有川浩的代表作。

構想起源於日本圖書館協會於一九五四年通過的「圖書館的自由宣言」（一九七九年部分修訂）。一、圖書館有收集資料的自由。二、圖書館有提供資料的自由。三、圖書館必須保守使用者的秘密。四、圖書館得以拒絕所有不當的檢閱。圖書館的自由被侵犯之時，吾輩必團結力守自由。

《圖書館戰爭》系列作品以平行虛構的日本社會為背景。在此，五項「宣言」不單單只是理念，而是賦予武力行使正當性的基本法，架構出一部圖書館動作推理（也包含愛情喜劇）鉅作。

故事從正化三十一年的日本揭開序幕。昭和最後一年，為取締擾亂公共秩序、善良風俗而制定了「媒體優質化法」。反對人士對此期待將前述的「宣言」提升為圖書館法，以作為對抗支持審查圖書館一派的核心勢力。三十年過去——總部設在法務省的優質化委員會，在各都道府縣都配置了合法審查的執行部隊，也就是優質化特務機關。另一方面，圖書館方面也增強防禦力，編制警備隊。

「時至今日，兩組織的抗爭本身已具有超越法規的特性。只要抗爭不侵害公共物品以及個人的生命與財產，司法也不會介入。」在這樣的狀況下，「圖書館也擁有了設置在全國十個區域裡用來訓練圖書防衛員的根據地——圖書基地」。

……在這些說明下，看來像是嚴肅的社會寫實類情節。然而，故事一開始就是新進圖書館員女主角（衝動魯莽型）被魔鬼教官嚴格操練的趣味新兵訓練喜劇。整個系列的基本架構就是兩人讀來令人難為情的戀情發展，以及周遭極具吸引力的人物們所交織出的青春喜劇（同時可見圖書隊與優質化特務機關的對峙）。

本篇在《圖書館戰爭》、《圖書館內亂》、《圖書館危機》及《圖書館革命》四冊告一段落。之後由番外短篇系列接棒發展，目前描寫笠原與堂上甜蜜關係的《別冊圖書館戰爭1》已經出版。二〇〇八年的春天播放的動畫「圖書館戰爭」則是以《圖書館戰爭》為原作。至於漫畫版，已有弓黃色的《圖書館戰爭ＬＯＶＥ＆ＷＡＲ》以及《圖書館戰爭ＳＰＩＴＦＩＲＥ！》兩冊單行本出版（註：以上為日本出書時間）。

此外，《雨林之國》（註：原書名為《レインツリーの國》，新潮社出版）則是將《圖書館內亂》裡出現的虛構小說實際出版的支線長篇故事之單行本，是有川浩作品中唯一一本系列作品純戀愛長篇小說。

《阪急電車》

以關西大型民營鐵道公司阪急電鐵所擁有的路線中規模最小，全長僅有九．三公里的阪急今津線為舞台，描寫在電車中上演的種種人生風貌。

從寶塚到西宮北口，單程不過十五分鐘，「載著每個人的故事，電車駛在不往任何地方的軌道上」（摘自本文）——就這樣，由偶然搭乘同一列電車的人們交織出的一個個小故事填滿往返旅程。

與在圖書館遇見過的心儀女孩，於列車上再度重逢的二十多歲上班族。在籌備婚禮時遭前男友劈腿，於是穿著白紗闖入男友婚禮的豪氣粉領族。還有帶著伶俐孫女、個性堅強的時江。空有帥氣臉孔卻腦袋空空的暴力男，和遲遲無法分手的女人……

由於搭乘時間短暫，無法鋪陳出太長的情節，每一個場景鮮活切割出人生的一小格，展現有愛、有笑、有淚的人生百態。沒有華麗的打鬥、超帥氣的男主角，也沒有甜蜜的逗趣愛情，這本小說可說將有川浩向來擅長的技巧完全封印，卻更能藉此清楚體認到有川浩的實力所在，同時也獲得輕小說及科幻類作品之外的廣大讀者群支持，更進一步拓展個人創作領域。

以上簡略介紹有川浩至今已出版的著作。進入文壇僅僅四年就躍升為娛樂小說界一線作家的有川浩，其日後的精彩表現將值得矚目！

大森 望

Ohmori Nozomi

一九六一年生。

譯者、評論家。

主要著作有《現代SF1500冊》、《特盛！SF翻譯講座》、《ライトノベル☆めった斬り！》（三村美衣 共同著作）、《文學賞メッタ斬り！》（豊崎由美 共同著作）等。

關於圖書館自由的宣言

一、圖書館有收集資料的自由。
二、圖書館有提供資料的自由。
三、圖書館必須保守使用者的秘密。
四、圖書館得以拒絕所有不當的檢閱。

圖書館的自由被侵犯之時，吾輩必團結力守自由。

一、雙親擾亂作戰

＊

Mission：向父母親隱瞞自己隸屬於戰鬥單位的身分！

在不敢向保守的雙親坦誠自己被分配到戰鬥單位的情況下，笠原郁進入了關東圖書隊並成為一等圖書士。由於體能表現卓越，還被提拔到圖書特殊部隊——一支與「媒體優質化委員會之超越法規的過當審查」相抗衡的最前線部隊。豈料，住在鄉下的雙親竟突然表示要參觀她所任職的圖書館。

萬一被他們發現真相，那肯定是「當場暈倒」外加「強制遣返故鄉」。

面對入隊以來最大的個人危機，笠原郁能否化險為夷？

——就這樣，十一月最後連續假期的最後一天，便成了這關鍵性的「大日子」。

＊

「好……好久不見，我很高興……看到你們這麼……健康。」

看著從茨城老家來到武藏野關東圖書基地拜訪的雙親，郁在單身宿舍的大門前向兩老問候，開口卻是這樣一番話。

「……她那是在幹嘛？」

滿臉訝異的堂上篤二等圖書正咕噥道。他是郁在圖書特殊部隊裡的直屬長官，此刻身旁還站著隸屬於堂上這班的另外兩個人和柴崎。四人不約而同湊在玄關看熱鬧。

「對著爸媽講話吃螺絲。」

與郁同一梯進入圖書特殊部隊的手塚光一等圖書士怔怔應道，不知是在回覆堂上還是單純挖苦郁。這一問一答間的平淡節奏好像戳中了小牧幹久二等圖書正的笑穴，立刻聽得噗嗤一聲——愛笑的他是輔佐堂上的副班長。

「她可是嚇得半死呢，昨晚一直說夢話。」

柴崎麻子一等圖書士冷靜地爆料。她和郁是同寢室的室友，在基地隔鄰的武藏野第一圖書館業務部擔任館員。

「可以在這個季節裡睡到汗濕了衣服還爬起來換，真不知道她到底是作了什麼惡夢？」

不知同儕在一旁胡亂嚼舌根，郁那邊似乎仍在生硬地和父母閒話家常（疑似）。只見她結巴了一會兒，突然轉頭往四人的方向跑來，腳步僵硬得任誰都看得出她的緊張。

「堂上教官！」

她稱堂上為教官，是從訓練時期留下來的習慣。

「怎麼辦？我爸媽想要到宿舍參觀……！請你去跟他們說：外人不可以進到宿舍來！」

「妳白痴呀！」

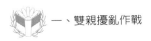

堂上甩開她抓在袖子上的手，神情卻有些驚惶。
「隊上歡迎隊員的親屬來參觀，連專門的住房都有，妳怎麼可以叫我捏造規定騙他們！」
「拜託你嘛！」
「讓他們看看宿舍也沒什麼大不了，妳就帶他們隨便逛逛！」
「我不要，這麼突然我應付不來！」
郁真的急了，幾乎半哭地求了起來。
「不然柴崎妳陪我一起！」
「咦——不要啦，那還要像公關一樣正經八百的。」
「那教官來。」
郁又伸手去扯堂上的衣袖，堂上不客氣地再一次甩開。
「妳想清楚，我是妳的長官耶！萬一不小心被他們問起對妳的評語怎麼辦？我可不會撒謊，只會把妳都記不住圖書館業務，又成天粗手粗腳、一無是處的實話說給他們聽哦。」
「過分，我有差勁到那種地步嗎？」
「冷靜點！我又不是說妳完全沒優點，只是那些優點都不能講給妳爸媽聽啊！」
要因應各種作戰行動，圖書特殊部隊必須面面精通，上從一般性質的圖書館業務，下至大規模的攻防戰，而郁的性向極端偏向戰鬥方面。在戰鬥訓練中，郁的表現經常比男性隊員還要出色。
由於郁的雙親堅決反對女兒擔任戰鬥職務，郁只好一路隱瞞到今天。這可真是不容易。
「要是可以攤開來講，我也能在他們面前誇妳幾句，可是妳願意嗎？」

「絕對不行——！」

「笠原小姐，妳太大聲了，小心他們聽見。」

見小牧從旁忠告，郁轉而向他求助：

「小牧教官……！」

「是無所謂啦，但若問起妳的工作單位，我可不能騙他們。」

小牧的語氣溫和，為人卻正派得一板一眼，甚至到不講情面的程度，讓郁只好死了這條心。她目光向上朝手塚一瞄，沒說話便把眼神移開了。

「……妳幹嘛欲言又止？什麼態度。」

「我不指望你會賣我這個人情啦！」

手塚和郁是同時被圖書特殊部隊網羅的新隊員，卻經常言語相爭，大概跟兩人都好勝心強、不肯服輸有關。

郁的雙親已經滿臉狐疑地在玄關外張望起來了。堂上和他們對上眼，趕緊含糊地陪以笑臉、點頭示意。

「喂，再推託下去不是辦法。柴崎，妳去帶吧。」

什麼——柴崎不滿地叫了起來，郁半帶惱怒地脅迫道：

「我請妳吃大餐，拜託妳就行行好陪我這一次啦，可惡！」

「怎麼樣的大餐？」

「中午去外面館子吃一頓！」

「有附帶飯後甜點嗎？」

「好啦好啦，有啦有啦！」

柴崎的不情願八成只是為了抬高價碼。結果這樣就可以讓妳上鉤啊，堂上暗想，嘆了一口氣。

啊——幸好是找柴崎來作陪。

走在宿舍裡，郁暗暗鬆了一口氣。代價固然高了點，但是柴崎模樣甜美又八面玲瓏，很適合為訪客擔任嚮導。

母親壽子和柴崎一下就聊了開來，甚至比跟郁講話還起勁。聽她們一問一答地談著宿舍裡的各項設備，父親克宏不發一語地走在後面，臉上仍是常見的那一副撲克臉。

見母親聊得開心，郁不由得心想：要是我能像柴崎那樣有多好？個頭嬌小、長得漂亮，從頭到腳都充滿女人味，對粗活不拿手，還懂得說話討好人。看她應付長輩們多麼輕鬆，大概天生就有這樣的本領吧。

——女孩就要像個女孩，做什麼危險的工作！雙親有這種不合時宜的保守觀念也就算了，郁偏偏不是一個柔順的乖女兒，動輒忤逆他們。

本來就有著先天的體能優勢，又常和個性火爆的哥哥們打鬧而受到鍛鍊。個性上也不知是天生就如此，或是兄妹成天打架、鬥嘴的關係，害得郁變成了一個莽撞的女生。

反正女人味這種東西也不是人人合適啦。郁正自暴自棄地想著時，忽然聽到父親問道：

「妳工作做得怎麼樣？」

「嗯，還好，馬馬虎虎。」

她怕講錯不該講的事，所以回答得敷衍。

「剛剛那幾個人裡面，有妳的直屬上司嗎？」

父親指的大概是玄關裡的那幾個人。

「嗯，就是……個子比我矮一點的那個。」

「我想也是。」

咦，為什麼？郁正想問，卻見一個高大的人影從轉角處走出來。

「哇喔？」

差點兒和一行人撞上，三等圖書監玄田龍助嚇得大叫。他是圖書特殊部隊的隊長。

「玄田三監，這兩位是笠原一士的父母。」

柴崎機靈地先發制人，沒讓玄田有開口的空檔，並且緊接著逕自對著兩位長輩說：「這一位是玄田三監，是我們的長官，從入隊起就很照顧我們。」

柴崎想得周到，不像平常那樣稱玄田為隊長，也不讓他自我介紹。

玄田對郁的事情雖有耳聞，卻不會在意禮節這種小事。而且他為人豪邁率直，很有可能多說多錯，一個不小心就現出破綻。

您好、您好，玄田和笠原夫婦互相致意。郁正慶幸這一關應該不會穿幫時，竟聽到玄田問道：

「你們今晚要住在哪裡？」

——不好了！

正當郁和柴崎都傻住了的時候——

「玄田三監！」

堂上一個箭步從後方跳了出來。看來他早就擔心事情的發展，所以一路尾隨而來。

「我有急事找您，借一步說話。」

堂上拽了玄田就要離開，玄田卻一邊說「哎，別那麼急」，然後動也不動。

「要是不嫌棄，我們宿舍裡有空的客房可以使用，兩位請別客氣。只不過房間是男女分開的，若你們能接受……」

郁只覺得兩腿無力，沮喪得想要跪倒在地。

結果笠原夫婦取消了旅館的房間，決定在宿舍過夜。

晚餐就不像住房這麼好解決了。因為突然多了兩名訪客，餐廳伙食當然沒有多煮。兩夫妻決定要到外面去吃，郁怕他們人生地不熟也跟著去。

他們又說想順便逛一逛，三人於是一路步行到車站前。

「這一帶的生活步調好像比較緩慢。」

壽子瀏覽四周，一面說道。武藏野境內有許多道路兩旁都還看得到農地，只要離車站稍微遠一點，景觀就流露出牧歌般的氣氛來了。這時克宏也點頭道：「水戶還比較像是個大城市。」

「水戶好歹是縣政府所在地，怎麼能拿來比嘛。」

只要話題不牽扯到自己身上，郁就覺得心頭輕鬆。要是他們都只聊這種家常事，應付起來就不會那樣吃力了。

「我明天要上班所以不能陪你們，你們自己要認路哦。」

郁正神氣兮兮地講解方向時，後方傳來一聲腳踏車的鈴響。回過頭去，只見一名個頭瘦小的少年下車向她問候：「笠原小姐，午安。」

他是本地中學的學生，名叫木村悠馬，是在基地附屬的武藏野第一圖書館的活動中認識的。

「近來可好？」

仍舊是那副老成持重的口氣。悠馬繼續說了下去：「『情報歷史資料館』的那場攻防戰，我在《週刊新世相》上拜讀過了。你們那邊現在應該很緊張吧？聽說優質化特務機關在東京都會區卯起來檢閱那幾期的雜誌，是不是？」

「是呀，出動的單位好像累壞了但那和我沒有關係所以我也不清楚！」

她答得又急又快，硬是要把悠馬的話給蓋過去——「沒有關係」一詞倒也是實話。只見悠馬露出訝異的表情，並問：「咦？可是……」

背對雙親，郁急忙比出噤聲的手勢。悠馬的「笠原小姐不也——」一語卻已經脫口而出，害她只好撲上去捂住他的嘴，壓低了聲音說道：

「那是我爸媽，別說我在什麼單位啦！」悠馬似乎察覺到了，這才換上一副會意的表情。

「——說得也是，反正跟圖書館員沒有直接關係，是吧！」

也不必這麼欲蓋彌彰吧！小孩子就是小孩子，口齒再伶俐也一樣。

悠馬道了聲「那我告辭了」，再度跨上腳踏車離去。郁也揮手叮囑他路上小心，然後轉回身去，卻見到雙親的面色都有些狐疑。
夫妻倆都說想吃點清淡的，於是走進了車站前的蕎麥麵店。當店員送上熱茶和擦手巾時，壽子開口了：
「小郁，剛才那孩子說的是什麼？什麼攻防戰……」
唉，來了來了。郁不由得皺眉。其實她並沒有參與那場行動。
「噢，那沒什麼啦……」
壽子的表情不悅，大概只是不喜歡女兒任職的基地牽扯到戰鬥。郁思索著該怎麼講才不會讓她太震驚，一方面又不要穿幫，正在煩惱時，父親克宏卻從旁開口了：
「是關東圖書隊在小田原什麼的私立圖書館接收資料，結果和優質化特務機關發生戰鬥，是吧？差不多三個禮拜前的事。」
「哎唷，怎麼搞的……」
壽子的表情果然更加嫌惡。
「新聞怎麼都沒報導？」
「沒人把它當頭條啊，週刊本來就比較大驚小怪。」
「情報歷史資料館」攻防戰——館內原本有系統的收集、保存著有關媒體優質化法的所有資訊及報導，封館後全數移交給關東圖書隊，卻在移交過程中遭到優質化特務機關的阻撓。由於後者試圖扣押資料，雙方於是起了衝突。

優質化特務機關是媒體優質化委員會的代理執行單位，和圖書隊同樣屬於合法武裝組織，衝突規模之大是事前早有預料的，也因此圖書特殊部隊才會一反常態的全體動員。

動員名單獨獨少了郁一個人，不過事情都過去了。

「週刊還寫說有團體在當天綁架了圖書基地司令，逼他銷毀那些資料呢。現在雜誌都在追蹤這條消息，懷疑媒體優質化委員會是幕後主使。」

郁聞言心中一驚，不由自主地縮起肩膀。這件事就跟她有關了，因為陪著司令一起被帶走的人就是她。

匆匆在腦中將主要雜誌的報導搜索一番，隨行隊員的消息應該沒有公開才是。只不過——

「爸，你知道得這麼清楚啊……？」

她探問道。一個發生在外地圖書基地的事件，想不到他老人家竟會去仔細關注。

克宏不置可否的點頭應了一聲，隨即被壽子打斷：

「重點是圖書館竟然會出這種亂子，那到底還安不安全呀……妳不會被捲入什麼危險的事情裡吧？」

呃，出招了——這下子郁只得硬著頭皮扯謊到底：

「我們是圖書館嘛，突擊檢查之類的事當然會有，加上又是基地附設的，被盯上是家常便飯。不過，反正上頭有規定非戰鬥單位不得涉及戰鬥。」

她還是不敢加一句「所以你們就放心吧」之類的話，一方面知道自己不擅長說謊，講出口一定反而令他們起疑；另一方面也算是留個後路，以便在將來辯稱「我只是沒說我屬於戰鬥職務而已」。

「而且館裡有避難室，又都是防彈的。」

「萬一在逃進去之前就被波及怎麼辦……難道不能看人家快要來審查了，就提前休幾天假嗎？」

格外愛操心的壽子固然是出於一份母性的關心，但她總是偏袒自己人，以致於看事情的觀點流於狹隘，這點最讓郁受不了。

「大家都一視同仁！這是工作，不可能只有我一個人去享受什麼特別待遇。剛才的柴崎也一樣，遇上審查時，她也必須配合上級指示的！」

「搞不好人家早有心理準備了。」

媽，我就是討厭妳這樣子！郁在心底尖叫，實際上卻不吭一聲，只是悶著僵在那兒。怕自己一開口就會對母親咆哮。

郁覺得母親分明就是覺得別人家的孩子死不完，不管別人的死活。少拿什麼心理準備作文章！她憑哪一點說柴崎做好了心理準備，而郁就沒有。

從以前就是這樣。每次壽子都用她自己的基準去衡量女兒，令做女兒的郁痛恨到了極點，卻總是因為壽子冠冕堂皇的一句「我是愛妳才擔心妳呀」而無法反抗。

郁不是沒頂嘴過，也曾想發狠順著性子跟她大吵一架算了。在郁的想法裡，那只會是合理的叛逆，可是操煩成性的母親若因此落淚，郁又會自卑沒辦法當父母親心目中理想的女兒，所以始終不敢付諸實行。

每當和母親起爭執，郁就忍不住鑽牛角尖，自暴自棄地想：母親想要的是一個適合穿輕飄飄連身洋裝的女兒，不是像我這樣的。

更糟糕的是，父親克宏總是責怪女兒：「妳為什麼不能體諒妳母親的一番苦心。」大人一再地責備她是多麼不懂事又不領情，「壞孩子」的烙印便深深刻在她的心底，令她愈發退縮、自責。

到東京讀大學之後，她變得只在過年時才回家。大四時，她明知雙親會反對，也堅持要當圖書館防衛員，而且一想到要跟他們解釋就頭大，從此一次也沒回去過。哥哥們偶爾在東京和她碰面，吵嘴雖是免不了（打從以前就一直這個樣子），卻都明白妹妹的心思，因此從未開口逼她「回家去吧」。

所以郁好希望母親能細心點，發現女兒是多麼努力在忍讓。叫母親死了這條心。

「一個女孩子家，萬一『破相』了怎麼辦？」

「我就活該隨隨便便嫁一個只知道以貌取人的男人，是吧？」

這是手塚以前用來反駁她的話，正好派上用場。當時的郁在發牢騷，手塚的口氣又毒又酸，這會兒倒是挺值得感謝的。

「妳這什麼口氣……媽是擔心妳……」

「妳也該適可而止啦。」

知道母親正露出受傷的表情，郁刻意不去看她的臉。

「別再說了。久久才見一次面，我也不想惹你們不高興。」

那一句「妳為什麼不能體諒妳母親」該來了——才剛這麼想，克宏果然就開口了：

「就快吃飯了，別吵了。」

這和他一向勸架的說法大相逕庭，而且任何一方都沒怪罪，聽在郁的耳裡倒是覺得很新鮮。

壽子顯得有些不服氣，但也沒再開口。

他們點的餐點送上來後，一家人才又勉強聊起來：

「你們能待幾天？」

郁耐著性子說著客套話。克宏於是回答：

「大後天早上回去，我順便把年假休掉。」

這麼說，實質攻防總計兩日。

「難得來一趟，你們就四處觀光吧，行李可以放宿舍不要緊。」

堂上雖承諾會在兩位長輩停留期間安排全班改調圖書館業務，但畢竟造成不便，所以時間愈短愈好。雙親若能到基地以外的地方走走，至少他們還可以安插個訓練或便服警備之類的勤務。

「不，這趟就是來看妳上班的狀況。這兩天我們要在圖書館裡好好逛一逛，我也想多了解這方面的設備。」

「可是這陣子我們館內正好不太穩定。喏，上回那場攻防戰的週刊報導，搞得審查又頻繁起來，恐怕到處都亂糟糟的，又有優質化法的聲援團體常來示威之類的。」

「那妳怎麼可以不讓我們了解一下呢？看看你們館方會怎麼應變，我跟妳母親才放得下心來啊。」

誘導失敗。堂上教官，對不起——郁一邊吃麵，一邊在心裡合掌賠罪。

聽說郁來找他，堂上套了一件刷毛外套，來到共同區域的大廳。

現在是晚上八點，而郁陪家人外出是將近七點鐘時，可見她是匆忙趕回來的。堂上一面思索一面走進大廳，很快就在一群悠哉休閒的隊員之中找到那張等得心急的臉。

「對不起，教官。」

「別在意。妳怎麼不多陪陪妳父母？」

離宿舍的門禁還有三個小時。

卻見郁笑得有氣無力，這表情倒是很少見。

「因為我撐不下去了。」

不方便插手別人的家務事，堂上只好點頭虛應，隨口問了一聲：「妳父親呢？」克宏要睡在男生宿舍，事前已說好將由堂上負責帶路。

「啊，他跟我母親去拿行李，馬上就來。然後……」

郁的表情轉為歉疚。

「調班的事，能不能麻煩您通融兩天？他們說明天跟大後天都要來參觀。」

她這副畏畏縮縮又頹喪的模樣，看了就教人不爽。「——別說什麼麻煩通融。」堂上伸手在那個比自己略高的頭上輕拍了一下說：

「妳這種情況大家都能體諒，還跟隊上見外個什麼勁兒？肉麻死了。」

「……我在表現我的顧忌跟歉意，你也不必說成肉麻吧！」

「我是說妳不適合來這套啦。」

「什麼『來這套』——！」

不好，這一劑強心針打過頭了。堂上正感困擾時，看見郁的父親出現在大廳，單手拎著一只小旅行袋。

「啊，妳爸來囉。」

一聽到這句話，郁彷彿硬生生將話吞進肚裡。看來她對父母親真的是又怕又不擅應付，甚至在向堂上介紹父親時，她臉上竟顯出一副宛如天差地別的乖巧表情。

「這位是家父笠原克宏。」

兩人互相欠身致意後，郁接著朝堂上比了比：

「這位是堂上教官。我請教官在你住宿期間多多照料，有不懂的地方就向他請教唷。」

「向他請教唷」——這樣恭敬有禮的態度和陰柔措詞，和她平日野猴子似的潑辣完全兜不在一塊兒，聽在堂上耳裡更是不自然到了極點。這不像她、太不像她了。

「……那麼教官，家父就麻煩您了。」

鞠了個躬，郁便轉身往女子宿舍走去。

「『教官』指的是什麼意思？」

走向訪客寢室的途中，克宏如此問道：

「我以為您只是郁的上司。」

「笠原她——」堂上苦笑，又匆忙改口：「『笠原一士』在受訓期間是由我擔任訓練教官，大概她一直改不了口吧。」

堂上一邊說明，一邊暗自怕他問起郁的工作狀況。想不到克宏的話題，竟朝向了意料之外的方向滑過去。

「小女好像相當信任您。」

什麼？堂上忘了客套，不小心拉高嗓門喊出來，幸好克宏沒有多想。

「她進圖書隊之後寄明信片回家，第一張就寫到您。別人的事也有提，可是有關您的部分最多。」

呃，這個嘛……堂上忍不住想辯駁，覺得這氣氛似乎非得做點什麼解釋不可，卻又明白其實也沒什麼好辯解的。

「她在受訓時被我盯得很緊，我現在身為她的上司，對她既嚴厲又常嘮叨，她可能對我有很多抱怨吧。」

「抱怨是有，說您又兇又可怕。」

克宏說道，下一句又是出人意料：

「不過，看得出您是個值得尊敬的長官。那孩子脾氣很硬，說起話來常常不坦白的。」

堂上不知道該怎麼回應，只好含糊應道「是嗎」。內心則尷尬起來，不曉得郁在明信片上到底是寫了什麼東西。

「我也常勸她要坦率點、身段放低一點，唉──」

「不，請別這麼說。」

下意識地舉起手來擋了擋，堂上此時驚覺這項舉動不太符合禮數，連忙改口道歉：

「請你見諒。那是笠原一士寫給雙親的家書，她本人從沒有對我提過，我也不便從第三者口中探聽。這麼做總是不太公平。」

堂上直到話都說完了之後，才發現自己語氣稍嫌粗魯，看來自己比想像中的要不知所措。

卻聽到克宏也老實道歉：「不好意思，是我自己也起了好奇心，見到您本人就不小心多嘴了。」

這原不是克宏該道歉的事，害得堂上心裡更慌了，忍不住又抓了抓頭。冷靜不下來是自己的心態問題，根本沒什麼好驚慌的——想著想著，他差點要咂舌。

「我一看就知道您是她在明信片裡提到的上司。」

克宏識趣的把話題轉開，不過下一句好像才是重點，堂上不禁提防起來。

「我們來的時候，小女第一個就是向您求救，是吧？」

因為事前有所提防，這一招堂上算是接住了，只是心中七上八下：那傢伙怎麼會信任我？而且這話好像刻意強調某種景仰之情——

不知怎麼的，克宏的臉上竟有一分寂寥般的自嘲。堂上看到他的樣子，不禁想到——

郁在迎接父母親來訪時的舉止，克宏卻用「求救」去形容，顯然是察覺了那份疏離。

也許是見到堂上的表情，克宏於是苦笑道：「雖然她還問我們『你們能待幾天』……」

他這麼轉述時，神情裡還有一絲領悟，知道是女兒用心措詞。

「小女平時是怎樣的人？」

若是問及工作表現，堂上早就準備好了答案，卻沒料到這會兒問的是平常的情形。

當場，堂上思考著是否要虛應一番。個性單純的郁既然不擅和父母相處，那在雙親面前會是多麼繃緊了神經，大概想像得出來。

當然，他知道對方想聽的不會是敷衍之詞。

「……她很有活力，有時甚至過了頭，所以平常都活蹦亂跳的，但也經常讓人操心。做起事情來衝動卻有毅力，只是不曉得怎麼搞的，抗壓性不太好……」

堂上甚至覺得最後那一句應該改成「動不動就掉眼淚」才對。

「不過，她對於克服挫折又很有一套，跌倒了一定會再爬起來，不會一直消沉下去。這點讓人覺得她非常堅忍、積極。」

聽到這裡，克宏小聲笑了出來，然後若有所思地嘆道：「不知道從什麼時候開始，她在我們面前表現得好見外。」

「……我想那也許是真的。」

堂上沒多想，衝口而出：

「恐怕她是想讓兩位見到她乖巧的一面吧。」

哇啊！等等，我在說什麼——堂上急了起來。姑且不論他根本沒資格這樣揣摩下屬的心理，別人家的親子關係原本也就不是他這個外人可以置喙的。

當然，對一個初見面的年輕小伙子吐露自己家中的親子代溝，做父親的顯然有他按捺不住的理由。所以看到郁的父親如此坦言，堂上被打動了。笠原夫婦對愛女雖然過度保護，卻是打從心底關愛，堂上更不忍心見雙方錯失彼此的心意。

說起話來大剌剌、總是天不怕地不怕的郁，在雙親面前卻緊張成那副德性。剛才不僅露出一點也不適合她的脆弱表情，甚至還自嘲似的說自己「撐不下去」，八成是為了沒能在父母面前好好表現而自責。

話說回來，要怎麼把說出口的話給收回來？堂上的經驗還不夠。一介外人如他，總不能叫做長輩的去體諒晚輩。

「……對不起。」

堂上只好為自己的冒失而道歉。客房也剛好到了，他鬆了一口氣。

三個禮拜前發生的「情報歷史資料館」攻防戰、加上同一時間的關東圖書基地司令綁架案，這陣子正被週刊炒得火熱。媒體優質化委員會對此提高警覺，於是加強了週刊的審查。

各出版社紛紛用發行量和配書策略來因應審查，不過扣押數量還是太大，使得坊間長期處於一書難求的狀態。

在媒體優質化特務機關的執行下，檢閱工作表面上只針對已經在市場流通的媒體刊物。實際上，出版品一進入經銷流程，預備審查就有本事掌握到它的內容和鋪貨狀況，讓出版單位很難對抗。

書報攤或便利商店等商家不是專門書店，反而容易逃過檢閱，所以這一類形態的店鋪進貨狀況也相對穩定，只可惜數量有限。至於書店，就要跟審查大隊的腳步比速度了。

絕大多數的消費者跟不上這種物流的速度戰，自然而然湧向圖書館。閱覽人次多了，圖書館於是增加全國性刊物的採購冊數來因應，也就順理成章的成為優質化特務機關的警戒對象。圖書館受到的審查次數變多，優質化法的聲援團體也以圖書館為抗議目標，動輒妨礙人們使用圖書館。

「……偏偏選在這個時候。」

郁頹然伏在暖爐桌上。她把父親克宏丟給堂上之後，和母親壽子一起去洗了澡，剛剛才回到自己的寢室，正覺得全身虛脫。

和壽子面對面獨處，讓郁的神經緊繃到了極點。光是在浴室裡應付她對於圖書館安全性的質問，就消耗掉大半精神，好死不死的又讓她見到身上的傷疤，直追問是怎麼弄的？總不能回答是訓練時弄傷的。

「算啦，妳爸媽又不是故意的。他們很早就說要趁這幾天連續假期來訪，不是嗎？」

柴崎一面打圓場，一面為郁倒茶，算是慰勞她一天的緊張。但郁還是覺得心裡不舒服。

在接下來的兩天裡，她得卸下警備勤務，這樣一調班會欠下好多人情。向雙親隱瞞所屬單位的這回事，明明是郁一個人的自作主張。

「人家都肯讓妳調班，又願意幫妳圓謊了不是嗎？別再過意不去了。這又不是大事，至少其他隊員肯通融，就算穿幫，也不會危害到隊上呀。況且……」

柴崎換了一副口氣：

「妳呀，對行政業務的記憶力簡直是慘不忍睹。那天還在聊，說也該讓妳稍微碰碰圖書館業務，免得把作業流程都忘光光了呢。」

「誰說的？」

「堂上教官。」

哼，我就知道——郁才剛這麼想，卻聽到柴崎接著說：「——還有小牧教官跟手塚。」

「所有人都這麼說！」

「然後我也順便表示支持。」

「你們居然在背後這樣說長道短！」

「有講錯嗎？」

郁無話可說。她毫無行政天分，這是事實。

「話說回來，妳把妳母親丟在那兒好嗎？離熄燈時間還有一會兒唷。」

「唉唷——饒了我吧，我不行了。」

郁伸手攀緊矮桌，說什麼也不想起身。剛才在浴室差一點就要吵起來，她是逃也似的跑回寢室。反正壽子知道女兒的寢室號碼，如果有事自然會登門拜訪。

「哎——妳母親的確不好對付呢。」

「……看得出來？」

「她還滿典型的呀，黏小孩黏得很緊的那種。待人和氣，骨子裡卻很硬呢。」

以柴崎的作風而言，這種評語算溫和了，大概她也不好意思在郁面前批評吧？否則她早就大大方方的罵出「冥頑不靈」了，才不會用「骨子硬」來形容。

「妳會那麼躲著她，我也能體會啦。出自善意的頑固可會壓死人的。」

郁突然覺得有點想哭，終於有人認同她的逃避心態了。

「就是說啊……」

她點頭說道，深怕自己真的哭出來。

「我也知道他們為我擔心，怕我出事。」

「壓死人」一詞實在貼切。與他們相處是一樁苦差事，又令人厭煩，只是她在情感上不願承認。

郁沒辦法接受父母的愛，甚至也不確定是不是自己有錯。

「哇——柴崎～～～～」

郁攀過去摟住柴崎，感覺她的手在頭上輕輕拍了幾下。

「乖哦，妳也很努力啦，這麼多年來都沒被寵壞，還能成長為正義的女泰山。」

「別叫我女泰山。」

「但是妳也要小心哦，在妳當野猴子跟妳母親作對的過程中，妳的脾氣也會愈來愈像她，好比死腦筋這一點。」

柴崎的話歪打正著地挑起了郁的另一種想法——照她這麼說，郁今天會有這種性格，就是因為她總是不聽壽子的話。而兩者必然的關連性令她覺得自己不該被責備，心情便舒坦多了。

*

所幸久違的圖書館業務還能勉強記得，只有小細節不順手，郁心中的大石頭才放了下來。

「雖然只有兩天，難得有調內勤的機會，多做幾次把流程記熟一點。」

聽到堂上經過時這麼說，郁立刻向他敬禮，元氣十足地答了一聲：「是！」得到的回應卻是一句：「妳白痴呀。」

「圖書館員會立正敬禮嗎?妳這樣馬上就穿幫啦。」

「啊，對哦。」

郁急忙把手收回來，見堂上像是還想說些什麼，最後卻只說了聲「小心點」就走掉了。

不能敬禮……不能敬禮，郁握緊雙手反覆唸道。這時，手塚捧著歸架書籍，也從旁邊路過，眉心打結。

「難得隊上配合妳調班，別搞自爆哦？我說妳到底行不行啊。」

「我……我剛剛只是不小心而已。」

「妳體內的小心成分也沒佔多少吧？」

囉嗦死啦，你這個堂上二號！郁暗暗罵道。她知道這位十項全能的男同事非常欽慕他們的班長，幾乎是五體投地。

「對了，妳爸媽好像十一點左右會來。」

「咦，你怎麼知道？」

「早上在宿舍遇見妳爸時，問了一下。」

「哇哦，謝謝！」

知道他們幾時會來查勤，心情上可就大大不同了。

「你這傢伙倒比我想的還夠義氣呢。」

「講得這麼趾高氣昂的，算哪門子道謝啊。」

手塚往書籍區走去，嘴裡還咕噥著「早知道就不幫妳了」。郁便從推車上堆積如山的待歸架書籍裡抱起一大疊，也去幫忙上架。

「笠原小姐，人來囉。」

笠原夫婦出現在閱覽室時，小牧跑來通知。往入口方向看去，只見克宏和壽子邊走邊東張西望。大部分民眾都是直接走向櫃臺或書籍區，沒有人像他們這樣探頭探腦的，所以郁一眼就認出他們來了。他們並非覺得圖書館很稀奇，大概只是因為女兒在這裡工作，才格外多一分好奇。

「那妳多加油囉。」

「咦，小牧教官你要去哪？」

「我去書庫，避免跟妳父母打照面。」

小牧曾明確表示不會幫郁說謊，走避他處也是為她著想。只是這下就少了一個可以讓她問行政流程的對象了。

「謝謝您……」

見她嘴裡道謝，表情卻有些複雜，小牧笑了起來。

「放心，妳今天已經表現得不錯了。」

平時總是口氣溫和卻言詞嚴厲的小牧，此時的話倒是接得巧妙，對個性單純的郁十分有效。

郁的精神一振，高聲答「我會努力的」時，發現右手習慣性的又想往上提，於是趕緊放下，隨即偷偷打量旁邊有沒有別人發現。幸好堂上不在附近。

郁呼了一口氣，馬上就聽見小牧落井下石地諷刺道：「可別一個不小心就立正敬禮哦。」危險危險，不能敬禮。

「笠原，來櫃臺幫忙——」

聽到柴崎的聲音，郁往櫃臺瞥去，發現要借書的民眾已經排成一小段人龍。這種事說起來就是這麼不可思議，空的時候一個人影也沒有，擠的時候活像大家都約好了一起來排隊似的。

郁在沒人坐的終端機前坐下，不久便注意到雙親正在遠處觀望。他們站得很遠，雖不至於妨礙她，不過那兩雙視線實在太明顯。她在心裡暗暗大叫：哇啊，拜託你們走開啦！

這一叫可就不妙了。一旦介意起來，手上的動作都變得不靈活，肩膀也愈來愈緊繃。平常一掃就讀到的條碼機，這會兒怎麼掃就是讀不進去，她只好改用人工輸入，誰知道居然鍵錯了冊數碼，偏偏又快手快腳地按下了確認鍵，等於把另一本書給借出去了。

媽呀，怎麼辦？快想想取消是要怎麼做？郁的動作慢，此刻又手忙腳亂，借閱民眾的臉上終於也顯露出不耐煩。郁不斷道歉，耳邊也不斷聽見終端機發出的錯誤訊息聲。就在這時——

「妳做了什麼？」

相較於一般人的「怎麼了」，會在這種時候問「妳做了什麼」的只有堂上。郁如得救星似的轉過頭去：

「那個……按到確定了，取消。」

聽著她根本不成文法的句子，堂上看著螢幕，在她頭上輕輕拍了一下。

「冷靜點。」

他就說了這麼一句而已。奇怪的是，她的肩膀放鬆了，也想起小牧剛剛才誇過她，說她今天表現不錯。

果然，冷靜下來之後，她的手指頭就自動記起取消借閱的程序了。說起來，她在學習時犯的錯就比別人多一倍，各種作業程序也因此比別人多練習了一倍。

「對不起，讓您久等了。」

總算處理完畢，她將印妥還書日期的借閱單夾進書裡，把書遞出去。借閱者略顯不悅，但也沒說什麼，拿了書就走。

輪到下一位借閱者又恢復到條碼輸入，先前的感應不良此時一掃而空，資料很順利地傳回終端機。看來剛剛似乎是因為緊張，而導致條碼機按得太用力。

又打發完幾個人，郁忽然發現身後的堂上不見人影。他一定是覺得郁沒問題了才走掉的吧。想到這裡，她的自信湧現，雙親雖然還在那邊盯著看，她卻已經不再感到壓力了。

借閱者的人龍清完了，鄰座的柴崎便說道：

「謝謝，可以了。」

終端機作業是郁最不拿手的工作，她巴不得趕快解脫。一見女兒起身離座，壽子立刻趨近。

「哎呀，妳這時看來就像個圖書館的人了。」

平常的我就不像嗎？郁的心中一惱，還是忍著沒說出口。她知道壽子沒有惡意，只是覺得女兒工作時的模樣很稀奇罷了。

「好啦，妳隨便去逛逛啦。」

郁想隨便打發她，卻被她一手拉住。

「郁，媽想看週刊，看哪一本好？」

「啊？什麼看哪一本？」

壽子說起話來總是掐頭去尾，好像別人都該知道她在想什麼事情似的。很少住在家裡的郁，老是覺得自己跟不上她的話題。

「喏，就是妳爸說的……最近那個圖書館事件的。」

原來她想看「情報歷史資料館」攻防戰的後續報導，這下子可不太妙。

「那妳要看《新世相》，那一本最詳細。」

克宏從旁插嘴道。郁的冷汗都快飆出來了。正如克宏所說，《新世相》是批判媒體優質化法的急先鋒，特別喜歡報導近來頻傳的圖書館騷動，但那卻是郁最大的罩門。

《新世相》的採訪群中，有一位女性記者是玄田的舊識，她拍過警衛執勤中的郁，並將照片登在上一期雜誌裡。照片雖小，也刻意做了柔焦處理，但只要是熟人，還是很容易認得出來。

有玄田這個管道，《新世相》對於攻防戰的報導當然特別詳盡，目前的問題就是太詳細了。報導中寫了許多圖書館內部的消息，包括參與攻防戰的成員。

除了郁以外，堂上班的成員都有參與。現在笠原夫婦知道堂上是郁的上司、手塚是她的同僚，事跡敗露的機會很大——

報導中用的應該都是化名，也沒有個人照片，免得影響當事人的人身安全。郁回想檢查過的每一回報導，心中忐忑不已。

她強作鎮定，一面安慰自己，一面將兩人帶往雜誌區。

「啊，就是這個吧？」

壽子一下就找到那一格書架，開始尋找她要的期數，接著抽出的赫然就是刊有警衛照片的那一期。大概是因為封面標題大大寫著圖書館事件云云，一望便知。

幸虧郁的方寸大亂導致全身僵硬，才沒有幹下搶奪雜誌的愚行。可是要怎麼不讓壽子看那本雜誌，腦中一片空白的她卻沒有半點兒主意。

「不，那本沒寫什麼，更後面幾期才詳細。」

克宏又給了意見，並且幫著將系列報導的那幾期抽出來遞給壽子。看他找得那麼快，大概光憑封面就記得是哪幾期，可見已經讀得相當熟了。壽子倒也老實聽從丈夫的意見，接過新刊就爽快地放開那第一本，郁馬上把它混進舊期數裡。

「哎呀，《洋芹俱樂部》好齊全呢。還有《主婦生活》。」

壽子瞥見主婦雜誌便高興起來。

「啊，嗯，這裡有很多，妳就慢慢看吧。」

「好，那我先看完這些。」

壽子抱著兩本過期的《新世相》走向開放閱覽區的沙發，克宏也開始瀏覽起別的雜誌。見兩人都不再來煩，郁才裝作若無其事的走開。

然後她衝出去找堂上。閱覽室找過，接著是工作區，果然看見他和手塚正忙著拆箱子。那是後勤中心寄來的定期包裹，裡面有剛出刊的出版品等等。

「堂上教官！」

聽到一個女性的聲音倉皇失措，堂上跟手塚都差點驚得跳起來。回頭見是郁，堂上皺著眉頭問：

「妳又怎麼了？」郁幾乎是撲上去抓住他：

「我可以外借那一期的《新世相》嗎？」

「笨蛋！」

吼叫的人是手塚，他們大概想都不用想就知道郁在講的是哪一期了。

「妳怎麼沒先借走！」

「我忘了嘛，而且那麼久以前的！我也沒想到他們居然會說要看《新世相》啊。」

只見堂上按著太陽穴做苦思狀，恐怕一時也想不出辦法。

「……雖然是執勤中，行不行？」

嚴格說來，圖書館從業人員不可以為了不讓民眾閱覽而擅自將書籍下架。

「……倒也不是不行。圖書隊員也有閱覽人身分，借書是合法的，書籍出借期間便無法提供其他民眾借閱，這一點也不違法，所以——」

堂上低聲喃喃說完，表情變得有些複雜。他向郁問道：

「妳父母指定要看那一期嗎？」

「不是，他們想看的是別期，現在正在看。」

「那麼，是妳自己想看那一期囉？」

「呃，也不……」

早料到她會老實的回答，堂上跟手塚的眼睛已經瞪得跟銅鈴一樣大了。郁連忙猛點頭：

「——我很想看！想看得要命！不然我晚上都會睡不著！」

「那我就幫妳簽，限妳在午休時辦好借閱登記。還有，如果一般民眾也要借那一本，妳就得讓民眾優先。

「是，謝謝您！」

郁急著要衝出去，堂上厲聲喝住她：

「以後若有私人借閱，一律在執勤時間以外處理！」

名義上，堂上必須做這樣的告誡。郁只好歉疚地聳聳肩，說了聲「對不起」。

午休時間到了，笠原夫婦表示想跟女兒一起吃午餐，郁便將「那一期」的《新世相》和自己的閱覽證交給柴崎，請她代為辦理借閱，再麻煩她下班時一併帶回宿舍。

「去我常去的餐館好不好？」

郁說著，一面往正門玄關走去。從後門出去比較近，可是那兒只限館方人員進出。

玄關的自動門一打開，擴音器傳來的高分貝演說聲立刻粗暴地鑽進他們的耳裡。那是優質化法聲援團體在抗議。三人受不了這樣的噪音，臉都皺成一團。

「這些人做什麼呀？我們來的時候也有遇到。」

壽子捂著耳朵問道。

「算是支持優質化委員會的。自從攻防戰之後，很多週刊批評優質化法，我們讓民眾閱覽那些週刊，這些人就來向圖書館抗議。」

「哎呀，優質化委員會怎麼回事？怎麼跟這些暴力團體似的人扯上關係呀？」

「媽，妳小聲點啦。」

臺上正講得激動，音量又大得可以殺人，抗議群眾應該聽不到。不過壽子講話向來不顧慮旁人觀感，這會兒在噪音中說話更是放膽扯開嗓門。

這間小咖啡館能夠經營下來，也許是因為圖書隊員常常光顧的關係。三人進店時恰好有人離開，他們幸運的佔到位子。店裡的時髦風格迎合年輕女性的喜好，克宏坐在其中似乎有些窘迫，不過這一帶沒幾間像樣的餐廳，郁待會兒還要回去上班，去車站附近再趕回來又太匆忙。

他們點了當日特餐，副餐的飲料先上。三人一面喝著，壽子立刻開了口：

「我剛才看雜誌上寫的，圖書隊挺不平靜呢。剛才玄關那邊又有人鬧事。」

「嗯，剛好這陣子嘛。」

郁拿時機不湊巧來搪塞，但壽子可沒這麼好打發。

「那些人該不會在圖書館裡鬧事吧？」

一瞬間，她猶豫著是否要敷衍了事，但想到壽子大可以去問別人，眼前亂答若是被揭穿，事情更難收拾。

「難免啦，不過警備人員會去擋，鬧事的人也會被抓起來交給警方。」

自己就是那個抓人的警備人員——這點她當然不會講。

「郁呀，我看妳還是把圖書館的工作辭掉吧？」

我就知道！

「妳再講這種話我就走囉，你們兩個自己吃。」

郁說著，當真起身要走。克宏連忙勸慰道：「好了好了，坐下吧。」壽子則是一臉尷尬。

「出社會工作，怎麼能說辭就辭。」

聽了克宏的話，壽子沉著臉沒吭聲，反而是郁感到意外。和昨天相比，父親今天顯然是在給女兒撐腰，想起他在以往的場合中總是護著妻子，今天真不知是哪根筋不對勁。

也許是「出社會」這幾個字吧。郁自己找了理由。克宏生性樸實，在公司裡當然也是個認真勤勉的員工，一向敬業的他，說不定就在這一點上起了同理心。

壽子仍然不高興，氣氛有些僵。克宏便試著轉移話題：

「我一直在想，妳為什麼會想當圖書隊員？」

不知道是不是郁的臉上露出「怎麼現在才這麼問」的訝異表情，克宏加了一句「以前也從沒聽妳提起過」當成理由。

回想起來，郁報考圖書隊的事完全是先斬後奏。當時認定他們會反對，一方面也想避免無謂的爭吵，事後才覺得此舉恐怕已傷害了他們，心裡其實有些懊悔。

她只是不想和父母言語頂撞，並不想傷害他們。

「一方面是我從小就愛看書……」

這是表面的理由。至於真正的理由，她有點不好意思說，但又覺得非說不可，彷彿說出來便可以彌補父母在情感上受到的傷害。

「再來是圖書隊的人曾經幫助過我。我高中時，有一天去我們家附近的書店，恰巧遇上優質化特務機關的檢閱。我看他們打算取締我想買的書，就偷偷藏了一本，結果優質化隊員的人說我是扒手現行犯，威脅要把我交給警察。」

哎呀，好過分，壽子忿忿不平地埋怨道——在為這種事情打抱不平時，她就是個溫柔的母親。

「但妳遇到這種事，怎麼不會回來跟我們講呀？」

然而之後馬上忙著怪罪他人或把話題扯遠，這點卻是美中不足。郁只好推說因為她不想反倒被家裡的人唸，所以沒說出來。

其實郁不敢講出當年自己奮不顧身的抵抗，大膽叫他們儘管把她抓去警察局。

「然後有個圖書隊員救了妳？」

克宏問道。郁在點頭之際只覺得難為情地耳根子發熱。不知怎麼的，她竟有一種在父母面前招供初戀的心情。

「那個人的階級只有三等圖書正，不過三正以上就可以在書店對書籍行使保護圖書的裁量權，所以那個人當場救下了那一批書，也包括我想買的那一本。」

後來她才聽堂上說，不僅自主裁量權不得由隊員單獨行使，因裁量而受保護的書籍也不可以轉讓給他人，那都是違反規定的。

但是，當那個人將書還給郁時，他是這麼說的：

「冒著被當成扒手的污名，守護這本書的人是妳啊。」

那句話決定了她的命運，也擄獲了她的心和未來——誰要笑她一廂情願就笑吧。

她就是沒辦法不去追尋那個背影。

「哎呀，那個人簡直就像王子呢，多麼浪漫、多麼戲劇性呀。」

壽子的感動應該是千真萬確，這幾句感言卻令郁直想趴倒在桌上。

想起自己畫虎不成反類犬的那一次出糗，她在和堂上爭吵中衝口說出「我的王子」，無疑是此生最大的疏忽。可是……

——原來我說話的習慣是從這裡來的！

這下子倒是印證了柴崎昨晚的意見——就某方面看來，郁和母親不是頗為相似嗎？話說回來，從別人口中聽到「王子」一詞，還真教人害臊。郁現在巴不得能拿個橡皮擦去把堂上的記憶給擦掉。

「那妳見到那個王子了嗎？妳不覺得這很像一段羅曼史嗎？」

天啊，居然連羅曼史都出來了！上一代的不怕羞果然比較高竿。

「哪可能！況且我根本不記得那個人的長相，連姓名都沒機會問。」

「哎唷，真沒意思。可是，妳沒想過要去找他嗎？妳喜歡那個人吧？」

主婦的習性就是這樣，三句不離男女情愛，怪不得愛看八點檔跟八卦新聞——不過，拜託妳饒了妳女兒吧！

五年前的匆匆一會，讓我對那個人充滿尊敬、崇拜和心儀，直到今天。

偏偏就是對堂上衝口而出的那一句「王子」，會害我永遠抬不起頭來。不行，以後我講話之前一定要三思——郁暗暗立下一個不太可能做得到的誓言。

「……反正沒有妳想得那麼膚淺。我非常尊敬那個人，也想像他一樣挺身保護書籍。」

話才出口，郁的心中一驚。說「保護」會不會令他們起疑？會不會聯想到防衛員的職務？

「意思就是，所以我想在圖書館工作，就這樣。」

加上這兩句好像更不自然，早知道就不要多嘴了。郁的心情開始七上八下。

「頭一次聽妳說起，但這理由不錯啊。」

沒想到接著卻聽到克宏如是說，郁舒了一口氣。

壽子好事地補充道「要是妳見著那個人，記得跟媽講」時，午餐恰好送了上來，郁便假裝沒聽到，專心拿菜。

雙親兩人在館內待到傍晚才離開，這一天總算平安度過。

＊

第二天，壽子好像已經逛膩了圖書館，一下子看雜誌、一下子去影音資料區看電影，最後走到館外附近散步，似乎不再關注郁的動態了。

郁本來就只覺得壽子特別難應付，如今少了她的注目禮，心情上就輕鬆了大半。

今天的業務量多，郁的午休延後，所以午餐也沒有一塊兒吃。

「我可以幫妳代班呀，妳就陪他們去嘛。」

柴崎雖然這麼說，但郁可不想再聽壽子問起「要不要辭職」之類的無聊事了。

也許是壓力減輕，郁今天的櫃臺作業得心應手。雖然仍不免有小失誤，但她都可以自己彌補。

不知不覺間，在遠處觀望的人換成了父親克宏。郁知道他很小心地不影響自己工作，便沒有分神去留意他。

過了一會兒，她也漸漸忘了雙親人在館內，以致於後來發生的事完全令她措手不及。

「不好意思……」

接近黃昏時，郁正在幫書籍歸架，克宏客氣地喊住她：

「我想查一些今年的時事問題，有相關的資料嗎？」

郁傻住了。如此有禮的態度，加上這種問法，顯然是把郁當成圖書館員——實際上當然是來查勤的。

說是查勤，克宏的要求可不只是要館員幫忙尋找特定書籍而已，而是參考諮詢服務之一——因應閱覽人的需求，介紹適當的參考資料。

這是圖書館員職務中難度極高的工作項目，不只要精通圖書館業務，更需要廣博的知識。閱覽人的需求可能是「我想查閱戰前的法令」，也可能是「鵝媽媽童謠裡的倫敦大橋為什麼垮下來？」可說是無奇不有、刁鑽至極。

郁不是專職負責圖書館業務，在特殊部隊裡又是行政事務能力最差的一個，在這個領域的經驗極端欠缺。

「啊，好，我想想。」

怎麼辦，我從沒碰過這項業務。郁強自按捺心中的驚慌，一面問道：

「你說的時事問題，是什麼樣的？」

這個問句聽起來好像笨蛋的用詞。她在心裡嘖了一聲，換另一種講法：「是哪個領域的呢？」

「沒有特定哪個領域，要通盤性的。」

通盤性？通盤性是什麼？碰上一個很少使用的語詞，害她更慌張。爸，你不要故意用這種艱澀的詞來考我啦——！

郁決定碰碰運氣，那應該是指整體的意思。

「簡單的說，就是今年的重大新聞之類的嗎？」

見克宏點頭，郁總算抓到一點頭緒。

說了聲「請稍等一下」，她快步走向附近的檢索終端機。所有的館藏資料都可以透過它用關鍵字檢索。

今年的重大新聞。郁想了想，先輸入今年的西元紀年「2019年」——書籍標題通常以西元紀年居多；她接著再輸入「新聞」和「時事問題」。

書目檢索的結果如下：《2019年・日本的總論》、《日本時事2019》、《思考2019》等。

「詢問本年度時事問題的來賓……」

克宏就站在不遠處等候。郁特地用這種口氣請他過來，讓他看螢幕上的檢索結果。

「請問這些書目，您還滿意嗎？」

「那就前三本吧，麻煩妳。」

郁恭敬地答應，隨即查詢到那些書籍都在書庫中。向克宏說明、請他稍等之後，她接著向書庫提出借閱申請。幾分鐘後，書庫專用的升降機便將那三本不算薄的書給送了上來。今天的書庫有小牧為首的一群老手坐鎮，回應借閱申請的速度果然非同小可，和郁當初的手忙腳亂大大不同。

目錄。

「讓您久等了！」

她將書本交給克宏時只覺意氣風發，還能從容叮囑他「書很重，請小心」。

哇——我進步了不少吧？她才得意不到幾秒鐘，就見克宏搖頭。他剛剛掃視過最上面那一本書的目錄。

「這是去年的。」

「亂講！」

郁不假思索的這麼一喊、現出了原形，克宏把目錄移過去給她看時，還一本正經的應道「怎麼可能亂講」。只見那上頭的新聞事件年表的確都是去年的。

郁這才想起來，今年的新聞都是以明年的紀元為標題，於是檢視舊書的分類號，找到是300社會科學，想來今年的應該也會擺在同一區才是。

「對不起，我馬上把今年的拿來！」

她一心想挽回顏面，語調也不禁倉皇起來。郁將去年的那一本放回櫃臺，大步跑向社會科學類的書架，途中遇到堂上還被喝叱不准跑步，只好改為小跑步。然而來到書架前，卻發現——

「沒有!?一本也沒有!?」

該系列的書，架子上一本也沒有。都借出了嗎？不對，那麼厚的情報誌若是整排借出，架子上怎麼會滿得連一點縫隙也沒有？今年的還沒買？不可能。這種類型的書不可能一冊都沒進。難道今年的都還沒出版？這有可能嗎？

不行，想不出來。這種時候該怎麼辦——就這麼辦。

「堂上教官！」

剛剛才跟他擦身而過，所以很快就追上了他。

「那個，我爸叫我找參考資料，可是今年的《日本的總論》和《時事》都不在架上，書庫裡只有去年的。」

堂上蹙眉聽完郁沒頭沒腦的敘述，了解來龍去脈後問道：「妳是不是已經把去年的借出來了？」見她點頭又說：「那麼我也去，妳跟我來。」然後就領著她朝克宏等待的地方走去。

「啊，可是他問的人是我，我得替他服務才行。」

「妳白痴呀！」

堂上看著比自己略高的郁，半昂著下巴搖頭道：「妳在參考諮詢上已經出了一次錯，不能再出第二次，否則會讓閱覽人對圖書館失去信心的。妳得去跟妳爸說明原由。」

他說得沒錯，郁只得垂頭喪氣跟在堂上後面。遠遠看見到克宏，堂上先向他點頭致意，同時走近說道：

「不好意思，聽說您在找今年時事的資料。本館館員訓練不精，耽誤了您的時間。」

說著，堂上朝郁使眼色，郁只好跟著向克宏鞠躬賠不是：

「對不起，我不太了解，所以請比較懂的人過來處理。」

克宏點頭表示明白，卻不發一語。想到自己顯然搞砸了這場臨時抽考，郁覺得好消沉，肩膀也縮了起來。

「彙整年度時事的書刊大多在年底出版，由於民眾借閱也集中在這個時期，每逢此時，館內會另外設置專區陳列。」

堂上邊說邊移動腳步，將克宏帶往入口附近的時事書刊專區，那兒有一座簡易書架，整齊地排著印有明年年份的情報誌。

「《總論》和《時事》系列可能被外借了，那兩個系列畢竟比較有名。」

堂上看著書架解釋完，隨即壓低了聲音指示郁「去確認」。見郁走到旁邊的終端機查詢，克宏這才開口問他：

「那麼其他的系列您有推薦的嗎？」

「您想要哪種類型的呢？」

「會通盤追蹤全年度消息的那種。」

「您喜歡提要式、易於閱讀的呢？還是要考證詳盡的？」

「那麼就易於閱讀的，但也要具備相當考證的。」

堂上聽完，開始在架上瀏覽過幾本書，將其中兩本較薄的推薦給克宏。

待兩人對話告一段落，郁小聲地插嘴道：

「剛才的兩個系列確實都已外借，預約名單也滿了。」

「——那麼，伯父由於您在關東地區提出申請，可以在本館預約登記，等書到時再辦理越境借出，只是在寄書上難免要多花點時間，所以我想也許您向居住地的圖書館借閱或許更快……」

看見他們針對郁查詢的事項談論，她莫名感到一股侷促。

聽完堂上的說明，克宏像是滿意了，這才拿著他推薦的那兩本刊物轉身走進閱覽區。

接著，堂上回過頭來看著郁：

「妳做了什麼？」

被他用這種口氣興師問罪已不是頭一遭，但郁還是羞愧地縮起肩膀，把克宏要求她尋找參考書籍的過程盡量照順序說明了一遍。

堂上耐心地聽完，開口先說了一聲「首先」，頓了一頓才又繼續說：

「以後當妳碰上不拿手的業務，先去找拿手的人。要是妳一開始就先問我，妳就會知道這一類書刊都要用翌年的年份來檢索，也會知道另外設有專區。」

妳的經驗不足，別只想著要靠自己去彌補這個缺點──他的指正一如往常般的嚴苛。

「其次書庫送書來時，起碼先確認目錄是否正確。一方面可以從目錄掌握大概的內容，萬一和閱覽人的需求不符，寧可退回它也不要交到閱覽人手裡，否則就是咨詢服務的疏失了。讓對方久等固然不理想，總比我們把錯誤資訊傳遞出去要來得好。」

的確郁若是先看過目錄，便會知道內容是去年的。自己疏於確認是事實，沒什麼好辯解的。

「當然，每一個圖書館員都有各自專精的領域，不需要做到人人都是通才。就算是在業務部裡，諮詢組都還細分出不同的領域，重點是每個人能各自發揮所長、截長補短就好──話說回來，妳根本連發揮都談不上，反倒該多培養一點基本知識才行。」

看見郁一個勁兒的頹喪，「不過……」堂上換了個口氣：

「這一次碰上的是時事資料，妳有進一步詢問對方想找的方向，這一點是做對了。妳的問法雖然還不夠精確，不過參考諮詢的基本原則就是要懂得辨明閱覽人需求。經驗不足的妳卻能掌握這項基本原則，算是做得很好。」

也許是有意安慰，堂上這番話讓郁心理上稍微平衡了點。她決定把握機會向他多討教一些：

「那個，剛才你推薦的那些書，是怎麼判斷的？」

專區放置了十幾種書刊，堂上再厲害也不太可能全部都讀過。況且他們是戰鬥單位，休息時間比內勤要來得重要。

堂上歪頭做苦思狀。

「這恐怕跟圖書學的應用有關……」

懂的人一點就通，郁卻是一竅不通，堂上大概看出這一點，只是苦於不知怎麼解釋給她聽。郁則彷彿是有所覺悟，站直了身子。

「圖書的內容可以從書籍型態來類推，這個道理妳懂嗎？」

郁依稀記得講堂裡有說過這一段，中間的理論卻都忘光了。她老實的搖頭。

「舉例來說……」堂上說著，從架上拿起一本A５開本的情報誌。書名主標是《ＴＨＥ・２０２０─百大新聞決定版─》。

「開本的尺寸大致決定每一頁可容納的字數。一般的32開本是每頁十八行、每行四十字左右；也有25開本，但尺寸差不多，而且情報誌本身就是一種變格，用32開本當基準去衡量也不致於相差太遠。再者，妳從目錄去看頁數，約略算出各單元的文字量。」

堂上用來舉例的這一本大約是一百五十頁，總字數應在十萬八千字左右，扣掉目錄、扉頁和章節標題等，本文的內容約莫十萬字。

再看到副標題寫的百大新聞，那麼每一則新聞差不多在一千字之譜，若以四百字稿紙來計算，大約是兩張半。一則報導才用掉兩張半四百字的稿紙去撰述，說來並不算詳盡。

「換句話說，這本書裡的百大新聞都只是概要整理，跟文摘式期刊的地位差不多，而且又這麼薄，內容不會太紮實。就我個人的意見，這種書是故意冠上『決定版』之名，有誇大之嫌。」

怪不得他剛才沒有推薦這一本，郁到現在才明白。

「再來，目錄也很重要。目錄通常不是隨便訂的，讀者往往能從一本書的目錄掌握到內容，也可以從各單元的頁數分配得知該書的重點放在哪裡。還有，版權頁上有出版社和執筆者等，讀者對照這些資料，看看索引和參考文獻的編排方式，也有助於掌握這本書的水準。」

「那這本書是不是不值一讀呢？」

聽到這裡，郁試著徵詢堂上是否不建議閱讀這本書。他卻回答「也不能一概而論」。

「若以八卦類的消息為例，讀者想要大致了解一整年的新聞，這種頁數少而內容簡要的書籍就很適合了。」

這就是圖書館員之所以必須先問清閱覽人需求的緣故。同樣是時事參考，也並非每個人都對時事抱有同樣濃厚的興趣，假使來詢問的人是壽子，對她來說，也許這種薄的刊物反而容易讀。

「此外，有空時去找特定領域的指標性刊物來看，妳更可以抓得出判斷基準。像這次的情況，《總論》和《時事》就很具代表性，《政經》系列有時也派得上用場。」

啊，他果然有在重點式的閱讀。郁在心裡想著，不敢說出口，怕他會回敬一句「妳也好歹讀一些」之類的訓斥。非屬娛樂性質的書籍總是讓郁頭疼，卻也是她的漏洞所在。

「妳要是有心想做好，在館內看見有人在找書，不妨就主動過去問問他。對諮詢服務來說累積經驗是最重要的，妳就把幫人找資料當作是受訓，找不到的時候也不用怕，只管向其他館員求助就行了。」

郁向他鞠躬，恭敬地說了聲「謝謝您」，然後又問：

「對了，堂上教官，你現在有沒有想要看的書？」

天外飛來這風馬牛不相干的一個問題，堂上不解的瞪她。

「……我現在非得回答你這個問題嗎？」

「不是，我只是在想該怎麼跟來館的民眾開口罷了。不知道你肯不肯當我的練習對象。」

「這種事妳自己趁休假時找柴崎練習啦！」

堂上岔岔罵完了扭頭就走。唉唉，我還以為那是個好點子呢——郁不識相地惋惜。剛巧在這時，克宏從閱覽區走了回來。

「我說妳啊……」

他這時的口氣就像是在對自家人講話，郁便側過耳朵去聽。

「妳那個同事，那個……」

「手塚？」

她在介紹柴崎時說明是室友，這回講的是同事，那應該就是手塚吧。只見克宏點了點頭。父親提手塚要做什麼呢？郁好奇地將頭湊了過來，誰知克宏的下一句話竟是一箭穿心：

「他都不用問堂上先生，直接就把我帶到專區來了。」

郁在心底慘叫一聲，身子略略傾斜。

「……你也去測試手塚!?為了跟我比較？」

「你們是同一期進來的，這樣比較起來最客觀。」

克宏說得大大方方。他只是單純以閱覽人的身分讓館員提供諮詢服務，也沒什麼好指責的。

「我還以為妳至少也可以做到像他那樣，結果妳也太不像話了。」

不要拿我跟他比較！郁簡直氣炸了。

「就跟你說手塚不一樣嘛！他是新隊員裡成績最好的耶！你明知我頭腦不好，別拿我跟那種怪物比啦！」

「那跟柴崎小姐比呢？」

「她也不行！她也不是普通人！」

「怎麼？除了妳以外，我看大家都很厲害不是嗎？為什麼妳考得上圖書隊員呢？我明明聽說錄取率不高。」

天呀，引蛇出洞了！郁這頭已經嚇僵了，克宏卻若無其事似的轉進下一個話題：

「話說回來，堂上先生選擇替代書籍的手法確實比較高明。手塚先生有點抓不到大方向。」

「那還用說！」

現在她反而覺得不該拿手塚跟堂上相比了。

「別看堂上教官那副德性，他可是優秀得很呢，入隊才一年的新隊員怎麼可能趕得上他。」

「妳一個新人，怎麼可以說上司『那副德性』？」

克宏板起臉來提醒她，接著又嘆了一口氣。

「不過，要是連手塚先生都趕不上他，妳就更難了。」

郁嘟著嘴咕噥道「我當然知道」，然後抬起頭來。

「現在的我雖然趕不上——不過，總有一天……」

她很想吹牛說自己「總有一天會超越堂上」，但畢竟不敢在父親面前造次。

況且，我也有令堂上教官肯定、認同的優點——可惜的是，那些都和戰鬥職務有關，不能講給父親聽。

抗議群眾連著兩天都在圖書館前聚集，所幸沒有惹出什麼亂子來。

這一天，郁陪著雙親去吃晚飯，當作是臨別的一點心意。壽子在餐桌上又暗示女兒辭職回老家找工作，克宏也再一次攔阻妻子。

「爸，謝謝。」

走回基地的路上，郁湊到父親的耳朵邊悄聲對他說。卻見克宏的臉色一沉，應道「上班本來就是這樣」。

爸搞不好是難為情。郁這麼想著，突然覺得老爸爸很親暱。

「而且妳身邊的人都腳踏實地，爸覺得這工作環境不錯。妳要好好幹。」

末了竟然鼓勵起女兒來——郁只覺得「對不起」三個字已經湧上了喉頭。

對不起，我編謊話騙你們，還瞞了你們這麼久。

說是怕雙親反對也好，不想讓他們擔心也好，欺瞞就是欺瞞。

「我明天有排班，不能送你們，你們自己回去路上要小心哦。」

做一個不擅言詞的女兒，她只能努力在這幾句話裡附上全部的心意。

*

離十一點的熄燈時間還有一個小時，堂上的寢室來了一名訪客，是克宏。

堂上把自己的房號告訴克宏，好讓他有事情時可以來找自己。

「承蒙您關照了。」

見克宏鞠躬致謝，堂上趕緊止住他：「哪裡，好說。」只是回想起自己在頭一天的放膽直言，一時尷尬起來，不敢直視對方。克宏也像是有話要說，眼神低垂。

隔了一會兒，克宏才像是打定主意似的開口道：

「有件事想向您請教。」

看到克宏如此慎重其事，堂上想不出他要問什麼。但猜得出絕非三言兩語就能交待，於是站到門邊請他進房。

「請進。」

克宏也老實走了進去。堂上的房裡沒有好座墊可以給客人用，幸虧現在是暖爐桌的季節。

「要不要喝點什麼？」

為了打開話題，堂上這麼問道。卻見克宏立刻搖手說：「不，我很快就走。」也正如這番話，他馬上就切入主題。

「以圖書隊員而言，您認為郁的表現如何？」

沒有比這更直接了當的問法了。克宏直視著堂上，目不轉睛。

頭一天問起「小女平時的表現」時，克宏的語氣裡可沒有這麼堅定的意志力。而他此刻問起的既然是工作表現，堂上本來該把原先預備好的答案搬出來，現在卻決定放棄。

今天下午，克宏已經親眼見證女兒在服務工作犯下的疏失，堂上不可能再對他睜眼說瞎話——唯有坦誠以對。

「她還有待磨練。」

聽到堂上如此直言不諱，克宏又問：

「這是和手塚先生相比嗎？」

「不，我想隊裡也沒幾個新手能和手塚一士相提並論。單從新進人員的平均水準來看，她也是不夠格。」

縱使堂上想口上留德，但下午的那件差錯也說不定已經讓克宏看出端倪。他於是再度率直的直擊要點。

特殊防衛員並不要求多麼熟悉內勤業務，只要不妨礙基本業務就可以了。當然，隊員基於個人興趣，也可以朝那方面去鑽研。精通參考諮詢的特殊防衛員大有人在，有的程度之高，連一般館員也難以望其項背。

郁下午來向他求教諮詢的訣竅時，堂上特地強調「要是有心想做好」，因為這是個高難度的業務項目。然而適用於她的標準肯定不同於一般，畢竟她連基本業務都還不熟練。

她不是個思路明晰的人，行事欠周詳，又粗心大意——糟糕，扣分項目好像數不完似的。如果可以說出她擁有女性防衛員罕見的體能，因此非常期待她將來的發展就好了。但堂上卻不得不隱瞞郁最值得評價、也是最該被人重視的特長。

他此刻能說的只有這些：

「……然而，她是一心一意的保護書籍。」

而她也常常一心一意到讓人看不下去的地步。不懂規定的她還沒結訓就膽敢插手阻擋書店檢閱，區區一士也想行使圖書正以上的裁量權，現在回想起來都還值得大書特書。

想起自己身不由己地替她行使了裁量權，堂上的表情變得苦澀，但仍是繼續說下去：

「若論保護圖書的意願，我想她是不會輸給手塚一士的。她對書籍的沒收或取締等行為比誰都敏感，當別人遭遇到類似痛苦時，她也總是感同身受，我認為這一點很難得。之前也是，我們因為家長會（ＰＴＡ）的緣故和遭受閱讀禁制的小朋友們交流，當時最能體諒孩子心情的就是笠原一士。」

那是木村悠馬等人參加的圖書館與家長會座談。孩子們被家長會抨擊時，郁馬上挺身袒護他們，也正是她那奮不顧身的決心封住了對方的唇槍舌劍，甚至也引起中立旁聽者的共鳴。假使只是一般的辯論，藉著滔滔辯才和大道理去駁倒對手，那也只不過是一場技術性的論戰，應該無法得到第三者的共鳴吧。

若不是她，沒有人能在那個場合下壓制住對手。

「要是每個隊員都像笠原一士，那就傷腦筋了，但隊裡若是連一個像她那樣的人都沒有，也同樣傷腦筋。就此一層面來看，她的主動積極也許具備某種旗艦性的標的意義。」

這麼說好像又誇過頭了，稍微修正一些吧。「就我自己而言，要是她那種主動積極可以稍微克制一點，我會比較放心。」

聽到這裡，克宏開口了：

「聽她說，她在高中時被一位圖書隊員所救，從此立定志願在圖書館工作。我想她一定是崇拜那個人吧。」

出其不意的這一招，害堂上好想趴倒在桌上。那名圖書隊員其實就是堂上，郁本人當然不知道這件事。他不想讓她知道，因此對知情的同僚甚至長官們下了嚴格的封口令。而她在入隊時的面試對談，卻已經被高層當作笑話給傳了開來，所幸高層和新隊員沒什麼機會接觸，封口令並未失效。

跟基地司令面對面見過，郁都還不記得他的長相；何況堂上跟她只在五年前驚鴻一瞥，他的容貌當然也被忘得一乾二淨，反倒是堂上一直記得她的模樣。至少他在面試時，很早就認出了她來。

而她把那段「王子」故事搬出來講時，堂上其實有點惱火，心想她根本連人家長什麼樣子都不記得了，還敢說王子。

堂上當年的舉動不只違規，也過於輕率。但他怎麼也沒想到竟有人視之為模範，簡直像是把他的缺失公諸於世，唯恐天下不知似的。

當年的他不得不挺身而出，說穿了只是在找藉口。如今他認為，與其把當年那個在書店裡勇敢抗拒檢閱的郁拿來當藉口，自己還不如辭去圖書隊員一職算了——想到這裡，他恍然大悟。

奮不顧身也好、魯莽衝動也好，當年的她就已經是那樣，現在的她仍然是如此。也就因為這些人性特質都還在，才令堂上看了愈發焦躁。還是少女的她被逼急時，連上警局都不怕了，現在若再被逼急，真不知她會做出什麼天不怕地不怕的荒唐事來。

有她當部下雖令人頭疼，最大的問題卻是她欠缺遭遇危機之前，先思考會不會有危險的判斷力。初生之犢自有其強悍的一面，在某些場合下也確實能發揮作用，偏偏郁鋋而走險的理由都跟當年的堂上一樣，這可讓他受不了。

「以一個部屬而言，您覺得她如何呢？」

「很重要。」

答案自顧自地溜出口來，堂上一瞬間焦急了起來。再想想，這問題的前題是長官對部屬的看法，這麼答覆應該不算奇怪。

「她雖然還有待磨練，但我認為她會是一個好隊員。我希望她能循序漸進地成長。」

莫名其妙的，堂上也不知自己為什麼最後還要加上一句「手塚一士當然也是」，聽起來簡直是畫蛇添足、欲蓋彌彰。他忍不住對自己皺眉頭，暗罵自己不夠冷靜。

「謝謝您，有您這番話，我就放心了。」

克宏邊說邊起身，讓堂上送他出門。

「小女就麻煩您關照了。」

誠懇地說完這句，克宏轉身走開，沒幾步又回過頭來問道：

「這兩天的垃圾，我都一併丟在房裡的垃圾筒中，不知妥不妥當？關於分類……」

「不要緊，可燃類的可以直接丟，不知怎麼分類的另外放就行了。」

他的道別之辭，竟然是這樣的柴米油鹽。

*

雙親返家的那一天，舍監把壽子所使用的客房鑰匙交給了郁。有親屬來使用客房後，隊員要自己負責收拾房間，像是打掃和被褥送洗等。

「等等，那我父親的寢室呢？」

「聽說堂上二正另外指示男性隊員去收拾了。」

哎──這下子又得去向他道謝了。郁抓頭想著，這一回欠下好多人情。

草草吃過晚飯，郁回到寢室，見柴崎已經下班回來了。

「唷，這幾天辛苦啦。」

這一句引得郁心頭一寬，作勢便要癱倒。

「累死我了……」

「算啦，平安過關不就好了嗎？」

「也是啦。」

郁邊說邊脫去毛衣和襯衫。壽子若是見了，只怕又要說她邋遢──郁一面想著，一面覺得自己還沒有從壓力中解放。披上室內穿的運動夾克，她一溜煙往暖爐桌鑽，牛仔褲待會兒再說。

「也謝謝妳唷，柴崎。」

「不客氣，只要讓我得到該有的報酬就行了。」

她指的是那頓附帶甜點的午餐。

「對了，妳爸媽有提起妳的工作表現嗎？」

「唉——我媽根本不在乎啦，第二天就四處閒逛，我都覺得她幹嘛要來？我爸可就難纏了，臨時拿參考諮詢來抽考，還拿我跟手塚相比。」

真夠嚴格的。柴崎咯咯笑著，一副事不關己。

「跟手塚比最教我受不了，同梯的再怎麼比也只有我跟他。」

「妳也學著謙遜一點嘛。」

「唷，我已經夠謙遜了耶。我們是特殊防衛員，又不是專門負責內勤業務，放在同一個天秤上來比已經是很看得起他了，妳聽不出來嗎？」

「哪有，根本是歪理，哪是謙遜。」

這話當然是倨傲至極，但郁敢這樣大剌剌講出口，那份自信也令人羨慕。

「我說啊，下次休假，妳陪我去圖書館好不好？」

「怎麼會突然想去？」

見柴崎一臉訝異，郁有些難為情。

「我想練習一下參考諮詢的東西……」

堂上叫她自己趁休假時找柴崎去練，她倒是乖乖照辦了。

「特殊防衛員又沒必要那樣精通參考諮詢。那個練起來很花時間耶，妳又是特殊部隊，這些複雜的東西丟給圖書館員處理就好了。」

「嗯，可是……」

郁不肯死心。

「手塚會的我卻不會，讓我很不甘心，而且……」

堂上幫克宏選到理想的參考書籍，那種感覺實在非常——她真不想承認——非常帥。她也想變成那樣，只是不敢對柴崎說。眼下只拿跟手塚的競爭來當藉口，心裡卻也覺得理由有點薄弱，偏偏又找不出別的理由來。

「效法長官也是理所當然的吧！」

要追上我心目中的王子，當然得先超越那傢伙囉，正所謂知己知彼。

「所以妳現在更崇拜教官——」

聽她悶哼半天才擠出這個理由來，柴崎不懷好意的笑了笑：

「哪、哪有……！」

「——教官他們？」

她故意把這個字拖得很長，郁這才覺得被拐了。

「——對啦！」

「好吧，那等有空的時候，我就偶爾陪陪妳吧。」

柴崎仍舊是一副嘻皮笑臉。郁在心裡暗罵討厭，愛麗絲夢遊仙境裡那隻貓一定就是這樣。這時又聽到柴崎說：

「不過，妳也不必心急。在堂上教官和小牧教官之後，能趕上他們的人也不多吧。」

「什麼意思？」

「他們是圖書大學的最後一屆畢業生呀。」

「那是什麼？」

「圖書隊是從十五年前開始成立的，當時抗爭漸漸演變成組織行動，又以戰鬥為前提，導致圖書館員爆發離職潮，還演變成社會問題。為了儘早培養優秀隊員，圖書隊就成立了教育機構，也就是圖書大學啦。學員們打從入學起就接受嚴格的在職技能訓練，後面兩年還有建教合作，聽說待遇還比照準隊員呢。然後畢業時會依照成績頒發士長或三正階級，我想他們兩個都是一畢業就從三正起跳的吧。」

「哇，這麼好，我也想去讀——！為什麼現在沒有了？」

「表面上是說培訓人數已經足夠了，學校也就結束營運，後頭傳聞可多著呢。有人說是媒體優質化委員會從旁搞鬼；也有人說它的建校本身就有政治交換條件，營運十年就得結束，所以才得以設立大學。」

讓郁表情僵硬的是第二個謠言。

「妳在想，那個條件是不是圖書隊自己提的？」

看見她的臉色，反而是柴崎於心不忍了。

「日野惡夢之後的短短五年就成立了圖書隊，怎麼可能沒有檯面下的手段？這種事妳也該多少習慣一下。」

柴崎想說什麼？圖書隊不是正義使者？自從入隊以來，這句話郁已經聽過好幾次了。

然而，柴崎的說法更為辛辣。

「只有故事裡的英雄才會在精美又乾淨的舞台上打鬥，現實生活裡誰不是狼狽地泅泳？要幹正義使者就要有在泥水裡打滾的心理準備，否則還不如辭掉算了。」

這幾句話就像鋒利的刀刃——斬斷郁的執著。斬斷她對天真的執著。

她低下頭去，看著兩滴水珠落在暖爐桌的被子上。第三滴、四滴，接著第五滴。

「對不……」

郁想說對不起，可是對誰說？跟柴崎說好像怪怪的。她於是改口「說得也是」，只是還沒開口，就被柴崎默默地伸手摟住。

她身上有一股柔軟又好聞的味道。

「我亂說的啦，對不起。妳不用應和我，我只是壞心眼說來欺負妳的。」

柴崎一反常態地替人設想，反令郁困惑起來。

「看妳單純成這個樣子，我想捉弄妳嘛。妳要是在聽完之後一臉認同，我想我一定會覺得好掃興。其他人也一樣。」

想了一下，郁開口說道：

「……不管圖書隊成立的過程出過什麼事，我還是尊敬現在的稻嶺司令。圖書大學背後就算有密約，在那裡受教育的堂上教官和小牧教官也不會因此就受影響。我覺得他們的決心是不可以被貶低的，圖書隊也一樣。」

冒著被當成扒手的污名，守護這本書的人是妳啊。在郁決定踩進泥水的那一天，王子對她這麼說了。

「我們既然不惜冒著污名也要保護它，那大伙兒就一起弄得髒兮兮吧。」

很好，就是這樣。柴崎仍舊摟著郁這麼說道。

「堂上二正。」

結束加班，堂上剛回到宿舍，便見一名圖書士長在寢室門口等他。堂上拜託他幫忙收拾笠原先生使用的客房。

「我收拾好了。」

「噢，抱歉麻煩你了。」

「然後是這個，也許是他忘了帶走。」

士長說道，拿出一本週刊。堂上一接過就變了臉色。

「……放在哪裡的？」

「疊在垃圾筒旁邊。我看他沒有丟進垃圾筒，想說先拿來給你。」

「好，我會處理。謝謝啦。」

士長回去後，堂上重新端詳起雜誌的封面。那是一本《週刊新世相》，而且還是堂上特別有印象的那一期。

隨手翻開，最常被翻閱的那兩頁總是會自動攤開來。

那一頁是孩子們參加圖書館座談的相關報導，其中有一張照片拍到了郁。拍攝的角度由斜後往前，看上去是個站姿的背影，圖說處則寫著「在集會現場對圖書館的一片撻伐聲浪中，圖書隊員執行警備勤務。她的心中不知是何等思緒？」

就是這張照片沒有守好，讓它登了上去。也害得郁提心吊膽，深怕被父母親發現。

笠原先生為什麼把這本週刊帶來，又為什麼留下它？堂上料想得到那背後的思緒，卻不敢再推測下去。這原不是他該做的推測，但硬要說自己與之無關，他又覺得不盡然。

刻意留下這本雜誌，想來應該是有所託付吧。至於堂上能否接收到託付，愛女心切的父親也許並不在意。

愣了一會兒，堂上闔上雜誌，將它擺進書櫃裡。

二、戀愛的障礙

*

「我回來了。」

柴崎趁著圖書館年底公休時回金澤老家，回來時已是一月四日。明天就是開館日了。

「來，土產。我們本地的金鍔燒。」

柴崎說著，將兩個小包裹遞給郁。

「哇——謝謝，不過也不用兩份嘛。」

「招牌口味有兩種，我猜妳都會想吃吧。」

「我想吃、我想吃，我去泡茶。」

這房間有整整一星期沒端出兩人份的茶水了。

「結果妳真的沒回家呀？」

「呃——反正十一月底見過面了嘛。」

「才相處了三天而已。」

柴崎換上家居服，鑽進她在暖爐桌的固定位子，郁才覺得有一種「恢復營業」似的感覺。

「妳入隊之後都沒回去過，起碼趁過年時回家看看嘛。」

「可是閉館期間也還是有警備工作啊。」

「藉口。」

柴崎一句話就揭穿了事實。逢此歲末年節，為了讓隊員們能休到兩、三天連假，警備輪班都特別排過。

「可是其他三個人都只回家住了一晚就回來了。」

「他們都是本地人啊。小牧教官家還近在市中心呢，就算天天回家都不麻煩了。」

「吶，他們為什麼要住宿舍啊？」

入隊滿三年的隊員可以不住宿舍，而小牧和堂上的家都在通勤範圍內，他們卻仍然住在宿舍裡。

「圖方便吧。戰鬥職務常要緊急出動，值勤時間以外又得隨傳隨到。我倒想問妳，妳將來會想搬出宿舍嗎？」

「我才不要，麻煩死了。」

圖書隊的宿舍舍規不算太嚴，升上二正之後還可以住單人房。以一個隸屬圖書基地戰鬥職務的隊員而言，搬出基地單身宿舍的好處並不多，所以才有像玄田那樣年過四十卻依然霸著不走的人。

「算啦，反正我家過年時總是一堆親戚，我哥他們還會帶小孩回去，熱鬧得很，我不回家也不會有人講話啦。」

正確來說，是大家都忙得沒空罵她。

「別說這個了，我可以開點心來吃了嗎？」

嘴上這麼說，她早就拆了其中一個小包。柴崎也拆了另一個。

「咦，我沒見過綠色的金鍔燒。抹茶的嗎？」

「是豌豆。我喜歡紅豆的，不過這個也很受歡迎。」

喝口茶潤了潤喉，柴崎先切開紅豆口味的，取了一小塊放進嘴裡。郁也嚐了一塊，試試最原本的風味。

「哇，紅豆味好濃，好好吃——」

「明天上班時也得拿一些去辦公室。啊，我也幫堂上班買了，妳記得幫我帶去。然後待會兒幫我一起去分送宿舍的部分。」

「呀，妳全都買金鍔燒？那不是很重嗎？」

「重死啦——這是我上班後第一次回老家，我想買個痛快算了，沒想到花錢事小，扛不動才是嚴重。我又不是妳，沒辦法一口氣搬那麼多，最後還多花錢買了附輪子的波士頓包呢。」

「等一下，為什麼講到搬東西就提我？」

「因為人家喜歡妳孔武有力嘛。」

這一句被柴崎說得嬌氣十足，彷彿語尾還加了個心型符號似的。就在這時，有人敲房門。

「笠原在嗎？」

屋裡應了一聲「請進」，開門探頭入內的原來是住在同一層樓的同梯隊員。「啊，柴崎也回來啦？我帶了一點老家的名產來。」

「啊——等一下、等一下，我也有帶。」

柴崎說著，姑且先從剛剛拆開的小包中拿了兩塊端出去。同梯的隊員們住的都是雙人房。

「抱歉，只有我沒準備。」

「我知道，妳沒回家嘛。年假還值警備勤務，辛苦囉。」

來客在玄關外接過柴崎端出的甜點，便接著往其他寢室去送東西了。今明兩天，宿舍裡大概都要為收送這些名產而忙碌。

這也是連續假期結束後必然出現的光景。

「那個金鍔燒是妳送的？」

手塚這麼問時，他們正在值下午的館內巡邏勤務。柴崎一早先將東西託給堂上，手塚大概已經吃到了。就連郁也多吃了一份。

「不是，那是柴崎帶來的。我沒回家呀。」

「這樣啊，那幫我跟柴崎道謝。」

「很好吃吧。」

「是啊，我不愛吃甜豆餡的東西，但也吃得下去。」

嗯——這樣子算不算是在誇說好吃呢？郁想了想，以這一類怕吃甜食的男人而言，這種話或許已經算是褒獎了。

「如果還有剩，我還想再吃一塊呢。」

堂上雖然說分剩的會貢獻當作隊上的午茶點心，不過郁決定先講先贏。

「沒剩囉，玄田隊長吃光了。」

「……他一個人!?」

郁不由得睜大眼睛。

「應該還會剩下好幾塊吧，他全部吃掉啦？那麼精緻的點心，被他那種牛一樣的吃相給掃光，實在是——」

「什麼牛不牛的，他好歹也是長官。」

「跟這沒關係啦，好點心就該細細品嚐，否則就是罪過！」

一講到甜點，女人的臉色都變了——手塚嘀咕道，隱約流露出一絲絲畏懼。

他們繼續往前走了一會兒，看見一個穿白大衣的年輕女孩從廁所走出，接著便往閱覽室走去。她的大衣口袋掉出一條手帕，但那嬌小的背影並沒有察覺。

「手帕掉了！」

手塚喊道，對方卻沒反應。大概是距離遠了點，那女孩沒意會是在喊自己。

「喂，這位美眉！」

「你這種叫法很像在搭訕耶？」

「少囉嗦啦！」

手塚被搶白，沒好氣的啐了一口。郁快步走去追那女孩，順便撿起手帕。

「小姐！」

怎麼回事，她怎麼都不理人？正這麼想時，小牧恰好從側走道走出來，看見郁在追那女孩，便攔到對方身旁輕拍她的肩膀，女孩這才驚覺，仰頭見是小牧，表情立刻明朗起來。只見小牧對她說了幾句話，一面用手指著郁的方向，女孩又慌張地轉向郁。

女孩有一頭及肩直髮，在她轉頭時飄逸地揚了起來，露出原本被遮住的耳掛式助聽器。除此之外，她看上去與一般女孩沒什麼兩樣——訂正，比「一般」還要美麗許多。約莫高中年紀的她，臉上還有些許稚氣，那種半大不小的不平衡感反而別具魅力。

小牧對走上前來的郁囑咐道：

「這孩子耳朵不方便，妳不妨認識一下，以後有事時才知道怎麼叫住她。」

郁點頭答應，但還是不知道該怎麼跟那女孩說話。她戴了助聽器，應該聽得到一點聲音才是。

「哦，是。」

「呃，這個——」

見郁含糊以對，小牧又說：

「像平常那樣講話，清楚點就行了。助聽器收不到的，她可以從唇語讀出來。」

郁反射性地面對女孩先道了聲「不好意思」，算是為自己剛才的失禮賠不是。

「妳的手帕掉了。」

她刻意咬字清晰，一面將手帕交給女孩。女孩便微微鞠躬向她道謝，接著從大衣口袋中掏出行動電話，在鍵盤上按——

這種超高速是怎麼回事!?

女孩按鈕的速度快得宛如神技，郁簡直看傻了眼。按完後，女孩將手機螢幕轉給郁看，便見簡訊編寫的畫面上寫著：

『謝謝妳。不好意思，我沒注意。』

「啊，不會。」

和郁交談完，女孩又在手機上按了起來，比剛才多花了一點時間，然後轉給小牧看。小牧看完，笑著點頭。

「好啊，待會兒見。」

小牧說著，雙手的姆指和食指尖在胸前相觸做尖角狀，隨即向左右分開。郁知道那是手語，只是看不懂意思，但見那女孩笑得像花一般燦爛，點了點頭，繼續往閱覽室走去。

「這是什麼？」

郁模仿小牧的動作。

「那是『當然』的意思。她要我介紹幾本好書，所以我這麼回答她。」

「小牧教官，原來你會打手語啊。」

「只會一點簡單的，那女孩平時也不太用手語的。她的聽力不好，會避免在人前聊天，不過她會講話，講起話來也像平常人，況且還有手機。」

「啊，她打字好快哦，嚇了我一跳。」

「手機現在成了聽障者的溝通工具之一。我去交流會，看到一堆老公公老婆婆也都在用手機傳簡訊了。簡訊比手語更能表達完整的意思，又不會漏聽或漏看，方便多了，而且又可以隨身攜帶。」

對郁而言，手機只是個方便的行動電話，沒想過它另有這一層重要的價值。手機文化真了不起。

想到這兒，郁的好奇心突然轉向了。

「對了，除了她以外，還有誰是需要我們認識的嗎？」

郁略有他意的探問，小牧卻笑得像是了然於心。

「我們當然不可能全都認得，所以我這麼說只是出於個人請求，並不是工作上的命令，一方面也是希望你們平常就能多注意像她那種人的存在。聽覺障礙無法由外表辨識，很容易被人們忽略，他們也沒法靠著聲音來察覺周遭的情況，其實滿危險的。」

聽他道出自己沒有意識到的另一面，郁大大的點頭——不過那暫且擱在一旁。

「她是你的家人嗎？」

放膽子再進一步追問，小牧只是笑答「不是啊」，便走開了。

等他走掉，在遠處觀看的手塚才跑到郁身邊來。

「怎麼回事啊？」

「沒有，只是……那女孩子跟小牧教官好像認識。他說她耳朵不方便。」

不知是不是被柴崎的八卦個性給傳染了，郁差點兒想添一句「他們倆好像不是普通的點頭之交」，覺得那女孩面對小牧的笑容非比尋常。

回到辦公室休息時，堂上也在，三個人就邊喝茶邊聊起天來。

「請問——」剛好小牧不在場，郁趁機刺探：

「剛才巡邏時，我們遇到一位聽障的女孩子，小牧教官跟她好像很熟……」

妳還真八卦呀，手塚既驚且厭地這麼說道，卻也像是有點興趣似的等著堂上回答。只見堂上想了想，恍然大悟的點頭道：

「哦，大概是中澤毬江。她是小牧老家的鄰居，兩家以前就很熟，他也常關照她，像是把她當妹妹一樣。」

「怎麼可能——！真要是當作妹妹才不會那樣好聲好氣，一定是又摔又打、不是踢就是罵的。」

郁大叫。

只有妳家才是那樣——堂上和手塚異口同聲的反駁。

「我自己也有妹妹，我對她也沒有殘暴到像妳家這樣。」

堂上的語氣有些驚訝。手塚想了一下，卻換了個口氣：

「不過，如果我有妳這種妹妹，搞不好就會下毒手……要是不認真跟妳打，說不定哪天真的被妳打死。」

「不要再講我了啦！主要是那女孩長得好可愛，是不是常來呀？」

郁硬把話題拉回來。堂上點點頭：

「每星期大概會來一次吧？她念的學校也在這附近嘛。」

「搞不好是來看小牧教官的哦。」

「她會常來這裡當然跟小牧有關，畢竟有熟人在嘛。不過小牧又不是圖書館員，來了也未必會遇到，不會是特意來找他的。」

「他們會不會正在交往啊？」

郁興致勃勃的問，卻見堂上又是一臉厭煩。

「他們差了十歲耶。我真服了妳，居然可以想到那方面去。」

「哇，老頭子的想法！好古板！」

郁的口無遮攔好像對堂上造成了些許精神打擊。手塚面色驚駭地說了聲：「妳啊……」大概想指責她，怎麼可以對長官出言不遜？但是郁可沒給他開口的空檔。她只是指出老古板思想的特質，不覺得自己有什麼錯。

「她是高中生吧，若是跟小牧教官差十歲，現在大概十七、十八歲囉？你們可不能小看女孩子，我讀的高中還有學生嫁給老師呢。」

郁所舉的雖是個極端的例子，但那確實是最嚮往年長男性的年紀，郁的女同學中就不乏與大學生或社會人士交往的人。上了高中，要談一段像樣的戀愛也不成問題——郁在這方面比較晚熟，但一般人可不是。

「我敢說，那女孩子一定喜歡小牧教官。」

毬江見到小牧時的喜形於色，在郁看來是一望即知，而且她覺得小牧也不只是單純把對方當妹妹或是鄰家的小女孩一般看待。話說回來，她反而不懂和小牧最要好的堂上，怎麼連這一點都想不到。

「妳要怎麼想隨便妳，不過面對一個從小看她長大的女孩，一般是不會動那種念頭吧。」

「啊，他們認識那麼久了嗎？」

「到她上中學那一年時，我們都已經入隊了。」

既然如此，那女孩的心思就更不難想像了。郁很想為這一點指責堂上遲鈍，又怕再傷到他，只好忍著不說。

「館方以前辦兒童活動，我們還常常找她來幫忙呢，像是一些教唱童謠的企畫案，我們就請她帶小朋友唱歌。」
「啊，好厲害，戴助聽器還能跟人合唱啊？」
郁沒有多想，只覺得意外。堂上這才發現自己沒說清楚。
「她是幾年前生了病才失去聽力的。教唱童謠是在她生病之前的事。」
聽人說起年輕一輩的不幸遭遇便覺不忍，大概是人類的天性吧。郁的臉上流露神傷，手塚也是同樣黯然。
「哎，反正就認識一下，將來多關照她就好了。」
郁聞言便拍著胸口說「包在我身上」，換來的卻是堂上一句失禮至極的「我倒怕妳雞婆過頭，又捅漏子」。

＊

打從毬江懂事以來，她的世界裡就已經有了「小牧哥哥」。
他們兩人的母親原本就是知交，小牧還沒出生，兩家就已經往來交好。
聽母親說，毬江還小的時候，兩位媽媽總是將她托給小牧照顧，然後結伴去買東西、看電影的，大概是因為托給他比托給爸爸們還要可靠。可見小牧從前便是個懂事的孩子。
在這麼一個懂事又可靠的「大哥哥」身邊長大，想當然耳，毬江不管到幾歲，都覺得同年齡的男孩子幼稚又討人厭。

那些男生動不動就打人或捉弄人，而且又笨，小牧哥哥可是又帥氣又完美——想到母親竟然將這些童言童語說給小牧家聽，毬江難為情得直想找地洞鑽。話說回來，當時的她可以大大方方的說「等我長大了要當小牧哥哥的新娘子」，如今想來還真了不起。

令她難忘的第一次失戀，發生在毬江就讀小學二年級、小牧高三的那年秋天。她看見小牧哥哥和一個女孩併肩走在一起，對方大概是他的同學。

看見那一幕的瞬間，毬江整個人呆住了。

小牧很快就注意到毬江，卻只是像往常那樣爽朗地喚了她的名字。她還記得自己的心裡湧現一股反感。

現在回想起來，是她的自尊受到了傷害。在那之前，毬江滿心認為自己就是小牧的戀愛對象，而當時的他正和別的女孩在一起，見了毬江卻沒有顯得特別高興。她終於明白，自己只被他當成一個鄰家的小妹妹。

小牧對那女孩說她是鄰居的小孩，這也讓毬江氣壞了。那女孩的個子與小牧相稱，毬江的身高甚至還摸不到小牧的肩膀；她手裡提的藍色制式書包是大女孩的身分象徵，自己背的卻是幼稚可笑的紅色小學書包。毬江好不甘心。

那是個即將從女孩踏進女人階段的人，和小牧是那樣登對，任誰見了都會覺得他倆是一對清新的高中情侶，就連現在的毬江回想起來都這麼認為。當時的她若是站在小牧身旁，那十歲的差距就是鐵錚錚的事實，但如今她也知道，自己當時正為了那樣的事實而嫉妒。

「這個人是誰？」

她故意不客氣地問，還半瞪半瞥的朝那女孩瞄了一眼——免得小牧發覺。見那女孩也露出一絲不愉快的表情，毬江便知道自己惹她不快了，心情反倒稍微平衡了一些。

她把我當成情敵了——一種矛盾又複雜的認同感，稍稍彌補了她受傷的自尊。

「是我的同學啊。」

你以為我看不出你們的關係！屈辱感令得她雙頰發熱，無處發洩的焦躁一股腦兒直衝腦門。

「哼，你跟她很要好嘛。」

丟下這麼一句，她就跑開了，聽見小牧疑惑地在後面叫喚，她也不回頭。

然而……

「她在吃醋了，真可愛。」——女孩用那宜人嗓音說出來的這兩句話，卻激得毬江沒辦法聽過就算了。

「要妳多嘴，雞婆！」

回過頭這麼罵完，立刻見到小牧的表情陰沉起來。

「毬江！」

話裡的責備意味，愈發挑起毬江的怒意——在我面前跟那女生走得這樣親密，還想對我說教？

那女生是瞧不起我，才說我吃醋的，你連這點都聽不出來，還想對我說教？

「我最討厭你！」

丟臉、耍幼稚，氣極了就亂罵人，無不說明了毬江就只是個小孩子，再不甘願也得承認這個事實，但承認的本身卻是另一重打擊。她只能不爭氣地逃開，頭也不回的邊跑邊哭。

後來再見面時，小牧沒對毬江發怒，只是告誡她以後不該再那樣對人講話。大人都只會不准小孩說話傷人！那傷害我的那個女孩又怎麼說？不說粗話罵人就行了嗎？毬江只敢在心裡這麼反駁，因為只有她自己明白那些話是刻意講來刺激她的。

那個人還不是讓我覺得不舒服——毬江料想小牧不會懂，但還是這麼辯解了。小牧聽了倒也沒有否定，只是這麼說：

「妳為了心裡不高興而發脾氣，在陌生人看來卻只是個在路邊罵粗話的小孩。我不喜歡別人那樣誤會妳。」

這些話有多重意涵，也許是肯定毬江本性是個乖小孩，或是不希望她變成那種壞小孩，總之令她聽了只能道歉說對不起。加上小牧的話和態度上都沒有刻意包庇那女孩，勉強讓毬江心裡好過些。

小牧進了圖書大學不久，好像就跟那女孩分手了。然後直到毬江十八歲為止，她的暗戀總共失戀了三次。她記得第二次是在小牧大四時，卻沒有像第一次那樣令她惱火。

毬江知道是自己小心眼，卻也無可奈何。誰教自己身邊就有這麼一個完美的對象，完美得連班上最好的男孩子都比不上。

嚴格說來，毬江的愛讀書是從中學一年級、也就是十三歲那時開始的，和小牧當上圖書隊員不無關係。被分派到關東圖書基地的小牧常在武藏野第一圖書館工作，毬江於是常往那兒跑。每次進到閱覽室，她總賴著要他推薦好書。

讀完了之後要還書時，她會再叫他推薦別的，若是小牧有點兒空閒，她還會跟他聊讀後感。在館內通常沒時間久聊，那麼等小牧回到自己家露面時，她會跑去他家玩，再找他聊書的事。像這樣的情況也不少。

在那之前，毬江總跟他說些電視節目或學校裡的話題。如今可以與他聊同一本書，她便為自己像個大人般而心喜。聊電視和學校時的小牧顯然只是個迎合毬江的聽眾，但以書本為話題時就不同了。當他們對同一本書的觀感互異時，小牧不再單方面迎合她的意見，而是認真拿自己的觀點與她討論。那是一種地位對等的交談，令毬江的自尊心大大滿足。

起初是為了小牧而讀書，但有時小牧太忙而見不到面，毬江便漸漸學會自己選書。多去了幾次之後，有一個和她說過幾句話的矮個子男人也會教她挑選，或是介紹些平易近人的讀物。那個人似乎是小牧的好友，看起來有點兇。毬江本來有些怕他，但他知道毬江與小牧熟識，見毬江出現在閱覽室便向她打招呼，漸漸也就熟了起來。

看到毬江有了讀書的習慣，小牧很為她高興，等到她會自己選書來讀時，他顯得更開心了。毬江心想，小牧或許也知道她的初衷，所以當她真心愛上閱讀時，他也才真心為她高興。

從兒童文學到受小牧的影響而跨足時代小說和懸疑作品，毬江一步步往大人的讀物邁進，一面為自己與小牧的年齡差距縮小而竊喜。毬江還會把班上流行的輕小說講給小牧聽，多多少少提供他在圖書工作上的一點參考。他偶爾也會讀毬江推薦的作品，或是叫她別看輕兒童讀物等，她也很喜歡這樣。

「妳最近都不說要嫁給小牧哥哥了呢。」

看見毬江和小牧愈來愈有話聊，母親們好像有些寂寥。她們也真是的……就是真的喜歡那個人，才更加不敢說出口嘛。

別鬧了，我已經長大了嘛。毬江說得難為情，兩位媽媽大概也就單純的聽了進去。

第三次失戀是在毬江國三的春天，她開始上圖書館的第三年。對方好像是同一間圖書館的人，而事情是從母親那兒聽來的。當晚，她整夜哭到天亮，嘆自己下了那麼多苦心去追趕。

在那之後，她減少去圖書館的次數，一來是覺得尷尬，不想和小牧打照面，二來則是怕知道哪個職員就是他的女朋友。

那場病就是在那段期間內染上的。

就在放暑假前，毬江得了一種名為「感覺神經性聽力喪失」的病。

先是求助於鄰近的診所，卻診斷不出是什麼病，換了好幾次藥之後才轉診到大醫院去。

在大醫院診斷出來的結果，證實毬江是這種疾病中罕見的最不幸病例，因為大多數患者都是先從單耳開始逐漸失聰，極少數是兩耳同時發病的。當初那間小診所之所以找不出病症，也是因為兩耳同時失聰的病例實在少之又少，令醫生懷疑是別的疾病造成。

就結果而言，在第一間診所的耽擱成了致命性的關鍵。

這種病最好能在發病的兩週內開始治療。簡單的說，那就是搶救聽力的黃金時期，一旦過了這個時間，經治療而回復聽力的可能性將大幅降低，就算連續治療一個月也可能完全沒效果。毬江在第一階段的求診時，就浪費掉了這個黃金時期。

到後來，她的右耳完全聽不見，左耳勉強恢復了些許聽力，卻變得必須終生仰賴助聽器才行了。

才不過數週前，毬江還可以像普通人那樣聽見聲音，如今竟形同完全失聰，這打擊實在太大。她不斷懊惱醫生太晚才診斷出病名，深深體會「一失足成千古恨」的遺憾。

上學也出了問題。有了助聽器，毬江仍然聽得見，所以依舊在之前的中學就讀。只不過，報考高中的志願可以改填，失聰造成的障礙卻令她處處受挫。

被助聽器修正過的聲音和以往慣聽的不同。若遇到音量小的老師，她即使坐到第一排也聽不清楚，老師會配合她的要求講大聲些，卻總是不一會兒就恢復到原本的音量。要求次數多了之後，老師也會不自覺地面露厭煩。她猜想同學們也覺得不便，就不敢再說自己聽不清楚了。

同樣的，她也開始害怕跟人聊天。她以為自己只是聽力受損，說起話來應該還是跟以往一樣，想不到竟是控制不住音量。四下安靜時倒還好，若是在教室或馬路邊等吵雜的地方，助聽器是不會替她調節收音量的，有時太大聲，有時又太小聲，光是忙著調節音量，毬江就跟不上朋友的對話了。

不知不覺間，毬江也發現自己說話的聲音大得引人注目，於是她壓低音量，卻常常見對方聽不清楚而一直重問。一而再、再而三。

不僅如此，當她和朋友講悄悄話時，她都沒法發覺有旁人走近，好幾次讓不相干的人聽到不能外洩的秘密，害得她愈來愈不想跟人說話。

用手機寫簡訊可以避免這些失敗，卻不適合跟多人同時聊天，大家也得為了看她的手機螢幕而停止交談。

特別是在跟朋友聊天時，要求對方「再講一次」其實比上課時還要難以啟齒。偏偏多人同時聊天遠比一對一交談更不容易掌握語句，中斷眾人的交談卻也破壞了氣氛。毬江用微笑敷衍以對的次數也漸漸增加了。

忍受著聽力的模糊，上課和朋友交往都變得無趣起來，學校也愛去不去了。這麼一來，即使她偶爾上學一次，同學們也不太會去找她講話，不光是經常請假致使她跟不上同儕話題，同學也覺得她的聽力障礙有點兒麻煩——大家都沒有惡意，只是結果和嫌棄沒兩樣。即使毬江在場，他們也當她像是空氣似的。

冬天快來時，她根本不再去上學了，成天關在家裡不出門。和父母商量後，他們同意讓她休學一年。與其硬著頭皮趕在這一屆考高中，不如先適應耳朵不方便的生活。訓練聽力只是個理由，事實上是她對什麼事都提不起勁。

就在那個時候，小牧來看她。她知道小牧一直都常來拜訪，只是毬江不肯跟他見面。光是失聰就夠悲慘了，再見到已經交了女朋友的小牧，她恐怕會更受傷。

八成是父母親的請託吧，她在房裡見到母親領著小牧走進來。「妳看，哥哥來看妳囉。」母親只這麼說完，就回到客廳去了。

「好久不見。」

他的聲音不再是以前聽到的那樣，這一點又令毬江更傷心。助聽器最大的缺點就是音質走樣，她好不容易才讓自己習慣聽不見雙親那熟悉的嗓音，如今又得面對另一種失去——那意味著她從此再也聽不到小牧真正的聲音了。

那偏偏是她在這世上最愛聽的聲音。

「要不要我用寫的？」

毬江搖搖頭，她不想開口說話。在休學之前，她已經對說話聊天這回事失盡了興趣，既不想再為了自己聽不清楚而難為情，也不願再令別人感到不耐，令她卻步的理由太多了。

現在的她，甚至連跟雙親聊天都懶。

她在手機上打字回應小牧。失聰的這幾個月來，毬江按手機的速度已經比寫字快了。

『有事嗎？』

見她的用詞冷漠，小牧沒有一絲不悅，只是從衣服口袋中取出一樣東西給她看。那是一支行動電話——和毬江用的機種一樣。

「我也買了，只是還不會用。」

小牧一向不用手機，毬江也聽他母親抱怨過打電話去宿舍找人多麼不方便。

「妳把妳的手機號碼告訴我好不好？我的是這個。」

說著，小牧將寫有自己號碼的便條紙遞給毬江。其實他只要先知道毬江的號碼，再發個簡訊就能傳送他的號碼了。看來他果真還沒學會手機的使用方法。

是為了我嗎？她沒問，但知道小牧一定會為了顧及她的顏面而否認。儘管如此，她還是想哭。

在這之前，毬江一直好想向他發脾氣，說她不想見一個耳朵正常又跟女友幸福快樂的人。

現在他這樣對待自己，倒教她使不了性子。

毬江把小牧的手機號碼輸進通訊錄裡，發了一封空簡訊過去。看他一聽見收訊聲就慌忙的模樣，完全就是個新手。

『是我傳給你的。』

見小牧不知如何打開簡訊，毬江指著按鍵和液晶螢幕指導他。既是相同機種，毬江指示起來更是駕輕就熟，小牧應該也是基於這個理由才選擇這支手機的。

「裡面沒寫東西。」

『只是用來傳我的號碼而已，你可以直接把它存進通訊錄。』

毬江使用這一款手機很久了，長簡訊也能很快地打出來。

「哦，跟一般的電子郵件一樣啊。」

小牧恍然大悟，大概平常都是用個人電腦收發郵件。為了儲存號碼而打開的通訊錄上，只有毬江的手機號碼——一個有女朋友的人，手機裡建檔的第一筆通訊資料卻是毬江的，令毬江心裡又是一陣高興。

笨拙地建檔完畢，小牧抬起頭對著毬江說：

「我想快點學會，妳可以常常寫簡訊給我嗎？」

他都這麼說了，毬江只能點頭。

「謝謝。還有這個。」

小牧從公事包裡取出一本書。那是毬江喜歡的作家所寫的長篇小說續集，是圖書館的藏書。

「妳媽媽把妳的閱覽證放在我這裡，我就替妳辦了借閱。等妳看完，發個簡訊給我，我再幫妳借後面的續集來。若是想看別的書，也可以用簡訊告訴我。」

一如小牧所承諾的，只要毬江發了簡訊，幾天後就會看到他帶著續集上門來。基地離他們家很近，小牧不用等休假，下了班就可以過來。

就這樣，毬江也開始願意讓小牧帶她去參加各種交流會或訓練課程，特別像是手語和讀唇，小牧更是全程陪著，令毬江大受激勵。上了一年左右，她的讀唇術已經十分高明，雖然還不能光看唇形去理解，卻已能完全彌補助聽器的不足。

同時，毬江也漸漸能和雙親與小牧正常地聊天。她仍然害怕和外人說話，在外時表現得比較消極，但與先前在家裡時一句話也不說相比，已有長足的進步。

課業方面也是，有小牧積極關照，她就有了動力。復學之後，毬江把報考高中的志願往上提升，向小牧的母校申請入學。

在這一年之中，小牧幾乎是一有空就陪著毬江，讓毬江甚至想問他：把女友這麼晾在一旁，不會有問題嗎？只不過，她更喜歡小牧如此關心她，也就故意不提起這件事了。

考取高中後不久，毬江從母親那兒聽說小牧和女友分手了。她跑去問：「該不會是因為我？」料想小牧必定會否認，而小牧果然也否認了。他只說是女友調職他處，兩人的關係自然變淡了而已。

說完他還苦笑著對毬江表示：「想不到連妳都來為這種事操心。」

至於第四次的失戀……還沒發生。

如今的毬江已經升上高二，定期到圖書館找小牧的習慣仍然持續著。小牧是特殊防衛員，不會經常待在閱覽室裡，但若在警備或訓練途中有空閒，還是會稍微陪她一下。

毬江不會發簡訊叫他，她知道那麼做是不得體的，所以她頂多在圖書館內外繞一圈，多半就能遇得到。就算沒遇到小牧也無所謂，她就自己借書，然後回家。

剛才那個女的應該是小牧的下屬吧？毬江想起替她撿手帕的那名高個子女性，覺得那個人流露著開朗活潑的氣質。和她說話時，小牧的表情也跟毬江平常所見的不一樣，完全就是個工作中的男人，可見他們彼此沒有什麼特別的感覺。

凡在小牧的工作場合見到他的女性同僚，毬江總是不由得想到這方面——其實這種心思只是多餘，小牧又不是沒在職場中交過女朋友。

她在閱覽室裡等待小牧，一面在書架上瀏覽。這時，有個來整理書架的女性向她打了一聲招呼：

「午安呀。」

那是個長髮光鑑照人、模樣令人眼睛一亮的美女，穿著工作用的圍裙，胸前掛著印有「柴崎」二字的名牌。毬江剛見到她時還有點兒擔心，因為她長得實在太漂亮，後來發現她似乎比較黏著堂上，戒心才慢慢解除。

基於工作關係，這個人和小牧也算熟識，所以小牧大概跟她交待過，她才會常常來跟毬江打招呼。她總是站在近處、面對著毬江開口說話，因此即使是在不能高聲交談的閱覽室裡，毬江也都能明白她的語意。

「妳又來等小牧先生？找到他了嗎？」

毬江點點頭。面對一個只是點頭之交的外人，她仍然不太想開口說話。

「那就好。」

柴崎說著，向毬江眨了眨眼。這位細心的長髮大姐姐曾在不意間透露小牧的內勤班表，看來應該明瞭毬江的心思，但她倒不曾表現得太過熱心或關注，而是保持著適當的距離。就像現在，她也只是說了這些就離開了。

毬江又翻閱了幾本書，覺得肩上被人輕輕一拍，知道是小牧來了。

「久等了。妳借好了嗎？」

毬江笑著點點頭，在手機裡打字。她怕自己控制不了音量，因此即使是和小牧一對一在圖書館裡說話，他們也都用手機溝通。

『再來就等小牧先生的推薦了。』

上高中後，毬江不再喊他「小牧哥哥」，除了覺得那樣顯得孩子氣，也算是給他暗示——她不再是小孩子。

回想起第一次的失戀，當時的小牧是高三。現在的毬江穿著與他們當年一模一樣的制服，再加上那一年的休學，年齡也與當時的他們相當，她覺得自己彷彿終於趕上了。

那麼，小牧可曾察覺？毬江有時不免心焦，恨不得能開口問。

「有什麼特殊要求嗎？」

『我想開發新的作家。』

小牧做出思索狀，大概在捉摸毬江喜歡的文字風格。

「妳知道——嗎？」

那應該是一個作家的名字，卻是毬江不知道的，所以她聽得不甚真切。小牧隨即在書架間走動、翻找起來，直接取了一本讓她看封面。果然是個毬江沒聽過的作家。

「這個人還不是太有名，但我覺得妳應該會喜歡。」

『那我就讀讀看。』

這個作家已經出了好幾本書。毬江決定先選一本，便問小牧最喜歡的是哪一部。小牧毫不猶豫的抽出另一本遞過來，書名是《雨林之國》。

『謝謝你，若是喜歡，我再讀別本。』

接著，他們就之前讀過的書聊了一會兒，然後毬江問起他下次幾時回家。

「我媽跟妳媽的小道消息還不夠靈通嗎？」

小牧笑答，仍然從口袋裡掏出記事本來看。

「若要週末，那就是下週六了。只不過我是當天收假。」

『那我就設法在那之前讀完這本書囉，希望到時能跟你聊。』

一如往常地口頭約定後，毬江便向小牧揮手道別，顯得有些依依不捨。

小牧也笑著輕輕揮手。那就是他送別的姿勢。

*

「對了，妳知道中澤毬江這個人嗎？」

郁和柴崎在寢室裡閒聊，柴崎聞言立刻點頭。

「小牧教官的『小公主』對吧？」

「原來妳知道啊。」

還以為自己找到了柴崎情報網的死角呢！郁一臉無趣地趴在暖爐桌上。但再想想，既然對方也知道這個消息，聊起八卦便有另一種樂趣，於是她又坐直了身子。

「欸，妳覺不覺得他們兩個之間有點什麼？我們班那幾個男的都沒神經，我問了也沒反應。」

「哦——妳說堂上教官和手塚呀。那兩個人本來就是木頭人師徒嘛。」

聽柴崎這麼回應，令郁對自己的假設更增信心。

「所以那女孩一定喜歡小牧教官吧？就是不知道小牧教官是怎麼想的，我好好奇哦～！」

「啊，妳可別去對小牧教官嘴碎什麼。他們兩個是我的長期觀測目標。」

「那是啥？」

「靜靜在旁邊觀察他們的發展才有趣嘛。」

柴崎說得稀鬆平常，安的卻不是好心眼。

「天啊——那我絕對不要被妳知道我喜歡誰。」

「反正妳都是不打自招，我根本不用刻意去套。」

「不會吧!?」

郁的臉色大變，以為柴崎在暗指她心目中的「王子」，卻見柴崎惡作劇地笑了起來。

「妳看妳看，一下就露餡了。」

她的取笑反而讓人摸不清底細，但是郁又不敢多問，怕這一開口會不小心洩露更多，只好努力閉緊嘴巴。正應驗了「多做多錯，少做少錯」這句俗語。

「那我也要加入妳的觀測計畫。」

郁趕緊拿小牧的話題來遁逃，柴崎倒也沒再追下去。

「毬江的心思很容易看出來，但是小牧教官可就老謀深算了。那個人狡猾得很呢。」

「啊，這的確像是妳會給他的評語。」

「他可難纏的——」

不知情的人或許以為她們在背地裡罵小牧，但是若讓了解柴崎的人聽見，便會明白這是她在讚許他「表現可圈可點」。

「我就算再有本事，也不想跟那種人互玩捉迷藏。」

噢，我懂，因為妳也夠狡猾的——郁只敢在腦中這麼想，深怕說出口會遭到柴崎還以三倍毒辣的諷刺。

「柴崎，你覺得跟小牧教官那種類型的人在一起怎麼樣？」

「啊，絕對不可能。我談戀愛向來不找同類的，否則兩個人互相陰來陰去，註定會搞成一團、弄得莫名其妙。」

斬釘截鐵的說完，柴崎對著郁嫣然一笑：

「所以若要談戀愛，我反而喜歡像妳這種的。」

「……妳再拿我尋開心試試看！」

「哪有哪有，我是百分之兩百的在誇妳。妳若是男人，我就願意跟妳交往。」

「夠了啦！」

開春上工之後的第一個週末，就在這般愚蠢兮兮的對話中度過。兩人都沒有預料到，週末才過，與這個話題有關的事件就突如其來的發生了。

*

優質化特務機關這一次的突襲，模式與以往完全不同。

沒有區域封鎖，沒有交戰程序，有的只是優質化特務機關的車輛在光天化日之下大剌剌駛入武藏野第一圖書館的停車場。甚至是見到穿著優質化特務機關制服的隊員走下車來，圖書館方面才發現事態有異。

停車場的警衛傳來第一樁通報後，隊上的騷動就像蜂窩被捅到似的。目前館內都是一般民眾，優質化特務機關竟沒有讓館方預先做準備，不知在打什麼主意。

在防衛部的緊急調度下，第一圖書館的警衛數量立刻在短短五分鐘內增加一倍，特殊部隊也奉玄田的指示出動所有人力。乍看之下，好像只是警備人員比平常要多了一些，其實館內外已經瀰漫著某種一觸即發的氣氛。

就在這緊繃的情勢中，優質化特務機關的部隊不慌不忙地穿過了正門。

「他們往閱覽室去了，我們繞道。」

經堂上指示，同班隊員們便由側門抄近路先趕到閱覽室。堂上班原本就在執行便服巡邏任務，不像著制服的隊員那樣顯眼，也比較不會驚動民眾。

郁剛踏進閱覽室，柴崎立刻不動聲色地挨近過來。

「什麼狀況？」

「一頭霧水。警備班也陷入混亂，人手增加了卻不見進一步的動靜。」

郁的回答還沒說完，便見優質化部隊走進閱覽室來，民眾們頓時大為緊張，開始交頭接耳，竊竊私語。有幾個人將手裡拿的書放回架上，此舉隨即感染了其餘民眾。審查制度雖然不以閱覽人為懲處對象，可是優質化特務機關有多強勢，社會大眾都略有認知。

帶隊的隊長睥睨室內，大聲喊道：

「叫圖書館長和二等圖書正小牧幹久出來！」

郁和手塚不假思索地向小牧看去。堂上雖然沉住氣沒轉頭，雙肩卻繃緊得任誰也看得出來，反倒是小牧本人絲毫未見動搖。

瞥見借閱櫃臺後的圖書館員們也一齊向小牧行注目禮，優質化隊員們這下子都知道他們要找的人是誰了。

面對優質化隊員們的視線，小牧仍是毫無懼色，神情平靜地向前跨了一步。

「圖書館長呢？」

聽見這一聲具恫嚇意味的大喝，副館長秦野在櫃臺後答話：

「我現在就去請。請您不要高聲喧嘩，以免嚇到兒童。」

說著，秦野自動走出櫃臺。代理館長鳥羽是個怕事又膽小的人，若知道是這種突發事態，光用電話恐怕請不動他。

就在這時，堂上冗地抓住柴崎的手，壓低了聲音說道：

「找司令跟隊長。」

柴崎得了指示，馬上像貓兒一般輕手輕腳地溜了出去。見她離去的方向是工作區，大概打算用內線電話聯絡稻嶺和玄田。

誰會先趕來呢？郁摸不透事態的發展，但知道他們兩人都是關鍵人物。

結果是玄田趕上了，稻嶺來不及。

玄田一面用他的眼神恐嚇優質化隊員，一面和堂上班會合，小聲地向堂上問道：「怎麼回事？」可是沒有人答得出來。

在秦野副館長的「護航」下，代理館長鳥羽臉色蒼白的出現，和小牧站在一起。優質化部隊的隊長見要找的人都到齊了，不懷好意的咧嘴一笑。

隨後從懷中取出文件，當場朗讀起來：

「正化三十二年一月十五日，優字第237號，優質化調查會約談命令！嫌疑人：小牧幹久二等圖書正！事由：委員會接獲報告，指右列人士有侵害未成年暨殘障者人權之嫌疑，應即刻到會說明！」

「等等，怎麼……」

眼見郁就要衝上前護著小牧，堂上一把將她按下。他只用一隻手，力道卻大得驚人，郁竟然沒辦法掙脫。「不准放肆，等司令來。」從這一聲低沉的命令，郁聽得出堂上正壓抑著比其他人更甚的怒火，她也只好強自按捺。

司令，拜託你快點來！郁一心祈求著，卻也明白稻嶺行動不便，坐輪椅從基地的司令官舍過來總要多花點時間。

「武藏野第一圖書館必須立刻准允小牧幹久二等圖書正向委員會報到！」

簡單的說，就是要館方交出小牧。

「這、這……」

鳥羽的聲音抖到不能再抖，秦野只好拉高了嗓門代他回答：

「小牧二正隸屬於關東圖書基地，武藏野第一圖書館無權決定他的勤務。」

像是為副館長助陣，玄田也粗聲粗氣地吼道：

「而且委員會片面傳喚太突然了。我身為小牧二正的直屬上司，要求暫緩傳喚，讓我方調查相關事實。」

優質化部隊的隊長壓根兒沒理會秦野和玄田，逕自對鳥羽放言：

「既然武藏野第一圖書館是基地附屬圖書館，基地司令不在時，圖書館長不就有命令權了嗎？」

「基地司令正在趕來的路上。」

「我們要求的是即刻答覆。基地司令不在場是你們的事，與我們無關。」

按在郁肩上的那隻手臂愈來愈用力，彷彿已不再是為了制止郁，而是堂上在遏抑他自己的怒氣。不由自主地，郁把手疊了上去。

「若是不立刻交出小牧二正，武藏野第一圖書館就有侵害人權的共犯嫌疑，你們願意嗎？」

這幾句話顯然是衝著鳥羽說的，對方早就掌握到之間的弱點。

「不可以，這是對方用計！」

秦野的腦筋動得很快，卻已無法擋住鳥羽的歇斯底里。

「我有保護圖書館的義務！」

你這混蛋最沒資格說！郁的腦中才剛爆出這句粗話，便聽得玄田同時開罵：

「白痴！」

這一聲毫不留情的痛罵，不只代替郁發洩那份不滿，也替全體圖書隊員抒發了心聲。

「你難道不懂？交出了小牧，圖書館也一樣會被指為共犯的！」

可惜鳥羽不願意把眼光放遠，他驚恐又倉皇的尖聲宣布：

「我以武藏野第一圖書館代理館長的身分，准許小牧幹久二等圖書正向委員會報到！」

一聽得此言，優質化隊員便粗魯地揪住小牧的手臂，將他拉了過去。小牧還是一臉平靜，回過頭來對堂上說：

「別跟我家裡說，好嗎？我不想讓他們擔心。」

這話的後半句指的肯定不只是他的家人——郁甚至可以斷言他在說的是誰。這下子，她更無法忍受了。

「等一等！你們說的嫌疑是指毬江的事吧？那就一定是誤會了！因為——」

「住口！」

堂上幾乎得用擒抱的才能阻止郁去追優質化隊員。手塚也幫著攔她。

就在這時，優質化部隊的隊長以威嚇的語調向郁喝道：

「妳敢講出被害者的姓名，我就連妳也以妨害人權罪嫌帶走哦！」

郁的腦子裡清晰可聞有某種東西綳斷的聲音。

「好啊，有種你試試！」

聽著那個綳斷聲，她的大腦一隅已經大略估算完畢。只要她可以藉鬧事來爭取一點時間——等稻嶺趕來，也許能有所轉寰。

然而……

一記清脆的巴掌聲響在她的臉頰上。動手的人是——是堂上。

郁還沒從驚愕中清醒過來，便聽得堂上向優質化部隊說道：

「你們走吧，我會管教我的部下。」

為什麼，你怎麼能就這樣任他走，那是小牧教官啊。郁只覺得臉上又麻又痛，更難自制的卻是這滿腔思緒無處可去，全都化成了淚水奪眶而出。

小牧就這樣被優質化部隊抓走了。

閱覽室整個靜了下來，鳥羽縮著脖子便想開溜。郁怎麼忍得下這口氣。

「你想去哪!?」

鳥羽嚇僵了，定在那兒不敢動。

「都是你——都是你害小牧教官……！」

淚水令她語不成聲。

「你有什麼權利！你憑什麼！」

這會兒再也沒人想攔阻她。

「……我、我是為了保護圖書館……既然小牧二正引發爭議，我們圖書館就應該站在協助優質化委員會的立場，展現圖書館的公正性——」

「你少在那兒口口聲聲說為了圖書館好！」

誰都有資格這麼說，就只有鳥羽不准。

「你根本就……」

郁太激動，加上哽咽，上氣不接下氣的她終於說不出話來。

有一隻手輕輕按在她的肩上，她卻使性子將它拂去。郁知道那是堂上在安慰她，只是此刻怎麼也無法坦然接受，頭也不回的跑出了閱覽室。

跑了一會兒，她遇到和警衛一同前來的稻嶺。

「笠原。」

聽見稻嶺喚她，她知道他會問。

「小牧教官他……」

郁也想說明，話語卻堵在喉嚨裡，她努力的想將它擠出來，卻覺得那會是另一陣嗚咽。不知所措之餘，她只好又跑開了，稻嶺也沒再喊住她。

稻嶺進入閱覽室時，室內還有許多民眾在，場中則洋溢著異樣的氣息。

玄田立刻上前說明情況。稻嶺聽完，直視鳥羽，鳥羽則不敢正視他，顯得心神不寧。

「你太衝動了。」

稻嶺的指責，令鳥羽的眼神更加游移。他從來就不敢和稻嶺直接面對面。

「我會立刻向關東圖書隊確認相關事實。不論結果如何，你都勢必會被追究相當責任，這一點請你做好心理準備。就目前看來，你沒有等我到場就擅自做決定，已經是很嚴重的越權行為，這更是圖書隊指揮系統頭一次因外來壓力而受到擾亂。作為代理館長，你的資格和能力恐怕會遭到質疑。」

相對於稻嶺那堅定而沉穩的語調，鳥羽雙肩垂落，神情頹然。

*

在後院樹叢旁蹲了一會兒，郁聽見頭頂上有個聲音：

「縮在這種地方會感冒哦。」

她仍舊縮著不動，不用抬頭看也知道是堂上。

「妳要哭，也選個女孩子會去的地方躲嘛。」

他大概是到處找了好一會兒。

「抱歉啊。」

堂上在她前面蹲下，一手輕輕拍著她的頭。她知道他在為剛才的那一耳光道歉，但她其實並不介意，因為她明白堂上為什麼要在那種場合下打她。

即便如此……

「你幹嘛阻止我。」

她由下往上瞪著堂上，像是在逼問他。

「讓我去爭取時間，稻嶺司令說不定就趕到了。」

「也許反而就來不及了。」

堂上淡淡答道，卻沒有潑冷水的意思。

「有代理館長的那番話做後盾，那幫傢伙根本是抓了人就想快點撤退。妳要是去鬧事，搞不好連妳都因妨礙公務而被抓走。」

「我早就有心理準備！」

「所以才要阻止妳。」

堂上的語氣平靜，反駁的氣勢卻更強。他的臉色一沉。

「我早料到妳會怎麼盤算。」

奸詐，現在才放馬後炮。郁悶悶不樂地又低下頭去，卻聽見堂上不快地嘀咕「難道還多送一個給敵人嗎」。

「小牧教官會怎麼樣？他們說的約談……」

「以前沒發生過這種案例，我也不清楚。我想很可能是優質化法的擴大解釋，把取締媒體的權限套用到個人身上了。約談命令既然提到小牧的階級，那麼從表面上看來，那道命令不是針對小牧個人，而是準備取締一個運用媒體為公共資產的公職人員，只要能讓小牧承認自己是蓄意侵害人權，最終就可以把嫌疑擴大到整個圖書隊。這大概就是他們打的主意。」

堂上最後才點出了郁最擔心的事，令她格外不安。「讓小牧承認」指的會是什麼？刑求嗎？

堂上垂下眼，好像在避開郁的視線。

「外界無法監督媒體優質化法的運用，當事人只能以適用不當親自申訴。小牧現在被他們拘禁，不可能去申訴，要他們放人也很難。」

郁努力思索，卻怎麼也想不出具體的解決辦法，只能恨自己天生不夠聰明，事到臨頭了也不會變得靈光些。

「……所以小牧教官究竟會被怎麼樣嘛？」

「大概會把他關起來，叫他配合著錄口供吧。約談一定是在密室進行，就算對方行為過當也無從舉證，更何況加害者是個組織。」

「該不會用暴力——」

「假使弄傷了小牧就會留下證據，我倒覺得那樣反而好。對方若肯送他就醫，起碼我們還能把人找回來。」

郁打了個冷顫。堂上居然寧可對方動用暴力脅迫，可見他已預期到相對的精神施壓會有多重。

「圖書隊會用第三十一條的資料提供權去抗衡的。那一條可以把向圖書隊員施壓，解釋為侵犯他的資料提供權。」

說著，堂上笑了起來，叫郁別苦著一張臉。

「隊上已經去蒐集相關事證了。妳是要去救人的人，怎麼可以蹲在這裡消沉。」

你自己才是——郁看著堂上的笑容，那裡面分明堆滿了自責、焦慮和脆弱，好像恨不得自己能代替小牧被抓走——而且一望即知。看了直教人心痛。

別為了讓我放心就笑給我看。

「教官你也一樣。」

她裝作不服氣地抬高下巴說：「請你打起精神。」

啊啊，我在搞什麼？郁邊想邊罵自己。在這種場合，我為什麼就只會用這種不受教的態度跟人講話呢？

堂上苦笑著又在她頭上敲了一記，同時起身準備離開，郁卻覺得他是在向她道謝。

*

簡單的說，大概就像是傳話遊戲那樣。

一開始是從毬江就讀的高中裡傳開的。她在下課時將小牧推薦的書拿出來讀，然後跟班上的同學聊到——

那本書好看嗎？妳在哪兒借的？同學不經意地隨口問起，毬江便也沒多想，只說是在第一圖書館聽熟人推薦的。

然後，或許是在毬江不知情的場合下，同學們隨意聊起她愛往圖書館跑的習慣（八成也知道毬江有個暗戀的對象，所以純粹好奇地嚼嚼舌根），不知是誰聊著聊著就想到毬江最近在讀的那一本書，很可能是覺得不妥。

「不過，中澤同學現在在看的那一本啊……」

那是小牧推薦的《雨林之國》，由一個新進作家所寫的戀愛小說，女主角是個聽障人士。

「明知道人家耳朵不好還推薦那種書，那個人也太少根筋了吧？」

這個年紀特有的正義感和精神潔癖，在那種小圈圈裡會如何加速發作，並不難想像。少年少女對於糾舉彈劾一事，往往是單純、頑強而一廂情願的。「中澤同學好可憐」之類的耳語瞬間在學生群之中散開，透過教師和家長們的傳播，再傳到媒體優質化委員會。

事既至此，媒體優質化委員會當然要好好利用這個謠言。武藏野第一圖書館稱得上是都內公共圖書館的中樞，又是關東圖書基地的附屬圖書館，反抗檢閱的敵對組織大本營，用這個藉口去攻擊它是再好也不過。

於是，武藏野第一圖書館的圖書隊員涉嫌侵害未成年殘障者的人權，成了合理的懷疑——

「大概就是這麼回事。」

柴崎向郁擇要說明。藉著館員與學校司書的人際網絡所打聽到的消息，館方在事件發生的當天就拼湊出這段內情，而柴崎當然是其中的功臣之一。

「書面提問會顯得事態嚴重，對方勢必因顧忌而保留，還不如動用個人交情，各自循人脈管道私底下去套話，然後再各個片段兜起來。」

這個狀況現在已經上報到關東圖書隊的高層，上級們正在商討對策，稻嶺轄下的玄田和堂上也加入商議。和小牧同一班的郁和手塚雖然擔心，卻因為職階不夠而不能參與討論，值勤時間一過就被逼著下班了。

等到會議有了結果之後，堂上班應該會集合起來說明進度。郁於是決定早點吃飯、洗澡，在宿舍裡等待。

「毬江本人和她爸媽好像不知情呢。哼，想不到那些『正義的謠言』倒是挺顧及她的顏面嘛。」

柴崎冷笑一聲，口氣難得如此陰險。她的言詞雖然總是辛辣，卻很少故意說反話、或是拐彎抹角地罵人。

「真討厭哪！年輕純真就可以拿這種正義感當作擋箭牌嗎？那年紀的小鬼簡直是井底之蛙，就知道拿自己的價值觀去衡量全世界，不知道看在人家眼裡根本就是傲慢，要不就是裝無辜說沒有惡意，硬要別人接受他的同情心，好像全世界就他一個人最重要。自我意識膨脹到像是快爆開的氣球一樣。」

「呃、可是……」

郁含糊說道：

「那個年紀本來就是這樣嘛……」

她覺得柴崎的那一番痛罵聽起來有些刺耳，因為她想起了當年的自己，那也不過是幾年前的事。要好的女同學被男生甩了，她領著一群人跑去跟那個男生抗議，憑藉的正是柴崎所謂的幼稚正義感。如今回想起來簡直是丟臉到家。那種狹礙且自我中心的本質，正和發生在毬江身邊的關懷一樣。所謂的社會善良風俗，也不過是一種集體式的英雄主義兼自我陶醉罷了。

「怎麼？想起小時候的自己，心裡過意不去？」

柴崎不懷好意的笑著問，令郁忍不住癟起嘴，卻見柴崎忽然露出自我解嘲的表情。

「別擔心，我也是自己曾走過這一段，才罵得這麼兇啦。」

柴崎的口氣裡同樣有一絲自暴自棄，不過郁明白。

青澀年華特有的歧見，卻被媒體優質化委員會拿來大作文章，一點也不公平。會被這種偏頗所利用的膚淺和幼稚，她們都曾經擁有過，只是在成長的過程中漸漸懂得遏制罷了。正因為如此，眼見那些半大不小的孩子們信口雌黃，自以為伸張正義與良知，格外令人厭煩。

郁的手機發出一個簡短的訊息通知聲響，簡訊寄送人是堂上。

『三十分鐘後，第三集會室。不便則報到後巡回。』

只講要點、全無贅字，這正是堂上的風格。

「好像開完會了。」

「在哪集合？」

「三十分鐘後在第三集會室。」

「嗯──那我也去吧。」

柴崎邊說邊換下睡衣，準備出門。

「等等，可是妳不是特殊部隊的耶。」

「我對情報收集有些貢獻，總該有旁聽的權利吧。」

這種時候的柴崎講話頗具份量，郁也就隨她去了。

堂上班的三個人都到了，加上玄田和柴崎。其他各部門要在明天朝會時才會得知會議內容。

堂上先叫郁把柴崎打聽到的情況報告一遍，然後由玄田接手主持。

「小牧的罪名完全是對方捕風捉影捏造出來的，只要我方提出不服的抗辯，逼他們上法庭，到時一定是我方勝訴，問題是這一點需要當事人親自申訴，圖書隊代理訴訟也要有他本人的委託書才可以。這麼一來，圖書隊出馬交涉的第一步，等於得先要求委員會釋放小牧。」

「他們會放人嗎？」

郁問得直接，當下沒人答得出來。一陣沉默後，堂上才開口：

「媒體優質化委員會很可能另外成立調查小組，把這個案子和委員會本身的業務切割開來，然後讓調查小組全權負責，再推說業務獨立所以聯絡有誤差，或是事實誤認等等。這麼一來，就只能看法務部的交涉本領，只不過──」

直到今天的下班時間為止，法務部一直向調查小組要求會面和暫時釋放，兩邊的交涉窗口看來是聯繫上了。

「萬一他在被放出來之前就讓人逼供畫押，那就糟了。」

玄田苦惱地抱著雙臂。

「咦，可是我們在法庭上不是很有勝算嗎？快點把他們拖上法庭，小牧教官就可以出庭作證……要是有被逼供的證詞，不也都可以事後撤銷嗎？」

「對方要是也這麼光明正大，他們就不用費這麼多工夫了。」

郁聽不懂玄田的意思，柴崎便從旁解釋：

「意思就是，人家一開始就只是要弄臭圖書隊的名聲而已。他們早知道我方可以翻盤，卻還要取小牧教官的供詞來告我們侵犯人權，就是想把這件事情鬧上檯面。這樣一來，就算最後是我方勝訴，民眾的記憶中也會留下一個『關東圖書隊疑似侵害人權』的印象。」

郁這下子總算明白。少數標榜聳動的媒體會炒作新聞，只針對案件中的人權受損部分大肆渲染，等到這個話題的熱度消退，訴訟又拖長，那些媒體根本也不會再關注，事實真相或判決結果的後續報導也會無疾而終。

媒體優質化委員會勢必拖延訴訟，以便進行圖書隊的負面宣傳。這就是他們的如意算盤。

「好骯髒的手段……」

郁忍不住喃喃罵道。想到自己人正被這等卑鄙的手法利用，讓她又急又氣，又見手塚寒著一張臉悶坐在那兒，從進門後就沒開口講過一句話，好像也和她一樣內心煎熬。

「要是知道約談地點就好了。」

玄田說道。在這種情況下，約談地點就等於監禁地點。

「只要能知道地方，我們至少可以闖進去搶走小牧。」

「……可以這樣亂來嗎？」

「對方無憑無據亂抓人，是他們站不住腳吧？整件事一開始就是空穴來風，他們敢告嗎？法律界早有默契，司法不會介入圖書隊和媒體優質化委員會的抗爭，就算對方想告，頂多只能告我們非法入侵或損害私人物品之類的民事小罪，總比拿人權問題大肆張揚要好太多了。要比卑鄙大家就來比，判決結果我一個人扛，反正我們法務部裡多的是我的人，動個手腳暫緩執行也不是什麼難事。」

聽到玄田這種山賊作風般的論調，堂上忍不住面有難色地直說：「這種話拜託你別到外頭去講哦。」

「咦，等一下。」

郁不自覺的脫口而出，然後才發現大家都朝她看來了。她想也罷，既然想到了就講吧。

「要小牧教官被釋放，需要當事人親自申訴，對吧？」

這是她特有的直線式跳接，但也沒人說她講錯。

「案由既然是侵犯人權，當事人不也就包括毬江了嗎？只要毬江否認有人權侵害的事實……」

「不可以！」

堂上馬上駁斥：

「她還未成年，怎麼能把她捲入圖書隊的問題！」

他的反應雖然激烈，但言下之意，郁的提議是有可能奏效的。

「為什麼？這個問題不也跟毬江自己有關嗎？」

「難道妳要她為了這種莫須有的罪名去承擔責任？說小牧是為了她才被抓走的嗎？」

郁不禁瞠目結舌——這男人的腦筋怎麼這樣轉不過來？

「你怎麼這麼笨哪！誰會那樣講？」

一氣之下，她也顧不得口氣了。是堂上太笨害她生氣，要怪就怪堂上。

「她喜歡的男人被陷害成這樣，而且是拿她當作藉口去陷害的！天底下有哪個女人受得了這種事？她怎麼會不想知道、怎麼會不想救他？」

堂上剎時一怯，但隨即恢復氣勢：

「那是妳擅自揣測！」

「呆頭鵝就少開口啦！要比這種揣測，你是不可能贏過女人的！」

「關於這一點嘛，我也支持笠原的看法。」

柴崎悠哉的舉手表示支持。有了她的撐腰，郁更是理直氣壯。

「要不然換個立場，如果是你呢？有人拿你去捏造藉口，陷害你喜歡的女人，你會坐視不管？」

堂上說不出話來，轉移視線，不再看著郁。

講不贏我？郁下意識探身向前，卻見堂上抬起頭來，重新瞪著她。

「小牧叫我別讓他們知道，也包括她！」

他的表情強硬已極，好像連一絲理智也沒了，郁索性放膽直言：

「……所以我就說，那根本是男人的一廂情願嘛！什麼不想讓人家擔心，是愛面子嗎？拜託你們別給女人找這種麻煩！」

哇哦，真敢講。聽見柴崎那看熱鬧的口氣，郁也無暇理她了。

「要是我一定受不了，瞞著我反而更讓我受傷！你也站在女人的立場想想，男人在背地裡默默受罪，女人事後才知情，那是什麼感受！」

「──妳甚至在人前都會害別人受罪，哪有資格說這種話！」

被堂上這麼一吼，郁才驚覺他此刻的表情有多麼可怕，那緊緊糾結的眉頭令她不由自主地膽怯。她知道堂上指的是她向優質化部隊挑釁時，被拖去收爛攤子的事。

「你也不必在這種時候抓我的痛腳……」

「閉嘴啦！」

這算什麼！是你先搞人身攻擊轉移話題的！郁還沒來得及抗議，便聽得堂上接著吼道：

「小牧是拜託我！妳少插嘴！」

他說完就猛然起身，氣呼呼的走出了集會室。

聽得門被甩上，室內靜了老半晌。一片驚愕中，玄田幽幽的說：

「……也罷，這麼精彩是很過癮啦……」

精彩對戰的另一名選手郁忍不住縮起脖子。搞什麼呀，通常應該是我在這時候氣得奪門而出吧？

「妳有時還挺天才的，居然能把一個大男人逼到這個地步。」

柴崎那廂還在驚訝，郁則沒聽懂她的話，只是覺得委屈。心想：我哪有逼他，最後明明是他自己單方面亂找藉口的。

「總之，圖書隊現階段將以與法務部交涉為目標，特殊部隊負責找出小牧的所在地，並且以武力搶救！」

哇塞，居然用山賊作風當結論？不過，會用這種話阻攔長官的那個人已經離場了。

說來奇怪，直到解散為止，手塚一次也沒有開口過，反讓郁留下深刻的印象。

*

小牧被抓已經兩天，法務部和特殊部隊卻都沒有進展。

一如他們的推測，對方窗口果然以聯絡時差為由拖延答覆法務部，特殊部隊則一直無法鎖定小牧的所在地點。

隨著時間過去，堂上的臉色愈來愈難看，甚至沒有人敢隨便靠近他。就連郁也一樣，加上前天才大吵一場，兩人都在鬧彆扭，更是互不搭理。

「差不多到極限囉……」

這一天是星期五。當晚，柴崎在房裡如此嘆道，聽得郁心頭一驚。

算起來是第三天了，小牧的安危令人擔憂。

「對方一定急著想從小牧教官問出口供，只要能讓他精神耗弱，除了暴力以外，只怕什麼手段都會用上。所謂的約談其實跟逼供沒兩樣，搞不好是沒日沒夜的問，連休息時間也不給，要是一般人，這時候應該快要崩潰了吧。」

小牧還沒回來，可見他還在抵抗，但也表示情況會愈來愈不利。

「妳想……」

這三天來，郁一直都在想這個問題。她決定說出來：

「我們不能找毬江幫忙嗎？她的確不是圖書隊的人，跟小牧教官卻比我們都還熟啊。」

是呀，畢竟她也是當事人嘛。柴崎也點頭稱是。

「只是我一直在想──要是她知情，一定很受打擊，雖然小牧就是怕她擔心才不想讓她知道的。」

加上堂上心裡又有很多歉疚，更不肯說。

「可是毬江會怎麼想呢？說是怕她受傷才瞞著她，這難道不是男人自做主張嗎？如果換成我，搞不好我再也不敢說喜歡對方了。」

對方即使說不是我害的，我終究會覺得自己脫不了責任。要是有哪個女人可以因為這種話而真的以為自己心無罣礙，那她一定不是真心喜歡那個男的。

同時，只要對方還繼續被牽扯在事件中，這份歉意就會一直存在。更讓人擔心的是，這件事會不會在對方的資歷中留下污點？想到自己就是這個污點的起因，哪還有臉去喜歡人家？

「搞不好從他開始瞞我的那一刻起，我就得放棄這段感情了呢。」

反正戀情不保，至少她想在臨別前說出自己的感受。害對方為了一個和自己有關的莫須有罪名而受到傷害，又在刻意隱瞞的情況下被迫中止那份思慕；這種事──

「我會受不了。」

人家是多麼一心一意的寄託思慕──那男人懂個屁！

郁忍不住又氣起來。那矮子一定也跟小牧一樣，嘴巴說不希望女人擔心，骨子裡其實是死要面子，然後在背地裡搞到自己苦哈哈慘兮兮。一定是這樣。

「妳又來了，純情細胞暴增。吃點抗生素吧？」

柴崎沒好氣道。郁縮了縮頭，現在吃抗生素恐怕也起不了大作用。

「不過，就這一次，我贊同妳的純情理論。能儘快救出小牧教官當然是再好不過，否則這麼瞞著實在不像話，那兩個人根本把十七、八歲的大女孩給看扁了。難得一對好好的觀測目標，怎麼可以就這樣拆散。」

後面那兩句比較像是柴崎的本性。

「這樣吧，妳明天下午休個半天假，我也休假，我們去毬江家走一趟。明天是星期六，她下午應該在家。」

「啊，妳知道毬江她家在哪？」

「我知道小牧教官他家啊。我說要寄賀年卡，就把大家的通訊地址都騙到手了。他們兩家的門牌好像只差個幾號而已，去了一定能找到。除非那裡是中澤村，滿街都是姓中澤的。而且小牧教官要我們別跟家裡人說，又沒提到毬江的名字，對吧？」

在親近的同袍之中，柴崎搞不好是手段最陰狠的一個。

熄燈時間前，手塚拿著手機溜出寢室，等大廳裡沒人了才走到門口，就著玄關屋簷旁的燈光按起數字鍵來。

那是一個好幾年沒有撥過的號碼，但他還是背得出來。朝液晶螢幕上顯示的數列凝視良久，他打了個哆嗦。

深夜的寒氣襲人，他故意穿得單薄，是為了堅定自己的意志。

遲疑著按下撥出鍵，聽著電波搜尋時的聲響。來電答鈴響了三遍之後，對方接聽了。

「……是我。」

電話那頭喚了一聲，叫的是手塚的名字，語調充滿懷念。

「我們隊裡的事，你知道吧。」

他斷言道，努力放鬆了語氣。對方並沒有否認，算是第一關突破。

「我的長官被優質化委員會抓走了。我想知道約談地點。」

說完，他吸了一口氣。

「我想你應該知道吧——哥。」

對方沒有作聲。那沉默長得令手塚心焦。

『你好久沒有找我幫忙了。』

那聲音突然爽朗起來。聽在手塚的耳裡，卻彷彿充滿玩弄的意味。

＊

星期六。小牧被抓的第四天，堂上在上班前接到郁打來的電話，說要請病假。

經過連續幾天的冷戰，郁在電話裡講得顛三倒四。問她哪裡不舒服？又不是叫她詳述症狀，她也說的亂七八糟，最後叫了一聲「經痛啦！」就把電話給掛了。

如今整個特殊部隊都在搜尋小牧的下落，倒也不用特地找人代理她的警備職務。只是她一不在，負責電話業務的就只剩他和手塚兩人。手塚專心忙他的，沒事不會多開口，更讓堂上聯想到小牧被抓的問題嚴重性。郁雖是鬧起脾氣來就愛頂撞堂上，動不動就惹他生氣，但是少了她來分散注意力，他的思路會鑽進死胡同裡出不來。

調查會在轄區內動用這種近乎非法的強硬手段，萬一失敗，後果會很難收拾，可見對方在東京都內已經佈好了局。堂上他們這幾天都在篩選和優質化委員會或有關連的機構和單位，也在防衛部的支援下隨時出動偵察，卻苦無進展。

料想對方會避免留下場地使用記錄，他們本來把民間的出租會議室或研習機構都排除在可疑地點之外了，但在一無所獲的情況下，從昨天起也不得不針對那些民間單位做地毯式篩選。堂上等人負責打電話詢問各場地的租用情況，看看是否有同一人或同一單位從小牧被抓的那一天起——或是第二天——連續租用此類場地。每個場地的近期使用情況都要掌握，才有辦法進一步分析可能性，然而這項作業極為費時，那些電話好像永遠也打不完似的。

午休後過了兩個鐘頭左右，鄰座的手塚把手機拿出來看，可能是在看簡訊。看完之後，他轉向堂上：

「堂上二正，你現在方便嗎？」

看他那樣子，像是想到外面去談，堂上也就跟著他走出辦公室外。來到走廊，手塚讓堂上看他的手機，螢幕上顯示的是一個位在品川區臨海的地址。
「這是小牧二正的所在地。」
手塚把聲音壓得極低。堂上不由得盯著他看，他卻一直看著地上。
「條件是我不能透露情報來源，但這消息不會有錯，只是我提不出證據。」
想用這條線索，就要完全相信我——這就是手塚的意思，而他從沒有做過這樣蠻橫的要求。
手塚沉著一張臉，嘴角緊緊抿起。堂上朝他注視了一會兒，終於點了點頭。
「——好，那就先去請示玄田隊長。」
聽得此言，手塚的表情才為之一緩。
就在這時。
「堂上教官！」
原本應該請假的那個聲音竟然出現了。堂上回過頭去，卻見著便服的郁正跑過來，柴崎跟在後面——以及穿著學校制服的毬江。
——妳這傢伙！
「妳不是經痛到不能抬頭、也下不了床嗎！」
火大之餘，他也沒想到自己居然連男人難以啟齒的那個名詞也衝口而出，只得任由手塚在旁瞪大了眼睛。
郁被吼得愣了一下，隨即滔滔搬出她的藉口：
「柴崎叫我下午休半天，可是我沒有自信上了半天班再開溜，只好找一個你最不會追問的理由，一早就請病假算了。」

「妳白痴呀！！誰跟妳問這個！妳連挖苦都聽不出啊？」

堂上狠狠罵道，然後怒目看著柴崎：

「妳怎麼也跟這個笨蛋瞎攪和？」

「您這話就不對了。」

柴崎揚著下巴說道：

「我倒認為，這回是拘泥於虛榮的男性組織採取了更笨的方針，過分低估感情纖細的妙齡女性。不知道您願不願意把我的行為當作是對此方針提出的質疑？」

「──小牧都叫我們不要說了！」

「他是跟堂上教官你說的，又不是我們。對吧？」

跟吃人不吐骨頭的柴崎說話，有時會比郁的愚蠢更讓人惱怒。就在這時，辦公室裡的隊員們都聽見外面的騷動，紛紛跑出來看。

只見毬江走上前，把她在手機裡打好的文章拿給堂上看。

『幸好她們來通知我，請不要生氣。』

堂上剛才吼得很大聲，戴著助聽器的毬江顯然都聽見了。這下子只好收起怒意。

「……那就連中澤小姐的事一併請示玄田隊長！」

這總行了吧？他一面心想，一面瞪著郁，卻見她咧嘴笑得坦率，簡直讓他氣炸了。

經過調查，他們發現那個地址是法務省附屬的某研習機構，預定明年度才會啟用。

場地尚未正式啟用，所屬單位又相當高層，相關資訊都還沒對外公開，所以他們才查不到。而借用這樣的場地，當然也不會留下使用記錄。

「高層也認為小牧在這裡的可能性很高。」

玄田的這番話引來一陣譁然。會議席旁，柴崎也大搖大擺的坐了其中一個位子。

「此外，中澤毬江小姐是案件當事人，和小牧熟識，我們決定依照她本人的意願，讓她隨我們一起去救出小牧。」

隊員們全都一齊往毬江看去。見毬江膽怯的縮身體，郁連忙做出趕人的手勢。

「不要看，會少塊肉！」

「讓我們看看就會少塊肉哦。」

前輩隊員們小小的不滿。

「敵人用卑劣的手段抓走小牧。我們現在要感謝協助者的心意，用正當的手段把他救回來！」

特殊部隊積壓了四天的精神壓力，終於在玄田的一聲號令下解放。

＊

名為約談，其實和精神拷問沒有兩樣。

乘車移動時，他被套上眼罩，什麼景色也看不到，只能約略感覺他們正前往東京港的臨海地區。

有人把他帶進一間才剛蓋好的新房子，關在一個小房間裡，房裡的窗戶完全緊閉，他們就在那兒不停的訊問他——數十人圍著他一人，連連用詰問的口氣謾罵或對他咆哮——如果這樣也叫訊問的話。

他試著回答，他們卻總是斷章取義，或是刻意曲解，要不就是偏離主題，存心令他失去自我表述的意志。他雖然早有心理準備，但還是感到痛苦。

對方似乎也不打算向他解釋什麼，但在他們的連番辱罵中，他大致拼湊出幾個片段。

首先，他不該向一個聾啞人推薦以聽障人物為主角的書。這是一種人權的侵害。

推敲出這個主軸後，他只擔心毬江是否為此蒙受不利。在訊問的過程中，他一而再、再而三的向那些人提出這個問題，但他們根本不理會。

其次，毬江並不知道他被抓走，也不知道他被指控的所謂嫌疑。

在這段期間，他們完全不給他休息的機會。對方是幾組人馬輪流上陣，若要說是不眠不休，根本就不公平。

不論如何，確定毬江沒有被捲進來，讓他鬆了一口氣。如此骯髒的陰謀沒有染指那個文靜的孩子，還算萬幸。

他只要知道這些就夠了，其他都無所謂。敵方的著眼點昭然若揭，圖書隊應該也已經動員救人，他此刻的任務就只有堅持下去，不讓敵人得到證詞。

「圖書隊法務部不在場，我拒絕回答。」

於是他做出這番宣告，又引來一陣不堪入耳的辱罵。

在那之後又過了幾個小時——其實他的時間感已經快要模糊了。他們一開始就拿走了他的手錶，密閉的遮光簾又讓人幾乎分不出白天或黑夜。

他撐著不睡，不要求休息，因為他知道開口就等於示弱，對方會逮住弱點節節進攻。有人定時來帶他去上廁所，也讓他就著水龍頭喝幾口水，但他經常都是渴的，肚子餓就更不用說了。活在現代的日本還會被迫經歷這種折磨，他開始覺得一切都不是真的，五官也開始麻痺。

有些時候，他什麼也聽不見。也許是意志力放棄了聽覺。

調查委員又換過一輪，可能是天又亮了，但他們仍然不准他休息。睡意開始侵襲，意識中斷得愈來愈頻繁。平常的他一、兩天不睡就吃不消了，現在還外加行動極度受限及疲勞轟炸式的詰問，意識衰退得格外嚴重，像是要逃避這種壓力似的。

他打了個瞌睡，然後被冷水潑醒。潑進嘴裡的水嘗起來有綠茶味，顯然是這些人喝剩的。做得這麼過分啊。

不被人當人看，這還是他有生一來頭一次體驗。他覺得好笑，就笑了起來，於是那些人又揪著他罵，說他沒分寸。

好幾次睡著又被水潑醒之後，他終於完全失去了意識，只記得當時已經入夜。

他睡著得幾乎像是暈厥，當然也睡得不安穩。被人胡亂叫醒時，他只覺得神志不清，而且一醒來就被逼著吃東西，草草吃完了又被拉回那間訊問室。他只知道這棟建築物裡也有可供休息的房間。

從那之後，他們才開始考慮到他的飲食和睡眠需要。見他們還知道要留他一條小命，他真心覺得感激。

真的，他得死命說服自己，無論如何要心懷感激。

但是，他們的精神施壓也更強勢了。休息讓他的感官暫時恢復，那些折磨反倒變得更痛苦。

在極度疲勞時，那些辱罵聽來只是單調的噪音，這會兒又重新變回有意義的字句，無疑是煎熬。

尤其在毬江的事被搬出來講時，他沒法聽而不聞。

你們懂什麼。

她的為人，她的喜好，你們會比我清楚嗎？她曾經為了什麼故事而哭，為了什麼故事而笑，除了她自己以外，最懂的人就是我。

那孩子明明單純的享受閱讀那個故事所帶來的樂趣，你們既不了解她，為什麼敢在這裡否定她的感性？

說我惡意貶損她？別笑死人了。

你們哪裡知道，我能在這種情況撐下去，就是因為她啊。

若不是為了毬江，我早就投降了。你們執意逼我承認，說我侵害了毬江的人權，這是我最嚥不下的一口氣。

因為——她有自由閱讀的權利和感性，誰都沒有資格否定。

「你們的理由不正當。」

他如是說時，調查委員們還仍在那兒吼叫著，但他已經不在乎他們聽不聽得到了。

「想叫我認輸，就用正理來說服我吧。」

他甚至連自己的聲音都聽不見。

「除非面對真理，否則我絕不屈服。」

他始終將正理秉持得一絲不苟，不是沒有理由的。

是那個總是一心仰慕他、努力以他為榜樣的小女孩。為了她，他必須俯仰無愧，必須信守正理。

所以他信守一個圖書隊員應該奉行的真理，而眼前這些無視於毬江的意志、否定其感性的歪理，他絕不能屈服。

為了讓那孩子自由的沉浸在書本的世界裡，他要做個正義使者；只要在面對毬江時，他能做個堂堂正正的正義使者——除此之外，什麼都無所謂了。

之後就隨你們便吧。你們以為用罵的就能擺佈我，也儘管罵吧。

我已經無愧於心。

就在他開始對自身的境況感到絕望時……

一陣驚天動地的玻璃碎裂聲，蓋過了那些叫罵。

＊

小牧扭頭朝門口看去，只見熟悉的同袍一湧而入，郁的腳邊都是瓷器碎片。

調查委員們刹時靜了下來。等他們叫嚷著責問來者，郁就從身旁的小箱中取出一件又一件的易碎物往地上摔，持續的刺耳聲響逼得委員們也只好閉上嘴巴。

「……夠了！」

堂上伸手攔她，不讓她再摔。

「還有很多呀，我在百圓商店花掉一萬圓呢。」

郁說著停下手來。但見一旁的手塚懷裡還抱著一個紙箱，裡面大概也都是易碎物，八成是為了要壓過對方的聲音而特地買來製造噪音的。

雖是出人意料的登場方式，但總算是來了。小牧舒了一口氣。

「抱歉，噪音擾人。」

玄田大步上前說道，極盡諷刺之能事。

「我們怕叫了你們也聽不到，所以帶了點小玩意兒來。是的，我們是關東圖書隊，大家好。」

「你們有什麼權利跑——」

委員們又要嚷嚷，郁這次乾脆將整個箱子都倒過來，摔個大盤小盤落地板。

趁他們再度沉默，玄田繼續把話說完：

「一說到權利就得嚼舌根，還是省省力氣吧。倒是你們在這裡關起門來搞約談也不是辦法，現在我們帶了一個人來，她說不定可以證明這場約談的正當性，你們可要好好的感謝我們。」

——竟然真的是毬江。見她在柴崎的陪伴下從眾人身後走出來，小牧不由得望向堂上。堂上作勢賠罪，滿臉的歉意。

毬江目不轉睛的看著小牧，一時間彷彿要哭出來似的，但她立刻抿緊雙唇，抬頭面對委員們。玄田此時說道：

「你們口中的侵犯人權案，這一位就是當事人。」

玄田說完，便聽毬江朗聲說道：

「請告訴我，你們認為小牧先生有什麼嫌疑？」

毬江向來不主動與陌生人交談，小牧已經好幾年沒見她在人前開口說話了。

委員們顯然退縮了。眼見無人應答，玄田轉頭問小牧：

「小牧，你回答我。這幾位大人物認為你有什麼罪嫌？」

「……他們說，把故事中有聽障者出現的書推薦給聾啞人士，就是極度不體諒受害者的心情。」

「聾啞人士是指誰？」

毬江立刻接腔。她的日語說得字正腔圓，當然不符合聾啞的定義。

「是說錯了，應該是聾人。」

有人含糊不清的答道。毬江可能沒有聽清楚，一旁的柴崎便在記事本寫下剛才那句話，然後讓她看。

「聾人又是指誰？」

毬江看完了又問：

「各位連聾人、中途失聰和聽障者的區別都分不出來，怎麼會知道我被人當成殘障人士給歧視了呢？」

對一個聽覺障礙者而言，障礙類型關乎其自身的定位與認知，必須有所區別。

最大的不同就在於語言問題。尚未習得日語就出現聽覺障礙的屬於聾人，以手語為思考的第一語言；在習得日語後才出現聽覺障礙的則是中途失聰或聽障者，以日語為思考的第一語言。這兩類聽障者的族群文化與溝通方式都不一樣。

此外，上述類型並不是由別人依照外顯條件來統一劃分，而是當事者可以選擇性自主變更的。要歸屬於哪個類型，將是個性上的重大抉擇。

其中，全聾族群更形成獨特的文化圈，使得「聾」像是一個身分的表情。

因此，毬江屬於中途失聰，也就是聽障者，她的溝通方式以發聲對話和筆談為主，再以手機簡訊代替紙筆。

「我讀小牧先生推薦的《雨林之國》，讀得非常高興。我喜愛這個故事，就是受到歧視嗎？」

委員們全都說不出話來，臉上的表情不是尷尬和歉意，卻是惱羞成怒。一手設計的戲碼卻不受女主角青睞，讓這些人臉上無光，而他們也無意掩飾。

「我喜歡這本書，為什麼非得被說成是受人歧視呢？難得這份喜悅，現在全被毀了，害我只覺得你們才是最想拿聽力問題來歧視我的人。我本來很喜歡這本書裡的主角，覺得她跟我很像。」

見那些人面露不悅，毬江的聲調愈來愈高：

「有殘疾的人就沒有權利當故事主角了嗎？像我這樣的女孩子當戀愛小說的女主角是很奇怪嗎？推薦我看一本跟聽障者有關的書也叫做傷害我，這種說法根本就是雞蛋裡挑骨頭，好像特地強調歧視似的。你們就這麼喜歡歧視嗎？」

是嗎——原來妳變得這麼堅強了。聽著毬江的聲音，小牧閉上眼睛。

妳當然不可能喜歡在這些陌生的叔叔面前開口說話，如今卻是妳挺身阻擋他們，保護著我。

「你們喜歡搞歧視是你們自己的事，請不要牽扯到我們身上來。」

毬江一直努力保持著堅毅的語調，這時終於忍不住奔向小牧。

她伸手摟住坐在椅子上的小牧，嗚咽聲傳進小牧的耳裡。

「抱歉，害妳擔心了。謝謝妳。」

他在戴有助聽器的那一隻耳朵旁說道，便聽得毬江哭著問：

「我可以把她想成是我嗎？」

他知道毬江是在指那本小說——一個聽覺不便的女孩的幸福戀愛故事。

那女孩的境遇很像毬江，小牧自己在讀時也總是想到毬江，一面希望她也能同樣得到幸福的戀情。當然，他還不至於厚臉皮到敢把男主角當成自己就是了。

「就因為再也不能把妳當小孩子看，我才煩惱啊。」

終於坦誠的小牧抱緊了毬江，心頭掠過一段記憶——啊，果然被她說中了。

你跟女朋友分手，該不會是因為我？剛上高中的毬江這麼問時，小牧回答是女友調職他地，感情自然變淡，但後半句其實是騙她的。

在小牧認為，毬江聽覺不便，多花點時間陪她也是理所當然的，女友卻不這麼想。最後，女友來攤牌時，她已經逕自做了決定，說她「恕難奉陪」。

你為她盡心盡力，我也很想打從心底尊敬你，可惜實在做不到。我一直不懂，為什麼你非要做到那個地步？

你覺得我吃一個中學女孩的醋很無聊？可是你眼裡只有她，要我怎麼能不聯想？每次那孩子一有什麼事，你一定會先顧著她，我想以後也會是這樣——就算我們兩個結了婚也不會改變。

你一定以為她還小，沒想太多對吧？但那孩子很快就要變漂亮了。是我沒法有那麼大的度量。眼睜睜看著那孩子愈來愈漂亮，萬一你還是把她排在我前面，我會受不了的。她固然有殘疾，但我一點也不覺得她可憐。不管有沒有殘疾，那孩子都會佔據你的時間、瓜分我們這段感情的，到時候反倒是我理虧了。

算了，你等著瞧吧，再過三年。再過三年，我保證你再也沒辦法拿她當小孩子看，到時你會傷透腦筋的。

不多不少，正是三年，女友分手時說的那番話，簡直成了詛咒似的。

派兩名男性隊員護送小牧與毬江先行離開後，玄田轉向調查委員們。
「這下糗大了。怎麼辦，你們好像活該讓馬踢死呢。」
玄田故作戲謔，毫不顧忌的取笑優質化委員會。
「由於牽涉到中澤小姐的個人隱私，圖書隊也不希望事情鬧大，不如你們別追究我們擅闖此地的責任，然後發一份公開道歉函，說明日前亂抓人是不當措施，撤銷嫌疑，如何？」
「啊，等一下、等一下。」
郁在一旁舉起手來。
「這些碎玻璃也要麻煩你們清理。」
面對這項交涉，對方豈有選擇的餘地，只見委員代表點點頭，臉色非常難看。
「不好意思，能不能請你用說的？我聽不到。」
見玄田堅持，那名代表才不情願的大吼：
「好啦！」
「柴崎，都錄到了吧？」
委員們都傻眼了。只見柴崎從胸前的口袋中取出ＵＳＢ錄音機，檢視燈號後比了個ＯＫ的手勢。
「沒問題。」
「這段錄音就當紀錄，也等於證明我們不會向你們提出訴訟，你們沒意見吧？道歉聲明就請你們在一個星期以內交出來，也沒問題吧？」
玄田片面的宣布。

離場時，手塚把他手上的箱子放在地上，郁向那些人說：

「這一箱送你們，請儘管用，別客氣唷！」

她那故作親切的口吻，聽得委員們愈發惱怒。

＊

媒體優質化委員會的道歉函公布在東京都所有圖書館的公告欄上，除了簡述事情原委，也坦誠其行動和指控毫無事實根據。由於公告得十分徹底，儘管隱瞞了當事人姓名，事件始末也經過簡化，毬江的同學們還是看出來了。第一個把閒話傳出去的人好像還親自去向毬江道歉。

因為這個事件，反抗心正強的年輕學生們都覺得優質化委員會過於專制強勢，自己的想法被委員會利用，似乎也刺傷了孩子們的自尊。幸好同學中沒有人惱羞成怒，反過來指責毬江「不識好人心」。

「而且我比他們大一歲，大家對我多少會客氣一點。」

有一次來圖書館時，毬江對郁和柴崎聊起這些事，是她把自己晚讀一年的事做了正面解釋。她認為要是大家同年，同學們搞不好會因此對她反感。

她在閱覽室裡還是一樣不講話，但在其他地方遇見堂上班、柴崎或玄田時，她會出聲打招呼了。和小牧以外的男性還只限於問候，遇著郁和柴崎則偶爾會開口聊一陣子，大概已不再覺得他們是陌生人了。

不過，郁和柴崎都不去探問她和小牧的事。柴崎主張旁人要靜觀其變，不要聲張。

然而，郁還是逮了個機會跑去向堂上誇耀。

「看吧——不是我擅自揣測吧？你不覺得去通知毬江才是對的嗎？」

堂上聽了就悶，擺出臭臉叫她閉嘴。

正想頂嘴時，郁忽然想起小牧獲救時的憔悴，而且不知怎地將那模樣疊在堂上身上——這個人若是遇上同樣狀況，一定也會採取那種做法。

想到這一點，她不假思索的脫口而出：

「你以後可別悶不吭聲的跑掉哦。」

被堂上以訝異的表情回瞪，她就補充說「就是碰上麻煩時要講出來，別說什麼怕人擔心的」，但又忽然想起這樣的前提是指兩個互相喜歡的人，急忙又改了說法：

「呃，因為你可能會堅持不讓部下為你擔心！」

媽呀，這樣講更奇怪。她覺得自己失言，急得臉都紅了——我幹嘛臉紅？我只是想關心一個生性頑固的長官而已啊。

「我會努力不在教官背後惹麻煩的，所以教官也請多注意。」

嘖，這樣講也怪怪的。

「照妳這麼說，我若像妳一樣要笨出糗，也要選在部下面前？」

「我不是這個意思！」

見堂上沒好氣，郁又想不到更貼切的說法，情急之下竟然大吼：

「我是關心你！」

這麼一吼，她覺得臉更熱了。堂上一本正經的盯著郁看了一會兒，然後避開她的視線。

「……這是什麼年頭啊。我又沒幹過什麼失態的事，竟然淪落到要妳來替我擔心。」

這話酸到了極點。淪落！被我關心竟然用「淪落」來形容！

郁氣得連反駁的力氣也沒了，只聽得堂上冷冷丟下一句話：

「不過我會注意的。」

三、美女的微笑

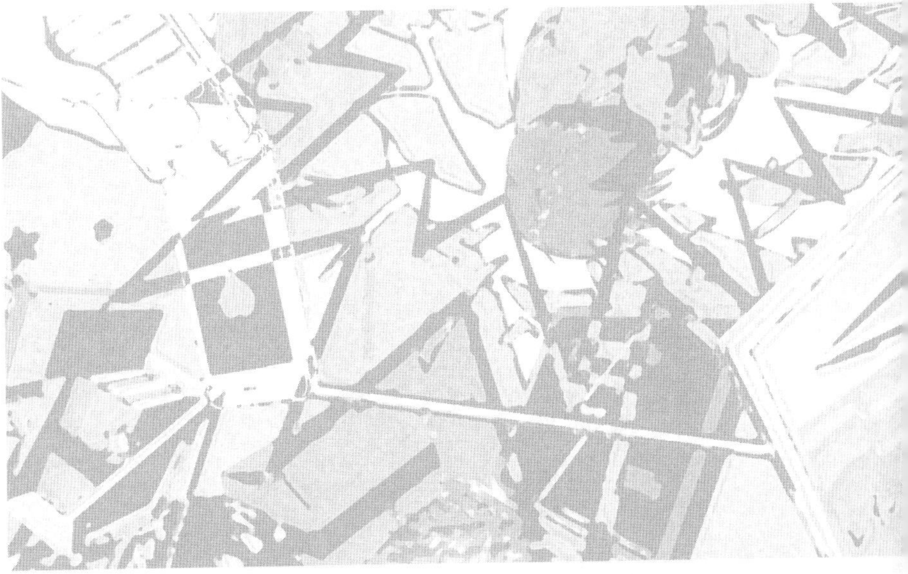

＊

三月三十一日，鳥羽代理館長被撤換掉，算是為調查小牧的約談騷動負起行政責任。拖到會計年度切換才趕他走，大概是稻嶺顧念情面。

然後，四月一日起，武藏野第一圖書館的新館長立即上任。

「咦，是館長？不是代理館長？」

郁在午餐時眨巴著眼睛問道。與她對桌而坐的人當然是包打聽柴崎。

「館長本人說不想復職了。」

現在說的這個是前任館長，去年夏天就因為健康狀況不佳而休職至今。鳥羽本來就是來接替的代理館長。

「他的壓力本來就很容易反映在身體上。一天到晚跟優質化委員會起衝突，這責任這麼重，他扛得很吃力呀。個性不適合，也不必勉強坐這個位子嘛。」

「嗯，也對。」

他在職時就經常是一副身體不適、心力交瘁的模樣，沒跟前館長直接接觸過的郁也都印象深刻。

「聽說他回鄉下種田去了。」

「啊——那不錯呀？乾脆做一份跟圖書館完全無關的工作也好。」

「務農至少不用為了檢閱而跟人劍拔弩張。」

話雖如此，郁難免覺得前館長不太負責任。

「那新任館長為人怎樣？」

新館長是特等圖書監江東貞彥。郁以前覺得館內人事案和特殊部隊沒什麼關係，但自從小牧出事後，她開始體認這些人事會帶來的影響，如今鳥羽走了，下一任主事者便令她好奇。

在行政人事的接連失態之後，這一回的江東新館長便改由圖書隊指派。

「聽說年紀很輕？好像跟副館長差不多歲數。」

會傳到郁耳裡的謠言大概就這樣。

「但他應該挺有手腕的。以一監而言，也很年輕了。」

為了在館長任內與基地司令的權限相對，江東的職階從一監被拔昇為特監。這在行政人事上並不是特例，但在圖書隊人事卻屬罕見。圖書隊內的破格拔擢會多方影響組織營運，所以以往多由一監來擔任館長。

「四十幾歲就爬到一監，很厲害呢。」

副館長秦野也年近五十，如今是二監。在他們那個年代，要昇到二監不需要太久，一監反而是個特例。

「唉——不過還好不是行政派系的人馬。」

行政派系老是扯他們的後腿，讓郁也不由得有了派系觀念。

稻嶺和玄田都是原則派，特殊部隊的氣質便也自然而然的傾向原則派，郁本身的思考方式也與原則派觀念一致。
「也對啦，好歹他看起來不像行政派的。」
柴崎的評語有些曖昧，引來郁的一陣好奇。
「好歹是什麼意思？」
「他好像也不屬於原則派的呀。」
郁歪頭不解。柴崎看出她的疑惑，便反問她：
「妳以為圖書隊員全都是原則派的，對吧？」
「……難道不是？」
一向不碰派系問題的郁，總是單純認為行政體系的職員是行政派，圖書隊體系的職員就是原則派。
行政派傾向限制圖書館的獨立性，主張館務應置於行政體系的管轄之下；相對的，圖書隊員既然尊重圖書館的原則及獨立性，郁就以為大家都支持原則派。
「不盡然呀。要維護圖書館的獨立性，責任當然會相對加重，執行『圖書館的自由法』又會擴大這些權責範圍，所以隊裡也有些人抱著見風轉舵的想法，認為一旦出事時，行政派也可以分擔一些責任，那麼圖書隊當然要在權限和預算控制上相對讓步。」
「所謂的見風轉舵是指？」
「責任和判斷就由行政一肩扛，圖書館只負責上頭指派範圍的借閱業務就好。贊成這種主張的人可多著哪。相反的，不願意分擔責任而倒過來支持原則派的行政人員也大有人在。」

郁皺著鼻子咕噥道「怎麼這樣」，柴崎卻是一臉坦然。

「但那種人也還是原則派啊。民主社會是比票數不比貴賤，光明磊落也好、老謀深算也罷，有票的就是大爺啦。」

聽到這種讓人耳目一新的說法，郁忍不住笑起來。

「喏，基地副司令就是個行政派啊。」

「咦？他是嗎？」

「是啊——而且他常常和稻嶺司令對立呢。」

副司令指的是一等圖書監彥江光正。這位一監已經五十多歲，為人不像稻嶺那樣圓融通達，平時倒也不太引人注目。不擅認人的郁依稀記得他的模樣，但記得的部分只有75%左右。

「話說回來，這幾年的行政派愈來愈不聽話，也愈來愈不想配合行政體系，只有檯面上同進退而已。妳看，鳥羽代理館長就是一個例子。」

替行政派撐腰的副司令之所以不引人注目，大概是因為這陣子行政派失勢，他當然只能安分一點；要不就是司令部內另有人才，搶了副司令的風頭。

「當然啦，也有人討厭派系鬥爭，死也不碰這些問題。」

不屬於行政派或原則派的新館長可能就是其中之一。

「不過他不是行政派，至少可以放心。」

郁的想法單純，柴崎可不這麼認為。她蹙著眉頭說道：

「沒那麼簡單啦，只能說派系背景不像鳥羽代理館長那樣明確而已。鳥羽上次草率地把小牧教官交出去，不也是搬石頭砸行政派的腳嗎？」

「可是新館長很罩得住，對吧？」

一個有本事的一監，總不會重蹈鳥羽的覆轍。

「這麼精明的新館長最好是自己人，否則我們就慘囉。打個比方，如果我是妳的敵人，很可怕吧？」

「妳還真敢說。」

「哎，反正新館長是什麼樣的人，還要先觀察一陣子啦。」

「對了……」聊到一個段落，郁改變話題。

「妳明天的午休是幾點開始？」

無論是業務或警備單位，他們的休息時間都是隨輪值時段而不固定的。

「十二點。」

「啊，那我們一起吃午飯吧。我也是十二點休息！」

柴崎點頭說好，只要排定的工作沒有延誤就行。結果第二天中午，她們並沒有一起用餐。

＊

「柴崎小姐，妳今年幾歲？」

「我今年二十三歲。」

「啊，那妳比我小兩歲。看妳這麼能幹，我還以為我們同年。」

這是在做什麼，相親嗎？下一句乾脆我主動問他平時做些什麼消遣算了。柴崎端起咖啡來喝，從杯子邊緣偷瞄對坐的青年。為了趕時間，她請餐廳先上餐後咖啡，心裡是既厭煩又不耐。

女同事說這男的長得像某個男演員，柴崎一時聯想不起來，不過這人長得確實體面。而且彷彿心無城府，談吐十分開朗快活——說穿了就只有那張臉吧。

對方瞥見她在偷瞄，也向她微微一笑。柴崎略略致意，繼續喝咖啡。

這種類型的男人太平淡了，柴崎不由得拿職場中相熟的男士們跟眼前這個人相比。堂上、小牧或手塚也具備年輕男人的氣質，卻清一色都是個性派人物。

請問妳今天從幾點開始午休？

這人竟趁到櫃臺登記借閱時大刺刺問道，讓旁邊的女同事們全都聽見了。柴崎還沒回答，她的午休時間也還沒到，她們就硬把她給推出櫃臺外了。

誰說要跟他吃午飯了？想起其中一名女同事格外積極，柴崎有點不高興。

——沒辦法，美女就是有這個困擾。

會有這種想法，可見我也有討人厭的一面。想到這裡，她忍不住嫌棄起自己來。

不過眼前的情況要怎麼辦才好？

「妳常來這家店嗎？」

她正暗暗叫苦時，聽到對方如此問道。

剛要回答，門鈴便匡噹亂響，聲音大得令整間店裡的食客都朝那方向望去。柴崎也扭頭去看，同時不由得咕噥罵道「笨蛋」。

走進店裡的人八成忘了門上有鈴噹，正被自己弄出來的噪音嚇得愣在門口——郁呆在那兒，一旁的手塚大概是被拖來的。手塚比郁先注意到柴崎，便朝她輕輕聳肩，算是致歉。

這兩個人也真是的，我們平時不常來這間店，他們居然還特地找到這裡來。一定是手塚出的主意——柴崎把錯怪到那個無辜的受害者身上。

郁這才注意到柴崎，嘻皮笑臉的向她致意，然後選了個極遠的位子坐下。郁明明是好奇才來偷看的，卻又坐得那麼遠，根本不可能聽到他們的交談，不知是出於尊重隱私還是純情，令柴崎覺得好氣又好笑。

郁人高馬大又粗手粗腳的，這一點卻是很細心啊。柴崎不禁苦笑，心情上也放鬆了一些。

「怎麼會呢。只不過這一帶的午餐選擇有限，我其實也常在基地的餐廳吃飯，頂多就這兩、三間輪流換口味罷了。」

她故意把話說得好像自己很少在外用餐。

「果然給妳添麻煩了。」

耳尖聽見他嘆氣，柴崎笑道：

「也不會啦，只是回去後恐怕會被同事取笑。」

說著，她裝作不經意的朝郁和手塚的方向瞥去。不同單位的他們竟然知道此事，可見風聲被傳得多遠。柴崎固然不致於為此煩惱，不過——

說得難聽點，是有點煩人。柴崎說完，又喝了一口咖啡。

「他們在聊什麼啊——」

郁嚼著小菜，一面往柴崎那兒偷看。手塚則是一臉無趣。

「妳想聽就坐近一點，幹嘛坐這麼遠。」

「那樣多不好意思。」

手塚聽了更不耐煩。

「妳跑來偷看還不是一樣。」

「我只是想看看對方長得什麼模樣嘛。偷聽到底是不禮貌呀，萬一柴崎也中意人家，那就更不好意思了。」

女人的道德規範怎麼是這種基準？手塚咕噥道，又抱怨說他不喜歡這種狗仔行徑。

「又不是別人，是柴崎耶！她也是你認識的人，萬一那男的是怪人，你不擔心嗎？」

「要是她半夜被怪人綁架，那我大概會擔心吧。可是現在是中午，這裡又是吃飯的地方，而且我也不認為她會讓一個初見面的人逮到機會下手，何必特地到來看……」

被郁拖來偷看，手塚只覺得麻煩。

郁準時到業務部去找柴崎吃午飯，從同事口中得知此事，一時好奇，便決定跟過去看看對方是什麼樣的人。把手塚拖下水，則是因為她怕冷清，順便多個人充充場面。

「長相是滿帥的，只是不合我的胃口。」

手塚應了一聲「我想也是」，口氣像是知道什麼。郁訝異的看著他，他便推說是用猜的。

「聽說他最近常來。因為長得帥，每個女生都知道他。大家現在才知道他是看上了柴崎。」

「女生怎麼每個都喜歡這種話題啊。」

「咦?男生也差不多吧。」

「我就沒興趣。」

「像你這樣的特例不算啦。」

被郁快嘴駁回，手塚好像思索起其他的普通案例。想了很久，他才開口道：

「……哎，柴崎畢竟是人緣好，外在條件也好。」

「她可難追的咧——」

「所以她今天被人約出來，應該也有不少人會緊張。我們單位裡就有人想追她了，這會兒應該在吃醋吧。」

「哦，這樣啊。」以柴崎的才貌，郁一點也不意外。

「不過你看她，現在完全是業務用的表情哦。」

聽郁這麼說，手塚也往柴崎那兒探去，然後點頭同意。

「對方是民眾，她不好意思擺臉色嗎?」

「嗯，看起來是對他沒興趣，大概是被同事們起鬨拱出來的。」

「她也會任人起鬨?」

「其實柴崎一向不敢破壞氣氛。周遭的人只要鼓譟起來叫她去，她就不好意思掃大家的興了。」

手塚聽了似乎大感意外。和堂上班等人相處時，柴崎從一開始就以本性示人，他大概想不到她會如此順從眾望。

「我們平常直來直往，其實也很識相的，甚至搞到有點想太多的地步。尤其是面對女生時，那可更要小心。」

「哦——是可以體會啦……」

手塚無可無不可的應道，又往柴崎的位子探去。

「對方是怎樣的人？」

「什麼嘛，你自己也好奇啊。」

「來都來了，我當然會想知道對方是不是壞人啊。況且那傢伙跟我們班這麼熟，已經和後備隊員沒兩樣了。」

「那你剛剛還說不用擔心柴崎。」

「『不用擔心』跟『不擔心』是有分別的好不好？」

擔心就擔心嘛，男人歪理真多。

「算啦，對方若真是個怪人，我想大家也不會不負責任的起鬨把她拱出來了。如果柴崎願意講，等我問出了實情再跟你說。」

「我又沒特別想聽。」手塚仍舊未置可否，只回敬這麼一句。

常常看他的閱覽證，柴崎知道他名叫朝比奈光流。

「妳還記得我嗎？」

柴崎點點頭，反正這件事沒什麼好隱瞞的。

「你來詢問過索引。」

「啊，對。現在我懂得用了，幫了我很大的忙啊。」

朝比奈笑開了臉。

大約兩個多月前，他來問百科全書放在哪裡？那是他們第一次交談。柴崎帶他去百科全書區，見他一下子就去翻閱條目，她便好心給他建議——

您不妨先在索引裡找。

朝比奈有些吃驚，這反應倒不稀奇。許多人以為百科全書就像字典，直接從字彙查找就好了。

什麼是索引？

百科全書大多有獨立的索引冊，不過不知此事的民眾也不在少數，知道的人也往往以為它跟目次差不多，加上近年來網路檢索普及，懂得先取索引冊來查閱的年輕民眾就愈來愈少了。

就是這個。這一套的最後一本就是索引。百科全書的索引不是第一冊就是最後一冊。

咦，可是我直接找就好了啊。

言下之意，他像是嫌麻煩似的。於是柴崎便問：

您想查什麼關鍵詞呢？

我要查焚書。

居然在圖書館裡查焚書？柴崎心裡想著，替他把含有該條目的百科全書抽出來。

您直接查找焚書那一項，我來找索引。

哦——朝比奈不明就裡的照辦。他開始翻書，柴崎也翻開索引。

找到囉。

朝比奈找到焚書的說明頁時，柴崎也將索引冊裡的同一詞條拿給他看。

來，這是相關項目。你若是只查單一詞條，不會查到這麼多相關資料吧。

索引冊的「焚書」項下，還印著「禁書」、「納粹」、「焚書坑儒」、「秦始皇」等等詞彙。

這就是先查找索引的好處。索引提示了與主題有關的各個關鍵字詞，延伸檢索的多角性，也讓使用者更完整且有效率地獲取知識；若是直接搜尋條目，使用者查到的知識往往只限於該條目。

便見朝比奈一臉佩服。

原來百科全書是這樣用的啊，我都不知道。

他不好意思的笑道。柴崎也笑了笑。

現在很少人知道了。買餅問師傅，看書就找圖書館員啊，歡迎您多多利用本館。

從那之後，朝比奈就常常出現，偶爾請柴崎提供參考諮詢服務，但他並沒有經常碰見柴崎，也沒有刻意找她的樣子。對她而言，朝比奈只是個面熟的來館民眾之一。

所以她壓根兒沒想到會被他約出來吃飯。

「你常來圖書館，是工作上的需要嗎？」

怕場面冷清，柴崎半義務性的問道。他們素無交集，話題有限，只能從這方面開口。況且對方至少知道她的姓名和職業，她卻只知道他的名字，當然不公平——以一個情報頭子的本能而言。

「呃，那個……」

朝比奈的表情突然尷尬起來。

「我在做研究助理，我老闆是研究行政問題的，所以……他最近叫我來查圖書館問題的資料。」

噢，怪不得他要查「焚書」。

幾年前，都內的某個圖書館發生過秘密毀書事件，有多達數百冊不符媒體優質化委員會審查條件的書籍遭到銷毀。

館方解釋，那些書籍都是不要的舊書，銷毀只是為了方便丟棄，但其中卻包含大量新近書刊，而且有集中在特定作者的傾向。銷毀棄置既不自然，又不斷有內部人員告發，那些作者便聯手對該館提出告訴。作者們認為下令毀書的館員是館中的有力人士，僅憑一己之見仗勢妄為，上級長官竟然不予阻止。

一介館員竟敢如此作為，驚動了整個社會，輿論嚴厲指責為濫用職權和文化犯罪，並且比喻為現代的焚書事件。

就這樣，圖書館為被告，圖書隊卻支持原告，這場官司因此成為一個特例。在一審與二審中，授意毀書的館員和市府的處置不當都遭到批判，原告的訴求卻未獲回應，讓判決結果一路拖到最高法院。這意想不到的苦戰，暗示優質化委員會的影響力已經延及司法。

後來發現，整件事起因於館內行政單位不願意和法務省強硬對立，館員是揣摩上級的意思才動手處分那些圖書。在隊員的印象中，這是隊內行政派在近年來最大的失態。

「不好意思……」

朝比奈或許是察覺到氣氛不對勁而表示歉意，卻搞錯了對象。

「你不用抱歉啊。圖書館發生這樣的問題是事實，市民當然會關心。我們反而希望民眾關心呢。」

我幹嘛講這種公關似的場面話？柴崎一面心想，一面慶幸他們聊的是這種話題。眼前這人顯然喜歡她，但她跟他又不熟，要這樣面對面坐著，實在讓人放鬆不下來。

「你要查圖書館焚書事件，找圖書館公報也很詳細哦。」

「呃，妳是圖書隊員，被人問到這種事會不會心裡不舒服？不瞞妳說，我擔心查這些資料會被圖書館的人討厭，所以很怕妳問起我的工作內容。」

也許是率直，也或許只是粗心，朝比奈這話問得相當直接。若是後者，這種氣質倒和郁有點像。想到這裡，柴崎不經意地朝郁的座位看去，便瞥見她正望向自己。看到郁擠眉弄眼的「嘿嘿……」裝傻，應該是想掩飾她的不好意思，柴崎真想叫她住手——裝可愛一點兒也不適合郁。

「是啊，若是牽涉到個人情感因素，我想是有隊員會因此感到不愉快。只不過我覺得，愈是害怕愈該去面對。」

聽她話中別有含意，朝比奈的表情突然流露一絲不安。還算老實。

「柴崎小姐……」

你若是在意我的心情，乾脆直接說你對我有意思吧。話說回來，也許約一個圖書館員吃午餐就等於是他的招供了。

「難道不是嗎？你總不希望自己因為逃避而重蹈覆轍吧。」

對原則派而言，這個事件觸犯了圖書館原則的骨幹精神，他們既不想讓這件事隨時間淡化，也寧願把它留作批評行政派的材料之一。

「就實質意義而言，焚書事件也是這樣的例子。第二次大戰時也發生過。」

日軍進駐殖民地圖書館時，將館內有關社會主義、當地歷史和古典文學等書籍一律扣押或焚毀，貴重文物則搜括後帶回日本，還向國內宣稱是「收集」。這些行動都由憲兵或警察直接執行，調查和分類卻是由圖書館方主動協助，可以看出當時的圖書館界有多麼缺乏自覺。

當時的館界大老在戰後也沒有積極表明反省，反而把自己形容成被害者，說是受當局所迫。

「聽起來……很遺憾呢。」

朝比奈喃喃道。

「當時的圖書館是個軟弱的組織，只能努力巴結國家好奠定自己的根基。要和當時的中央政府打交道，當然只能順應軍國主義的富國強兵路線了。」

圖書館之所以開始增設，是因為它成為日俄戰爭勝利紀念事業的代表。在這一層意義之下，戰時的圖書館在國內也開始積極協助中央施行的書籍審查了。

「古人不擇手段，後人看了一定覺得遺憾，只不過我們都是後人，也沒有臉面對這世界啦。」

柴崎打趣笑道，朝比奈便也開懷笑了起來。一個人的笑法也顯露出他的個性。這個人平易近人，表裡如一，是個正直誠懇的青年。

「關於那一段歷史，圖書館從業人員怎麼想呢？」

這個問題大概是因他的工作而起，從這裡下手真是高招。「妳不想回答也沒關係。」他匆忙補上這一句，即使渴望得到答案也不至於讓柴崎對他留下負面印象。

「我的意見不能代表圖書隊全體，你要引用時記得加上『柴崎小姐說』哦。」

柴崎說的這番開場白，令她自己不禁想要苦笑。何必耍這種小聰明來自我防衛，她想。人家又不是正式採訪，也沒有設下陷阱，她對於自己個性上的不可愛之處愈發討厭了起來。

「我認為我們應該時常提醒自己，圖書館這一路走來的歷史並不是完全正當的；正因為有種種過去，才有今日的圖書隊制度。我們隸屬於一個曾經犯錯的組織，此刻更要好好運用圖書隊制度。自以為不會犯錯，那就是一種自大；而自大往往招致腐敗，一個腐敗中的組織會變得尾大不掉，也不能客觀的區別正義和獨善。」

「妳指的自大，是媒體優質化委員會嗎？」

「你說呢？」柴崎巧笑，歪著頭反問他。就算是私下閒聊，柴崎也不會隨便向外人發表這一類論見。

午餐吃完，柴崎只是轉動手腕想看時間，朝比奈就立刻拿起帳單準備要走。她並不是想讓他發現自己在看錶，也沒想到他的眼睛這麼尖，反應這麼機靈。

「那，這是我的部分。」

一見她從錢包裡掏出自己的餐費，對方當然推辭。

「這種情況下，我一向不讓男性請客的。」

她故意這麼強調，朝比奈這才接過她的錢，但神情有些受挫。她只是想為拒絕下一次的邀約做個伏筆罷了。

「我還想向妳請教圖書館的事，不知方不方便？」

走出店外，朝比奈先發制人。

「我認識的朋友之中，只有妳是圖書館從業人員，我還有很多事想請教妳。當然，如果妳時間允許。」

不經意的將柴崎擺在「朋友」的位置，算是他聰明。看準了工作與私人界線間的空隙下手，讓柴崎一瞬間躊躇。末了那一句「時間允許」也下得巧妙。

「承蒙你不嫌棄囉。」

爽快地拒絕他的機會被封鎖了，柴崎只能苦笑。她不好意思直說「我不方便」，覺得那樣未免顯得自我意識過剩。如今她只能這麼回答，算是被這個人搶了個便宜。

「那麼，妳願意收下這個嗎？」

說著，朝比奈遞出一張名片。那是用電腦印出來的簡易名片，上頭只印了姓名、行動電話號碼和電子信箱。沒有職稱或頭銜，大概是私人場合用的。

「我只會收下哦。」

意思就是，柴崎不會把自己的手機號碼告訴他。朝比奈卻笑了。

「妳現在肯收就夠了。」

被他這麼一說，她更沒有不收的理由了。以退為進，讓她又是一陣佩服。

「那就再見了。」朝比奈說完就往車站走去。柴崎一時不自覺的目送了一會兒，隨即皺起眉頭。

我該不是在懊惱吧。

誤把他當一個天真不解世事的正直青年，想不到他竟有這麼多奇招，這個人或許有點兒意思。柴崎一面想著，一面不甘心地在腦中更新對朝比奈的印象。

＊

當天回寢室後，郁果然揪著她拚命問。

「欸欸欸，那個朝比奈先生怎麼樣？」

「哪有怎麼樣，我們也沒聊到多麼深入。妳又不是沒看見，我們吃完飯就離開了啊。」

「哎唷，我是問妳覺得人家怎麼樣啦！」

「好痛！」

郁在柴崎的肩上猛拍一記，痛得她尖叫，郁趕緊替她揉揉，直說抱歉。

「下手輕點嘛——我這麼嬌弱，會被妳打壞的啦。」

「對不起啦，我手滑了一下。」

郁邊說邊作勢控制力度，然後笑著抓了抓頭，又繼續追問：

「好啦，到底怎樣？」

「沒什麼，頂多是比我預期的有趣一點而已。到目前為止。」

「咦——那他頭腦不錯囉？」

郁的跳躍式思考令柴崎眨了眨眼睛，於是郁又補充道：

「只有妳認為聰明的男人才會被妳這樣形容嘛。」

原來如此，我倒沒想到。柴崎自顧喃喃道，又露了個嘲諷的笑容。

「長得是不錯……」

「……但還是不符本大小姐的標準。」郁接腔。

「……等等，妳現在是在學我嗎？」

「像吧？」

「妳真的很失禮耶。」

柴崎說著，伸手捏郁的嘴角。

「妳根本修行不足。要陰險的時候要更冷酷一點，還要斜眼鄙視才行！這才叫冰山美人，懂了沒？」

「哇，還要那樣啊，我不行！而且妳居然自封為冰山美人？真是的，長得漂亮就是這樣厚臉皮。」

郁撫著被捏的臉頰埋怨，接著又問：

「你們還會見面嗎？」

「也許吧，時間允許的話。對方在找圖書館問題的資料，也說要向我請教。」

柴崎原想當場表明不再見面，結果被對方先下手為強，她又礙於顏面而難以拒絕。

「唷，真稀奇。」郁口沒遮攔的發表感想：

「我還以為妳今天是被大家拱出去才不得不給他面子，下不為例呢。」

「我的確沒什麼興趣，不過見面吃飯又不是馬上交往，況且人家也沒開口要求我跟他交往。」

這女人自己在這方面晚熟又遲鈍，居然猜得到我的心思？柴崎暗自評論，又見郁面露憂色。

「妳如果不情願可要拒絕哦？」

「我還沒有口是心非到那種程度啦。」

佯裝漠然也許是本性作祟。柴崎心念一轉，改口說道：

「不過，我跟妳說的這些話，別跟其他女生說哦。」

柴崎眼見郁的表情愈來愈擔心，決定要先搞定她。

「要不然她們一定會拿這件事來鬧著我玩，我可不想當人家的玩具。」

郁立刻恍然大悟的點頭答應。她就是這一點單純可愛。

「不過我可以跟手塚說吧？他勉強也算是關心這件事，只是愛擺架子。」

「哦──堂上班的完全沒問題。」

堂上班的人在這方面一向有分寸，不會輕易干涉他人隱私。

「尤其堂上教官是我的頭號偶像，麻煩妳千萬要記得告訴他。」

「可是我覺得跟他講這個，反而更會嚇跑他耶──」

「嘖，就是那樣才有意思嘛。話說回來，我問妳呀……」

她突然興起一股捉弄郁的念頭，也許是今天的戀愛話題談得太多。

「我真的可以追堂上教官嗎？」

很明顯的，郁整個人都愣住了，過了大半晌才用一副故作無謂的口氣說道：

「那有什麼，追他是妳的自由啊，跟我又沒關係，幹嘛經過我同意？」

唉，這傢伙性情真是夠彆扭的。柴崎想捉弄她的念頭都消退了。

「開玩笑的，別當真啦。」

柴崎邊說邊起身。

「我要先睡了，白天被她們鬧得好累。」

郁的表情本來帶點兒賭氣，聞言便又露出擔憂的神色。看在柴崎眼裡，這份率真和坦誠是那般地耀眼。

「晚安，妳好好休息吧。」

聽著她關切的語調，柴崎拉上床邊的布簾。

柴崎推說午餐已經有約時，同梯的女隊員廣瀨應了一句：「妳約來約去還不就笠原？」

「我會幫妳去跟她說的，妳就去嘛，難得人家來約妳。」

廣瀨說得親切，柴崎卻不肯輕易允諾，全是因為知道她骨子裡打的主意。

對其他女性同僚或前輩而言，男人的邀約就意味著「有熱鬧可瞧」，大伙兒當然幫著敲邊鼓，紛紛圍上來說她應該看在人家的勇氣上給他一個面子，然後簇擁著把她硬推出去。

等她回到座位，整個業務部早已傳遍，迎接她的是一陣盛大調侃。被問到他們聊了什麼時，她答道「從圖書館焚書事件聊到近代的圖書館問題」，結果眾人都嗤之以鼻，覺得沒趣。

搞不好這些好事之徒已經自作主張的認定他們要交往了。

「你們大可以聊些感情方面的事嘛。」

廣瀨似乎頗覺不滿。她的嗓音很甜，說起話來又嗲，典型的裝可愛大王，跟今天出現在餐廳裡的郁有著天壤之別。

「他本來就是來找焚書事件的資料，今天只是想聽聽圖書隊員的看法，我之前為他做過參考諮詢的服務，所以他才約我吃飯的。」

廣瀨裝作因為沒有好戲可看而滿面遺憾，但這終究掩飾不了她的意圖。同性之間的此類心思幾乎都瞞不過柴崎，有時她自己都覺得累。

說穿了其實老套，就是廣瀨喜歡同部門的某個男性前輩，但那個前輩對柴崎有意思。柴崎以情報中心自詡，對身邊的人際關係也格外敏銳。

那位前輩和他的朋友也來探過幾次口風，柴崎總是明白表示自己目前沒有談感情的打算。女孩們聊到堂上時，她會裝瘋賣傻的跟著扮花痴，為的就是不想讓自己成為這種話題的主角，可惜為愛痴迷的女人心不會就此滿足。

動輒打聽柴崎對那位前輩是否有意就不用說了，每當聚餐通知獨漏柴崎時，該次負責通知柴崎的一定是廣瀨，而且一定是那位前輩確定參加的時候。連著三次拿「我一忙就忘了」當藉口，要不猜出廣瀨的用意也很難。

事實上，別的同事也會來通知她，可見她沒有被排除在這種場合之外，只是她們對於廣瀨的作為都不當回事，只說廣瀨天生粗枝大葉，難免令柴崎心生不悅。照柴崎的想法，廣瀨完全是故意的，她只是裝傻騙過了大家。

所謂的粗枝大葉，應該是像郁那樣的。廣瀨在公私事務上的粗心程度有著明顯差異，顯然是蓄意控制。

若只是耍耍聚餐的小心眼就算了，麻煩的是，廣瀨最近的態度變了，先是在柴崎炒熱氣氛時來個相應不理，繼而開始散布謠言，說柴崎好像有心儀的對象，好像在跟誰交往。柴崎一貫嚷嚷著：「人家對堂上教官可是一往情深～」可是大家都知道她只是說笑，沒人當是真話。

要比布局，柴崎當然強多了，廣瀨的詭計扳不倒她，但那些小花招卻十分擾人。柴崎客氣不跟她計較，她還當柴崎沒有察覺。

柴崎也不願意這麼想，不過女人就是這一點討人厭。

朝比奈出現在柴崎的警戒區之外，對亟欲收拾情敵的廣瀨而言，當然是個絕佳的工具。情敵解決後，廣瀨的機會就大了，但柴崎可不想為了這種理由而被人「送作堆」。

當然，柴崎懷著這種想法，對朝比奈也不算公平，然而事關尊嚴，她也顧不到朝比奈了。

要解決了我才能談妳的戀愛，可見妳跟他根本就不順遂。難道每一次有喜歡我的男性出現時，妳都要硬逼著我跟他們交往嗎？

她曾在青春期講過類似的話，結果紮紮實實捱了一計耳光。打她的也是廣瀨這種類型的女孩子。對方做得太幼稚露骨，柴崎也太年輕，不懂得諷刺也該點到為止，更不像現在明白四兩撥千斤的哲學。為了不落入別人的心機布局，她也曾經動輒反抗，別人怎麼打過來，她就非得要怎麼打回去不可。

想當然耳，這種女孩若真的挨打，十之八九會發動眼淚攻勢，博取其他人的同情。妳先動手打我，我就不值得同情嗎？是是是，妳打我都是有理由的，因為「都是柴崎同學先講話傷人」的！

這麼一來，那個人的死黨就會聯合起來指責柴崎的不是，給她貼上「個性差」或「囂張」的標籤，害她在中學時期總是陷於孤立，一直到畢業為止。

考高中時，她故意選了一所學區內報考率不高、地點也比較遠的高中。屈指可數的同班好友也說想去讀同一所學校，但在柴崎遭到孤立時，她們都沒有幫她說話，也沒有表現過支持她的意願。

到了高中，類似的麻煩還是會找上門來，但她已經深諳小圈圈的重要性，從入學起就用心經營小團體，因此得到不少可稱作伙伴的人脈。

她開始塑造自己的外顯形象，用交際手腕讓大家認為她善體人意，處世成熟卻言辭鋒利。這樣的形象很受歡迎，她的耳目也愈來愈靈敏——特別是對身邊的人際關係。她在男女同學間建立起可靠的天線系統，時常接收青少年最關心的戀愛消息，主動陪同學談這方面的話題，解決他們的戀愛煩惱，一步步提昇了自己的附加價值。身為情報頭子的好處，讓她在整個班上、甚至是整個年級的師生之間都如魚得水，左右逢源。

上了大學，她的人際平衡感更精準，高中時還免不了樹敵，大學之後就再也沒有這個隱憂了。圖書隊的人際關係模式就是這個時期的延續。

柴崎，妳很懂得跟人相處，教教我吧？同袍有時會用羨慕的吻對她說。柴崎要是說出真相，肯定會把她們全都嚇跑。

要跟人相處，要訣就在於不相信任何人。柴崎真的這麼認為。只要開口說話，就得要假設這些話會被洩漏給第三者聽，之後再用洩露的範圍、對方對該範圍的影響力來拿捏訊息揭露的尺度。除此之外，消息外洩時的反擊招術一定要常備，而這些招術都會變成安全閥，阻止重要的情報繼續外流。

也許大家都不自覺的這麼做過，但柴崎卻是完全出於自覺——蓄意的如此操弄。這也正是柴崎不相信人的原因。

知道自己時時刻刻處在某人的算計之中，任誰都會厭惡那個人吧。柴崎的和氣跟擅長交際都是偽裝，愛打聽小道消息也是偽裝，這樣一層又一層的工於心計，要是讓別人發現了——八成連郁都會受到打擊。

為什麼我叫她別對其他女生說？郁是這麼值得信任，下這種封口令根本沒有意義。

做了一年多的室友，柴崎發現郁和她是完全不同典型的人。郁的個性單純，幾乎可以用白紙來形容，柴崎不用花心思就可以了解她，而且她從不設防。這是柴崎頭一次和如此不用猜心的人相處，她覺得自己很幸運。

「好相處」就是郁在柴崎心目中最大的價值，柴崎也無意多作要求，只是常常不由自主的想挑戰郁的底限。

別鬧了，這會兒還奢望跟人家交心？

為了處世，她利用身旁的人，如今連工作都脫不了這種手段了，還談什麼敞開心房。

她又想起郁的父母來訪時，郁害她莫名感傷，讓她忍不住想要說些話來逗她——都是郁的一臉純真，都是因為她的毫無矯飾，柴崎才會想把她弄哭。結果郁果然哭了——

看見她不服輸的哭相，柴崎卻覺得心痛。

醒醒吧，柴崎麻子，這樣不適合妳。

她暗自苦笑，翻個身裹緊被子。

感傷的自己也好，嘻皮笑臉裝可愛的郁也好，跟她們的本性都不適合。

＊

江東館長到任第三週，全國的圖書館就碰上了一個燙手山芋。

「亂講……」

郁的聲音愈來愈小。這種口氣通常是懷疑對方說了沒有意義的謊言，但她現在只是純粹希望對方明白她的不敢置信。

「很遺憾，不是亂講。」

結果堂上一本正經的回答了。堂上班剛剛開完圖書隊朝會，正在開他們自己的朝會。

「可是還沒出刊，館方是怎麼知道的呢？」

「中盤書商透露的。出刊日是明天，但書商已經收到貨了。」

小牧解釋完，便朝隊長室的方向努了努嘴。平時總是敞開的房門，現在卻是關著的。

朝會上的玄田的確心情很差，甚至用近乎恐嚇的語氣威脅遲到的隊員，不像他的為人。

「大概心情不好吧？」

「明天就會到書，我們得加強警備。優質化特務機關或許會在配送過程中突襲審查。」

採購館藏書籍時，從專屬的中盤商——也就是圖書館物流聯盟出貨的書籍都由圖書基地統一點收，之後再分送到都轄內的每一間圖書館。從進貨到配送，圖書基地都要出動人員執行保全勤務。

優質化特務機關知道這套程序，當然會想突襲。外勤保全畢竟無權封鎖街道，也不能動用槍砲，不過雙方還是會大打出手，弄得好多人掛彩。

除此之外，各圖書館也會向當地書商進書，有些圖書館的規模無法出動保全，一旦被優質化特務機關盯上，後果往往損失慘重。

「防衛部應該也在研擬對策，不過特殊部隊也必須提出看法。」

小牧對堂上說道。意見書得由玄田上呈，言下之意，他在催堂上快點去安撫隊長。

「為什麼是我去？」

堂上不情願的皺起眉頭，便見小牧沒事人似的笑道：

「這是副隊長的請求。他說堂上最拿手的就是在貓脖子上繫鈴鐺。」

「貓還算可愛，那一隻根本是老虎吧。」

「殺熊大王才能跟虎鬥嘛。」

「閉嘴啦你。」

讓玄田心情如此惡劣的理由，和明天的保全加強有關。

明天出刊的《週刊新世相》有一篇專文，是關於去年那起高中生隨機殺人事件的後續報導。

那名主嫌未滿十六歲，適用於少年法並交由家庭裁判所審理。經過精神鑑定，主嫌由少年療養院收容並接受治療，但卻引發輿論抨擊處分太輕，甚至呼籲修正少年法。過了半年，輿論和報導已漸漸平息，明天的《週刊新世相》卻將重新引爆這個話題。

該報導的著眼點在質疑主嫌的刑責和現行少年法的定位，其中卻公開了主嫌的供詞記錄，而那原本是不該向社會大眾揭露的。

《週刊新世相》有玄田的好友折口在那兒任職，此事當然令玄田不滿。主嫌的辯護律師已經向世相社抗議，卻沒有要求社方正式回收，以致《新世相》的處置必須由各流通單位全權做主。同時，優質化特務機關一定會大肆沒收。

「有折口小姐在，怎麼會……」

郁不經意的說道，又慌張的閉上嘴巴，但見在場的眾人都是一臉苦澀。

洩露那份調查報告的人當然違法，公開它的媒體也同樣違反少年法。折口任職的雜誌社竟用這種方式做報導，實在讓人難以釋懷。

「總覺得……好像被他們出賣了。」

郁忍不住說道。堂上的眉頭皺得更深。

「別跟玄田隊長說。」

最難過的人是玄田。他跟折口碰在一起總是嘻嘻哈哈，但全隊都知道他們之間的情誼非比尋常。

「記者一定有記者的說詞。他們交情再深，總不可能在想法上永遠一致，能在必要的時候做做樣子表現誠意就很好了。」

小牧又下了個俐落明晰的論證。

「那樣不會有點冷淡嗎？」

「為什麼？雙方職業不同，當然會有無法相容的時候啊。」

唉，情分根本就打動不了這個人——除了毬江以外。郁知道辯論這一點也無濟於事，只能悶不作聲。小牧剛才也面露苦意，那或許透露了他的感受，但他的言詞一向清楚明快，有時聽起來就是少了那麼點味道。

在郁的心目中，折口行事極有擔當，她的成熟也令人尊敬，現在出了這種事，郁都不知道以後該怎麼看待折口和《新世相》了。

確認警備輪值後，朝會結束。郁和同一組的手塚正準備離開時，堂上把她叫住。

「什麼事？」

「我大概知道妳在想什麼。不過，不要把組織等同於個人就擅自下結論。」

被堂上看出郁對折口感到失望，讓她有點不好意思；見他只跟自己叮嚀，心裡又是一挫。

對不起。郁微微點頭致歉，便聽得堂上輕輕笑道「也不用道歉啦」。

「……那我該怎麼想呢？」

怎麼想都進到那個死胡同。

「什麼怎麼想？」

手塚問道。郁差點兒要答「折口」，連忙改口說是「《新世相》的事」。

「我總覺得那樣是不對的。」

「手法是另外一回事啦。」

「手法？」

「重點是他們想藉報導向輿論訴求什麼。」

手塚明明是個一絲不茍的人，這種時候卻搬出世故的大道理，讓郁覺得好討厭。她想，你以前像堂上教官，現在卻愈來愈像小牧教官了。

自然而然的，她的口氣也尖銳了點。

「有所訴求就可以用錯誤的手段嗎？」

「當然不行啊。手段不對就該受到批評，只是藉由它所傳達的精神不該被混為一談。就算是手段不正當、報導內容也被認為是負面的，那篇報導的整體價值還是要由閱聽人自己判斷。」

說著，手塚以責備的神情面向郁：

「妳有個壞習慣，看什麼事都非正即負，尤其在思考組織時犯這種毛病，小心錯失大局。」

呃，被他戳到痛處了。「言行一致，又要永遠都做對的事，再好的組織也不可能。」這是郁以前聽過的話。手塚說完，別開視線又說：

「圖書隊當然也一樣。」

只有故事裡的英雄才會在精美又乾淨的舞台上打鬥。要幹正義使者就要有在泥水裡打滾的心理準備，否則還不如辭掉算了——郁想起柴崎說過的話。

「這我知道啦。」

她嘴上回答，心裡偷偷加了個「理智上」。

在泥水裡打滾。但她希望圖書隊永遠走在正道上，難道錯了嗎？

「話說……」

郁終於受不了，決定改變話題。

「我是說柴崎。」

手塚都沒開口問起，害她也一直沒機會講。反正藉這個機會講講看。

「聽說那個男的後來又約了她兩次，都是吃午飯。對方好像在研究圖書館問題，他們每次見面都聊圖書館。」

嗯……手塚隨口應道，但也沒阻止她講下去。

「那人姓朝比奈，名字是『光流』，讀音跟你的一樣。」

「是哦。」

手塚好像有點兒興趣了。他靜默了一會兒，便問：

「柴崎對那個人有什麼感覺？」

「真愛裝，你明明就很關心。」

郁用手肘推推他，被他邊罵邊揮開。

「她同事都在起鬨，她也不好意思拒絕。不過對方沒要求跟他交往，兩人見面也只是吃吃飯，柴崎倒也覺得無所謂。那人跟柴崎還滿有得聊，所以腦筋應該也不錯。」

聽到這裡，手塚的回應又敷衍起來了。他那份男性的尊嚴，八成還在抗拒這種背後道人隱私的行為吧。

何必裝模作樣嘛。郁斜眼瞪著手塚，略有不滿。

＊

剛進辦公室，折口就接到玄田打來的手機，以往她會走到外面去接聽，今天卻沒有離開桌前。

「喂？我是折口。」

「這是怎麼回事？」

電話一接起，就聽得玄田語氣凝重的問道。他的性子急，從年輕時就是這麼單刀直入。

「就是這麼回事。」

她也不想戲謔，這樣的回答卻更像是故作戲謔。玄田聞言沒有不快，只是又追問道：

「是妳寫的嗎？」

「誰執筆都一樣，反正是我們公司做的報導，也是我們對社會大眾的質問。」

折口答得避重就輕，令玄田沉默不語，她在電話這頭也感受到那股不情願。

「洩漏少年的調查報告是違法的。你們不惜犯法，究竟想追究什麼？」

「有些事情，太守法就不能追究了。」

他們兩人所處的立場不同，互不相容也是難免。每當這種衝突浮上檯面，他們總是互相傷害，責備對方不夠盡心盡力。

兩人曾經論及婚嫁，如今卻演變成這種關係，大概就是因為這一點吧。

「社會變成今天這副德性，妳不認為媒體的過度報導要負一部分責任嗎？」

他們以前也起過類似的爭執，玄田老是用這個論點責怪媒體。他明知道責備她一個也於事無補，卻沒辦法忍住不說。想到玄田的心情轉折，折口受的傷就更深了。

「社會搞出一個優質化法，卻把責任全推給媒體報導，這倒讓我意外。」

同樣的，她也用當年的那套說詞回應玄田：

「調查報告又不是我們去偷出來的。是別人匿名寄給我們的。」

明知道這麼說不足以為藉口，可是聽見玄田焦急的口氣，她還是想抗辯：

「那人很可能是個案件關係人，我們相信對方希望媒體能代為申張。受人之託就忠人之事，媒體再怎麼沉淪，我們還有這點尊嚴。」

「——就算是這樣……」

玄田要說什麼，她已經想到了。

是呀，我們至今已經為這個吵過多少次了。

「有必要做到全文刊登嗎？這篇報導少不得要被人貼上低劣而過度的標籤。人家拿報導良知來指責時，你們敢問心無愧嗎？」

「我們會甘之如飴。」

不公開調查報告的內容，報導就缺少說服力——而她說不出口，是因為這其中包含了商業利益的算計。

站在雜誌社的觀點，此舉抓穩了讀者的好奇心，但要大方承認「讓讀者看他們想看的，何錯之有」——無疑是身為媒體人的自打耳光。出版社可以如此自欺欺人的面對社會，折口卻無法用同樣的態度面對玄田。

就算她愈來愈不像理想中的自己。

「要是不合乎圖書館的判斷，銷毀也無所謂。」

「白痴。」

玄田的聲音裡首次出現怒意。

「客觀的收集資料是圖書館的義務。我們當然要盡全力保護每一本書。」

她彷彿能看見玄田說這話時的表情。原以為這通電話不會講太久，這會兒她想，早知道就該走到外頭去接聽。

因為她想哭。

旁邊的部屬正向她投以關切的眼光，折口只好把座位往後轉。

「我們還要接著寫『情報資料館』攻防戰的專題報導，我現在可以去採訪了嗎？」

笨蛋，廢話。

就罵了這兩句，電話就被他掛斷了。

＊

聽見敲門聲，玄田應答，便見堂上走了進來。看見玄田的表情，堂上發噱。

「看來您已經整理過心情。」

玄田哼了一聲，堂上便不再多說，直接解釋來意。

「我來請示明天的保全方案。」

說著，他將彙整過的草案交給玄田。

首先是中盤出貨到館方點交進貨，除了分批運送以製造時間差距，堂上還另外設計了假誘餌——也就是假貨車來擾亂敵人耳目，而真假貨車的保全都同樣加強；至於從基地分送往都內各館的路程，《週刊新世相》則由專車運送，也同樣備有假餌並加強各車次的保全；若是向當地書商採購，則由各地區的主要圖書館統一點收，再委任基地派出的《新世相》專車負責配送。

從社會衝擊度來看，明天的審查重點鐵定都集中在《新世相》上，堂上擬訂的建議案大致妥當。同時在這份方案中，也包括了部下們對長官的一份體諒。

「防衛部希望我們儘快提出建議。若有修改的必要，也請您儘快召開會議。」

「不必修改。不過，明天要點交的那一批只留《新世相》，其他書籍全部延後，免得敵人把別的對象書籍也列為突襲目標，我們會來不及應變。進貨晚一點無所謂，等《新世相》的騷動平息後再配送反而穩當。業務部那邊也去通知一下。」

防衛部提的方案應該也是大同小異，待會兒再跟那邊討論人力布署。

「是，等正式文件出來再麻煩您蓋章。」

堂上說完便要出去，玄田把他叫住。

「好好守著。這一期一本也不能讓敵人搶到。」

堂上半轉過頭，笑得爽朗。

「當然。」

圖書防衛的使命就是保護所有的館藏。館藏若有爭議，各館可以討論該書是否開放閱覽，但不管討論結果為何，已列為館藏的書籍就在他們的保護之下，這一點是不會變的。

部下離開後，玄田低低罵了一聲：

我當然會守住的，因為——那是妳的書啊。

可惜他從來不敢在折口本人面前講。

*

《週刊新世相》出刊當日。

郁照常一早就大吃特吃，然後精神飽滿的去上班。

柴崎也照例被郁的吃相弄得沒有胃口，剩下的菜全被郁掃了去。

防衛部與圖書特殊部隊全力護航的結果，物流聯盟的貨車在中午前就平安抵達基地，隨即把《週刊新世相》送進了武藏野第一圖書館。

經過會議，館方決定當天暫不供民眾借閱，先讓業務部全體在上班時傳閱，待閉館後再開會討論借閱事宜。

在這段時間內，業務部每個人見了面就互問：「看了沒？」到處都有人竊竊私語的討論感想。不斷有民眾來詢問能否借閱，柴崎只能一再回覆「館方正在商討，明天應該會有具體方針」。

在前來詢問的民眾之中，有不少人已經聽說問題報導的爭議性，但也有人毫無所悉，只是不懂「平常都是發售日當天就看得到，為什麼這一期遲到了」。業務部在入口貼有說明，只是沒什麼人會去看，館員們也只好一遍又一遍的向民眾解釋。

「柴崎小姐，妳看過了嗎？」
過中午之後來訪的朝比奈向她問道。
「對，看過了……你呢？」
「我一早在車站的零售店買到。大書店好像已經開始接受審查了，所以……」
他略有顧慮，但還是直言不諱：
「我想請教圖書館人士的意見。」
「這麼熱心呀。」
柴崎笑了。一個研究圖書館問題的人，當然會關心圖書館對此次事件的處理之道，反正她剛好有空，站著聊一下也無妨。
「我想那一定會惹出爭議的，畢竟那份文件本來不應該外流。」
少年供述中的「既然我未滿十六歲，刑責會比較輕」等字句，顯示出有自覺的犯罪動機，加上又有犯案過程以至姦屍的詳細描述。此外，記錄中還列出了少年的本名、住址和近照，擺明了不合乎現行的少年法。
「不，我的意思是……」
朝比奈抓了抓頭。
「還是趁午飯時間向妳請教，時間比較充裕一點，不知道可不可以？」
柴崎當然是故意回避才站著和他聊天，不過善出直球的朝比奈也有一套。
「不用選今天也沒關係……啊，約在明天以後反而更好，更能看出圖書館的應變如何，對吧？」

可惡，這男人還是老樣子，有夠狡猾。先拿這一次事件當藉口，再說要約明天以後，我總不能推說明天之後全都約滿了。

「不過，有些內情我恐怕不便透露。」

「沒關係，反正我不會拿去當研究資料。」

用一副從容的笑容緩和自己的死纏爛打，朝比奈說完就道別，並與她約好明天中午見。

當天中午，柴崎和同事隨便吃過午飯，回來將民眾歸還的書籍放回架上時，不經意地注意到一本書。那是一本關於圖書館的公報，裡面有閱覽限制的詳細案例。

對了，這本書應該可以當作參考。知道朝比奈如此關心圖書館議題，柴崎自然而然的想到他。和柴崎講完話後，朝比奈就到二樓的參考書室去了，這會兒搞不好還在那裡查資料。

「我不太敢。」

她拿著那本書往樓上走，但在轉角處停下了腳步，然後悄悄溜到視線的死角處——就在上層的階梯中段，廣瀨逮著了朝比奈，兩人正在說話。

「哎，所以我才說嘛……」

廣瀨仍是那個甜甜的嗲聲：

「柴崎有點彆扭，有心事也不太會表現在態度上，但我想她一定是喜歡你的啦。」

——妳就要做得這麼過分？她覺得腦袋忽然冷了下來。

「然後呢，她又不是會主動示愛的人，所以……」

你是男人，要積極一點，主動跟她表白等等，廣瀨滔滔不絕的說著。而柴崎在樓梯下方一字不漏的全聽見了。

只不過是這女人喜歡的男人喜歡我，為什麼我就得受她這樣羞辱？長得漂亮是我的錯嗎？我又不是自己喜歡生為美女，也不是自己喜歡受男人歡迎。

被一個不是意中人的男人喜歡，我只覺得是困擾，哪裡會高興。

柴崎卻不能把這些話講出口，否則她會變成一個不知好歹的女人，同情票會被廣瀨全部拿走。廣瀨絕不會讓旁人認為她不識好歹，她只會撒嬌裝可愛。

會作這種評語，是因為柴崎已經看透了她的心機，而她努力在人前表現出好的一面，則只是出於天真的虛榮心罷了。柴崎真正厭煩的，是廣瀨那缺乏自知之明的機關算計。

更令柴崎煩躁的，是她因此而發現自己比廣瀨更工於心計，城府更深。廣瀨不是壞人，只是對自己的戀情起了貪念，而柴崎剛好擋了她的情路。為愛而無所不用其極的廣瀨是個真小人，但柴崎知道自己卻是個偽君子。

朝比奈像是不知所措，隨口應和了一會兒，便注意到柴崎的視線，表情立刻僵住了。

堅定地和他對望過後，柴崎轉身走下樓梯。

要如何處置《週刊新世相》，令全國的圖書館都大感頭痛。

鄰近的圖書館之間頻頻探聽對方的對策，日本圖書館協會和各地圖書基地，也陸續接到各館的詢問。

無論是調查報告、照片或本名，那篇報導都明顯牴觸了少年法，但由於少年犯案的手法太兇殘，閱覽民眾大多支持《週刊新世相》的做法，也有很多人表示願意再閱讀。事件當時，媒體為保護少年人權而遮遮掩掩，對那份溫吞感到不痛快的民眾竟有這麼多，倒是出人意料。

可是相對的，指責雜誌社缺乏良知，將這些違法資料用於公眾報導，枉顧少年人權等等的抨擊聲浪也所在多有。

圖書館有義務保障民眾「知的權利」，卻就此和少年的人權和隱私保護對立，再加上媒體優質化法的審查權與圖書館的資料收集權衝突，館方簡直是進退兩難。

江東館長真可憐，剛上任就遇到大考驗——一如館內同情的耳語，這是圖書館界前所未有的混亂。如何擺平這個問題，正考驗著新館長的本領。

日本圖書館協會在當天下午發表聲明，表示此案交由各圖書館自行判斷，各館可向協會報告對策，協會也將公開這些資訊以供參考。

手塚老爹很有一套嘛。柴崎在心裡想道。

身為日本圖書館協會的會長，手塚的父親做出了最標準的判斷。凡是這一類模稜兩可的問題，圖書館大多求助於圖書館協會或各地圖書基地，但這兩者都不是圖書館的主管單位，無權跳出來做主。協會若是暗示特定的處置方針，全國圖書館勢必群起仿效；反過來說，規模較小的圖書館無法自行決議，但他們可以透過協會參考他館的做法，協會也不必顧忌太多。

繼日本圖書館協會之後，關東圖書基地的稻嶺司令也發表支持聲明。

當天下班後，武藏野第一圖書館召開了《週刊新世相》對策會議，業務部全體人員都抱著「看新館長表現」的心態出席。

柴崎個人則比較注意傍晚收到的那一份傳真文件。

經查證後，東京都轄下的各圖書館都收到同一份傳真。文件署名是東京都教委會的生涯學習課長，主旨是將都立圖書館的處置方式「周知同業」。

根據那份文件所述，都立圖書館將這一期《週刊新世相》放在櫃臺處保管，民眾借閱時要填寫申請單，然後在館員看得到的地方閱覽，屬於一種閱覽限制。文件雖然聲明是「僅供參考」，解讀上卻等於「指導」，更另各圖書館無所適從。

這份傳真是一道來自外部的壓力，江東會如何面對，正可以看出他的資質。

「傍晚收到的傳真是都教委發出的公文。」

會議一開始，江東就先提這件事。

「我請稻嶺司令確認過，都教委表示這份文件並非指導，只是參考。我們也向東京都內的各圖書館報告過這一點，因這份公文而造成的混亂應該也已經解除了。此外，文件中的都立圖書館不滿教委擅自引用他們的案例，準備向都教委強烈抗議。」

會議席上的氣氛變了。

打從就任第一天起，江東說話就給人條理分明的印象，如今更顯出他在危機處理上的效率。傍晚的公文能在當晚解決，表示他一收到文件就馬上處理，而且從他的口吻聽來，過程都是江東在主導。

身為基地附屬圖書館，館長當然要和稻嶺密切聯繫，江東率先且主動提報固然應當，但這般果決與明快可不是上級都有的——特別是在見識過鳥羽的軟弱和推諉之後。這半年多來，圖書館可被他整慘了。

看著年紀相彷、職階都比自己高一級的江東，就連副館長秦野都是一副感佩的神情。

——現在他掌握住副館長了。柴崎一面觀察，一面修正腦中的人脈圖。能夠掌握得人望的秦野，就等於掌握了館內的人心。柴崎不得不承認江東的能力出眾。

「因此，希望各位都能自由提供意見，不用在意都教委的這份文件。」

會議首先討論《新世相》那篇報導的感想。江東直接做了會議主席，一一向不愛發言的年輕職員們詢問他們的感想，大有讓全體職員都要說上幾句話的意圖。這是個有效的手法，激發眾人在研擬對策時的參與感，一反鳥羽時代流於形式的會議氣氛。

就像回到前館長時代，這種久違的緊張感卻讓人很舒服。

針對報導本身，全體人員都認同它的優異，但對於調查報告、本名和照片等觸犯少年法的爭議點，大部分館員也認為未顧及少年的人權，有失周全。

進到對策研討時，江東列舉出日本圖書館協會提供的他館案例。

為了開會討論，武藏野第一圖書館沒有在當天處理，但是別的圖書館幾乎都在第一時間就做成決議。這場會議開始時，都內大半圖書館都已經向協會呈上他們的應變報告了。

已報告的對策大致可分為禁止閱覽和限制閱覽兩派。以後者為大宗，又可粗分為兩種方式。

一是仿效都立圖書館，將該刊另外存放在書庫或櫃臺區，應民眾申請提供借閱；二是照常開架陳列，只是不讓讀者看到那篇報導。

至於如何藏起那篇報導，則有「完全隱藏」和「僅遮蔽涉及人身情報之處」，更有複製雜誌影本、在影本加工刪除該篇報導或遮蔽字詞，以及直接在雜誌正本加工等方式。

直接在正本加工須要審慎行事，這一點卻反映了各館在第一時間處置時的倉促和草率。閱覽限制至今仍有爭議，將來也許會因應社會情勢重新修正，若是直接破壞書刊而造成無法復原的損傷，往後勢必引發其他的問題。

甚至有圖書館直接將該報導內頁裁去，然後把頁面當成一般廢紙直接丟棄。採用可複貼膠紙遮去爭議詞彙、避免對期刊造成永久性損傷的案例少得令人稱奇。

看過各種手法、討論過其優缺點之後，第一圖書館準備做出最終決議。

這個階段輪到柴崎發言：

「首先，我認為我們應該避免因限制閱覽而致使書刊無法復原。他館的損壞書刊案例這麼多，我們更該為將來的數位圖書館而保存可用的資料。期刊在使用時的狀態不易維持，可復原的冊數又已經不多，我建議以保存書刊狀態為對策前提。」

「可是，可複貼的膠紙很容易撕下來，讀者恐怕會自己撕開來看，而且等到過期，民眾還可以把它借出館外。」

廣瀨在柴崎之後發言。上了會議桌，她的嗲聲就收斂多了，用詞也比較簡潔，可見她是個表裡不一的人。受到白天樓梯間發生的事情影響，此刻的柴崎對她那經過算計的控制格外不悅。

話說回來，廣瀨的指責確有意義。閱覽民眾不太可能如此道德自律，撕書割書都是家常便飯了，此次事件的話題性太過聳動，什麼後果都有可能。

有些圖書館之所以寧可破壞書刊，就是怕讀者會擅自撕掉遮蔽膠紙。不過——

「期刊若被處以閱覽限制，那麼就算過期了也不能外借。怕膠紙剝落就寧可損毀的做法，我認為有欠考慮。」

柴崎明著是在批評他館，真正的語意大概是傳出去了，因為廣瀨換上了一副賭氣的表情。

「可是，製做影印本也會造成問題吧？圖書館都限制民眾複印館藏書籍了，怎麼能自己帶頭影印整本雜誌呢？」

站在著作權保護的觀點，館藏複印是個微妙的問題。根據著作權法第三十一條，圖書館等公共設施可在一定條件下准許複印，可是剛出刊的新雜誌就用整本影印的方式去做，實在稱不上妥當。館方可以解釋是保護資料，民眾卻未必認同，而且大型圖書館不易向民眾宣導，這種做法只適合與民眾互動頻繁的小型圖書館。

「假使我們只影印該報導頁面，再把局部塗黑的影印頁和正本內頁交換呢？取下的頁面可以保存在書庫；《新世相》是騎馬釘，拆內頁不會傷及整本雜誌。這樣也不用寫閱覽申請單或監視，只要在雜誌封面貼說明就可以了。」

柴崎看著發言者，心裡暗暗皺眉。他是廣瀨喜歡的男性前輩。他或許是基於職務專業而做此判斷，卻一再強調複印有多方便，好像在跟廣瀨唱反調似的，聽起來就像在為柴崎撐腰。廣瀨的臉色更不高興了。

唉，事情怎麼愈變愈複雜。她覺得好煩。

「館長的看法呢？」

秦野拉回議題。江東環顧全場。

「就我個人的觀察，禁止閱覽這個選項完全沒有被拿出來討論，這才是個問題。」

眾人一陣譁然。

此案的爭議點就在於兼顧少年的隱私與民眾「知的權利」，這是全體一致的認知，討論自然而然循著這個方向發展。畢竟禁止閱覽將會剝奪民眾的閱讀權，結果其實和媒體審查沒有兩樣，也因為如此，採取禁閱措施的圖書館非常少。

「可是……禁止閱覽會使讀者看不到該期內的其他報導，等於侵害了他們的權利。該篇報導固然有部分爭議點，館方卻因此而不讓民眾有評比報導內容的機會，豈不是違反圖書館的理念嗎？」

秦野的異議實屬當然，江東的立場卻很堅定。

「對組織而言，平衡感是最重要的。業務部全體共有三十二個人，提到禁閱對策的卻是一個也沒有，假使部門的整體思考方向被評為偏頗，只怕也是難免。」

聽到「偏頗」一詞，秦野明顯的退縮了。之前的鳥羽就被批評是偏袒行政派，現在大家都不想被認定是有所偏頗。

「我總覺得各位的原則意識太強。有鳥羽前代理館長的前車之鑑，我明白各位對行政派難免心生反感，但是……」

江東一提起鳥羽的偏執，更令整個會場都出現退縮的氣氛。

嗅——原來他懂得下這一步棋啊。柴崎坐在角落大方觀察起江東來：不是行政派、不是原則派，也不是牆頭草，而是堅持要展現公平公正的自我尊嚴派。

正因為對自尊擁有與眾不同的定義，任一派想籠絡他都不容易。

「我們其實不應該把行政派視為競爭對手。一個組織內能有多元化的觀點，這是一種健全，行政派也不過是這些多元觀點之一，原則派當然也是。關於這個議案，我們不應該以『行政派風格』或『原則派風格』等短視觀點去概論。我希望我們能永遠秉持公正、為圖書館界全體著想。」

江東的語調堅定而沉穩，因為他深信自己是公正的，也深信自己是為了圖書館界著想。

……原來他是這種人。我懂了。

之後的會議中，柴崎不再積極發言，只是靜觀其變。

業務部很少開會到這麼晚，搞得一幫同梯女性隊員全都擠在一起吃晚飯。

就在話題自然而然的轉向會議內容時，郁出現在餐廳裡。

「辛苦啦～」

她精疲力盡的坐在柴崎對面，突然聽得周遭叫聲四起。

「笠原妳怎麼了，怎麼弄成這樣子？」

「天呀，看起來好痛！」

「妳還好吧？」

柴崎吃驚地喊道，廣瀨和其他人也七嘴八舌的問。郁懊惱的叫了一聲，趕緊遮住左半邊的臉。

「不要一直看啦。」

她的左頰和額頭貼滿了ＯＫ繃，眼睛周圍都腫起來了。

「今天的配書保全行動演變成混戰……」

「什麼——？混戰前線還叫女隊員上陣？」

同梯的女孩們異口同聲的嚷嚷著，郁連忙搖頭。

「沒有沒有，堂上教官有把我調開。」

負責《週刊新世相》配送保全的小組在目的地就定位時，該圖書館附近已經發生衝突，郁的任務只是在混亂中趁隙將雜誌送進館內，因為她沒別的好身手，就是跑得特別快。

「我衝進館內，可是自動門開得太慢……」

「……妳拿臉去撞門？」

柴崎問道，郁委屈的點頭，本來在關心她的人們卻爆出一陣大笑。

「妳、妳們怎麼這樣！那時很可怕耶！玻璃灑了我一身耶！」

「還撞破了門！」

不知是誰落井下石，女孩們笑得更厲害了。說來是狠心了點，只是這氣氛很難流於同情，況且這麼一鬧，郁自己都打起了精神起鬨，也算是達到效果了。

「總之妳糟了，眼睛這邊腫成這樣，一定會變成圓圓的一圈淤青。」

柴崎的點明讓郁更沮喪。

「堂上教官也這麼說～」

而且還被全隊的人笑，遜斃了。郁垂頭喪氣的想著。但再想想，同僚笑得出來，也因為她沒有傷重到讓人笑不出來的程度。

「難得我想好好表現一番的。」

聽見郁的嘀咕，柴崎故意不問她要表現給誰看，免得她賭氣鬧彆扭。畢竟現場還有這麼多女性隊員，問了等於侵犯隱私。

「我看妳還是少胡思亂想吧。妳這種拚命法一定會落空的啦，弄不好還害人家擔心過度變禿頭。」

「他要是真的擔心就不會在醫院裡發飆了。一進門就罵我耶！我好歹完成了任務因公受傷，他還口氣那麼差，沒良心。」

「妳才沒良心啦。」

「為什麼！」

郁嘟著嘴生氣，柴崎只當作沒看到。堂上是因為放下心來才對郁發怒，但這個大女孩肯定不懂人性機轉的這一層巧妙，柴崎再解釋也是白搭。哎，晚熟的溫室花還真是折煞人。

「對了。」

眾人開始閒聊起別的事時，廣瀨出聲了，於是大家都朝她看去。

「聽說柴崎明天又要跟朝比奈先生吃午飯呢——」

我可不記得有跟妳說過，柴崎厭惡的想著。且不管廣瀨是跟朝比奈打聽還是偷聽到他們談話，怎麼能在這種公開場合隨便宣揚別人的私事呢？

柴崎這廂滿心不快，女同僚們卻一股腦兒鬨鬧起來了。

「你們該不是交往了吧？」

柴崎堆起笑容。

「八字都沒一撇啦。就跟我之前講的一樣，只是聊聊圖書館問題罷了。」

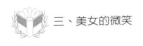

「可是朝比奈先生說他喜歡妳呀——」

眾女孩又是一陣嬌呼。不識相的廣瀨還得意洋洋的添了一句：

「搞不好明天就跟妳表白囉？」

是呀，還不都是妳在操弄。先跟朝比奈說我喜歡他，又跑來說他喜歡我。這麼勤快的穿針引線，我要是在這些人面前戳破，看妳還能裝傻到幾時。

「哇——妳怎麼不跟他交往？朝比奈先生那麼帥！」

「這要怎麼講啊……」

柴崎努力裝出困擾已極的模樣，但這幫饒舌的女孩們可不願就此放過她。

「很可惜耶——！看他談吐那麼好又和氣，要是我一定馬上點頭答應！」

唉，真糟，氣氛成形了。乾脆趁場面尷尬前先溜為快算了。

談戀愛是我自己的事，妳們為什麼這麼喜歡嚼舌根？不迎合反倒顯得我不對了似的。只會一旁嚷嚷著不交往太可惜，妳們自己去追他呀？妳們覺得可惜，我又不覺得。柴崎一逕想道。

這些話要是說出口，她會當場變成頭號公敵。

同僚們還在勸她跟朝比奈交往，廣瀨則是一臉滿意又莫測高深的笑著。光是不想讓她稱心如意，就足夠作為柴崎回絕朝比奈的理由了。

既然擔心我名花無主到這種地步，那不如這樣吧，妳去安排前輩向我告白，讓我好好玩弄他一陣再甩了他，這樣妳就可以去安慰他破碎的心，趁虛而入。

「喂！」

吼出來的人竟是郁。

「妳們說話也太不負責任了！只會嘴巴上說可惜，又不自己去跟他交往，還不是光說不練！」

她這一吼，把熱烘烘的氣氛都給澆熄了。

「不管男人條件再好，也要柴崎喜歡才算數吧！妳們這樣冷嘲熱諷，搞不好她本來喜歡的都覺得嫌棄了！」

「哎唷──只是好玩鬧一下嘛，幹嘛裝純情。」

一名隊員不高興的噘著嘴，郁也沒好氣：

「裝純情是什麼意思？」

「啊──抱歉抱歉，妳不是裝的，妳心裡還有一個白馬王子，是百年難得一見的正牌純情女。」

此話一出，郁立即慘叫起來：

「妳為什麼會知道──！」

「妳受訓那時闖禍，好幾個單位就在傳，大家早就知道了啊。唉唷，妳果然是個純情花，不知世間險惡呀。」

「哇啊，氣死我了！我們出去解決！」

「人家我可是非戰鬥職種，哪敢跟妳這位機器戰警對打！」

無傷大雅的抬槓又引來一陣哄堂大笑，氣氛馬上就變了。柴崎也隨著眾人笑起來。

……是啊，所以──

所以我最喜歡妳了，笠原。

*

武藏野第一圖書館的決定出爐：該期《週刊新世相》永久禁止閱覽。

圖書特殊部隊收到這項通知時，正是該期出刊次日的朝會結束後。

「不能想想辦法嗎？」

聽得玄田求情，稻嶺也是一臉苦澀。

「這是各館的決定，我也不能說什麼。」

玄田也知道稻嶺只能這麼回答，但他還是想表達立場。純粹是出於個人情緒。

「內容限制倒也罷了，整本禁止？這不是剝奪閱覽人的求知權利嗎？」

玄田沒想到處分會這麼嚴重，他以為最多是全面限制該篇報導，想不到竟是整本期刊都被禁了。

武藏野第一圖書館是東京都轄下最大規模的公共圖書館，在因應上應該更要求中立，禁止閱覽是個明顯偏袒少年的嚴謹處分，這樣的決定令其他圖書館也為之動搖。

「那本雜誌有很多連載單元，又有從反媒體優質化法的角度繼續報導圖書館問題的報告，定期看那些單元的讀者不就漏掉這一期的內容了？」

「館方會把各連載單元的頁面影印起來，然後夾在下一期裡面。」

稻嶺一面回答，一面看著江東館長送來的報告。

「這個決策是太過審慎了，但我不得不佩服，他的做法確實周到，連期刊的複印原則都考慮到了。」

原則上，當期雜誌是不能影印的，但這一類特殊問題也常有依現場判斷而權宜的先例。

玄田還不死心，卻見稻嶺以哀傷的神情看著他。他知道稻嶺是顧念他的情緒。

「從會議紀錄看來，各種角度的意見都有。我想，至少這項決策不是江東館長一個人的專斷。就算討論過程有受引導的可能，這個結果畢竟是業務部的集體決定，也是武藏野第一圖書館的判斷，我們不能不尊重。我是圖書基地司令，要是對此提出異議，那就真的是立場偏頗了。你能明白嗎？」

這番安慰性的口氣，讓玄田不得不頷首。

「對不起，是我失言。」

強要陳情，並不是玄田的本意。

隊長室的門直到郁午休回來之後都一直沒開過。她不自覺將視線轉向一起回來的堂上並開口：

「恐怕還是不行吧？」

堂上無巧不巧的別過視線不看郁，點頭應了聲「我想也是」。

朝會一結束，玄田就去找稻嶺商量《週刊新世相》的問題，如今已過中午，他卻關在隊長室裡不肯出來，商量的結果可想而知。

「為什麼會是這種處置呢？」

「誰曉得，他們還沒做進一步說明。倒是妳，沒有從柴崎那兒聽到什麼嗎？」

「我也沒想到會弄到禁止閱覽，就沒刻意去問了。」

柴崎沒有主動透露，說不定就是覺得難以啟齒。

「只聽說江東館長很有兩下子，不知道他會怎麼經手這項處置。」

堂上正準備要寫當日報告，郁探頭去看，引得他不經意抬頭望。只聽到噗嗤一聲。

「過分！嗯，你居然往年輕女孩子的臉上噴口水——！」

郁尖叫起來，急忙用袖子擦臉。堂上則尷尬得連耳朵都紅了，馬上吼道：

「還不是妳那張臉靠得這麼近！妳也想想自己的臉今天有多滑稽好不好！」

她這才驚覺地遮住左臉。被柴崎和堂上說中了，眼眶的紅腫到今天已變成了一塊圓圓的瘀青，活像漫畫裡畫的那樣。

「我這……這是光榮的勳章耶！做長官的怎麼可以笑！」

「我剛才就是不忍心笑妳，才一直不去直視妳啊！誰知道妳突然把那張臉湊到我面前，我怎麼忍得住！」

「唷，這麼熱鬧？」

小牧和手塚回到辦公室，剛進門就問。

「小牧教官！我跟你說，堂上教官好過分啊！」

郁委屈的控訴，卻是一扭頭就聽見小牧的一聲爆笑。這個人向來是一笑就停不下來的。

「好、好過分！我要投書到基地報去，說長官欺負下屬造成我身心痛苦！」

「有什麼辦法，誰教妳的臉這麼慘烈。」

手塚那邊的指摘又是心頭一刀。什麼慘烈！慘烈可以用來形容一個女人的臉嗎？

「我又不能戴眼罩，遠近感會亂掉啊！」

那塊瘀青可以用單邊眼罩遮起來，只是距離感會約略失常，郁擔心會影響到緊急應變。話說回來，並非罹患眼疾所以刻意不戴眼罩、勇敢的把這張傷臉亮出來見人，可是她身為戰鬥職種敬業精神的體現，結果這一幫伙伴竟然沒人性到這種地步！

郁消沉地縮蹲在堂上的辦公桌旁，腦門隨即被人輕輕敲了一記。她抬頭望，是堂上。

「抱歉啦，別這麼難過。」

「……你要真有心道歉就看著我說！」

「就跟妳說我看不下去嘛！」

眼看著鬥嘴戰局又要重開時，隊長室的門粗魯地打開了。

「吵死了你們！」

玄田衝出來。換作平常，接著就要開始教訓人了，但這會兒只是板著臉朝眾人瞪，瞥見郁的臉才像找到目標似的大罵：

「妳是幹什麼把臉搞成野狗黑吉（註：原名《のらくろ》，作者為田河水泡。是一部二次大戰前開始連載的漫畫作品，講述一隻黑色流浪犬從軍的故事）一樣！乾脆去把右眼也弄黑！」

「野、野狗黑吉——？」

郁氣得杏眼圓睜，男士們的哄堂大笑則差點兒沒把屋頂給掀了。那是一部戰前的老漫畫，不過館中有藏書，所以他們都知道這個譬喻——主角是一隻狗。
「等、等一下，那個角色連人類都不是耶！」
郁一逕抗議，笑得上氣不接下氣的堂上糾正道：
「隊、隊長，可是她黑白的位置不一樣。」
「你要吐槽也不必吐這一點吧！」
就是說啊，小牧邊擦眼淚邊插話：
「況且黑吉的眼睛旁邊又不是瘀青，應該是眼白吧。」
「也不是這個啦！」
看見他們笑得痛快，郁氣得鼓起雙頰。
「氣死我了，真是氣死了，我要告你們全部的人階級騷擾！」
「那就告不到我啦，我不是妳的長官。」
不讓手塚一旁納涼，郁馬上緊咬他：「你是道德騷擾啦！」
「好啦，別氣了，我們請妳吃午飯啦。」
堂上邊說邊在郁的頭上亂抓一氣，然後重新面向玄田。
「隊長也來吧？人家要告我們階級騷擾了，我們得想辦法讓她回心轉意啊。」
這一聲語調輕鬆的邀約，卻洋溢著對玄田的關心。
小牧和手塚也正視玄田，郁也不再哭叫——既然是在這種情況下被拱出來逗人開心，她倒是很樂意。

玄田的臉上仍帶有怒意，但那八成只是難為情。僵了一會兒，眾人總算見到那一張剛硬面孔特有的微笑。

「也好，走吧。」

郁隨即往外走，邊走邊想到一件事，於是舉手說：

「那我有選擇菜單的權利囉？我要去公車道的那家法國餐廳！」

「妳還真狠，選最貴的……」

「我又沒義務去擔心薪水比我高的人，口袋裡有多少錢。」

「好歹擔心一下吧！」

後腦杓被堂上輕輕一拍，郁吐了吐舌頭。

*

打開玄田傳來的那通簡訊，折口的嘴角自然而然揚了起來。

沒有標題，內容也只有一句：

『抱歉。』

這一句已說明了一切。包括武藏野第一圖書館將會如何處置《週刊新世相》，還有玄田是如何抗爭到底、如何放棄。

想來，玄田是去說情了，儘管那樣並不符合他的原則。

折口回傳的簡訊也只有一句：

『我知道。』

玄田看了應該也會明瞭才是。

＊

大概是郁昨天的純情言論生效，朝比奈再來約柴崎時，同僚們的言語戲弄比往常要安分些。

他們還是去那一間被郁粗心推響了門鈴的餐廳。從那次之後，他們的午餐之約都固定去那裡。

廣瀨的設局之事才剛結束，在店裡面對面坐著難免尷尬。柴崎沒理由主動打圓場，也沒有想要彌補什麼的意願，便只是默默喝水，反倒是朝比奈沉不住氣。

「結果怎麼處理？那個《週刊新世相》。」

他選了一個好開口的話題。

「本期的《週刊新世相》將永久禁止閱覽了。」

從議事紀錄看來，最後彷彿是全場一致通過決議。但就柴崎的觀察，是職員們自知理虧而轉為消極，江東便趁隙施了點力。

江東是不屬於原則派或行政派的「中立派」，中庸與平衡是他的主張，因此他的說法是「為了顧全都會區圖書館界的均勢」。到昨天為止，實施禁閱令的圖書館只有少數幾間，意即盡力維護並尊重少年人權的這項措施，只有極少數圖書館願意實施。因此就圖書館界的整體因應趨勢來看，「稱不上是健全的均勢」——江東的這番論調，最後成了難以挽回的狂瀾。

武藏野第一圖書館是都會區內的一級公共圖書館，這樣的地方若實施禁閱措施，就全年度的閱覽人次來算，確實可以達到一定程度的均衡效果。問題是館方有沒有必要為了圖書館界的整體均勢而做此顧慮呢？秦野的疑問其來有自。圖書館既然是個重視各館獨立性與獨特性的組織，各館的獨立判斷也應該受到重視。

然而江東並沒有動搖。

在他認為，從外人看來，圖書館就是整個圖書館界的縮影。各館獨立的原則固然要維護，但若被視為圖書館界的象徵時，保持健全均勢難道就不是個重要的觀點嗎？

「哦，你們館長頗有見地呢。」

聽完柴崎的大致說明，朝比奈顯得銘感五內。

「你真的這麼認為？」

「呃，不是嗎？我覺得他的應對周到，判斷也非常公正。身為一間圖書館館的館長，他能夠考慮到整個圖書館界的均勢，我以為他是個視野遠大的人。」

柴崎不置可否的點了點頭。

也許是吧，只是不知那遠大的視野能否看得清近處？

「希望武藏野第一圖書館開放閱覽的民眾也不在少數，這一次的判斷卻像是背棄民眾的心聲呀。」

江東總是聲稱此舉是基於圖書館界整體的考量，他的眼界裡卻獨獨漏了館藏資源使用者的需求。單看地區居民服務守則的指標——「中小報告」（註：原名為「中小都市裡的公共圖書館營運（中小都市における公共図書館の運営）」），江東的均衡論就與其中的理念不符了。

「但那也是萬不得已的，不是嗎？況且那一篇報導本來就是用非法取得的資料寫成，既然內容關乎了不得公開的消息，我倒認為市民的確不應該去閱讀它。要是真的那麼想看，他們大可以去別的圖書館找……」

「誰來決定該不該看？」

柴崎說得毫不客氣，令朝比奈愕然噤聲。

「就算引用的是不法消息，我想報導本身也該有其訴求，是好是壞的判斷權在閱覽人身上。倒是媒體優質化委員會在那兒小丑跳樑，好像是民眾委託他們行使判斷權似的。」

朝比奈露出顯然是受傷了的表情。

「對不起，我看朝比奈你在查圖書館焚書事件，卻沒想到會有這種看法，心裡很遺憾。」

一旦圖書館開始用二元標準來選書，那就是一種檢閱了。戰時的圖書館試圖發揮導正國民思想的功能，想讓圖書館變成一個篩選好書的機構，結果鑄成了大錯。

在那一段見到玉石混淆便積極地想剔除石子的歷史中，人們學到了教訓，所以才決定讓玉石繼續混淆——今日圖書館的存在意義應該是如此。

「柴崎小姐，妳認為館長先生做錯了嗎？」

「我不覺得他錯了，只是和我的信念不同，如此而已。」

「那妳為什麼不堅持自己的信念、不去抵抗呢？」

朝比奈點到了柴崎的痛處。就在這時，他們的餐點送上來了，緊繃的對話暫且告一段落，兩人在尷尬的氣氛中開始用餐。

走出餐廳時，柴崎先發制人：

「就到今天為止了，好嗎？」

聽到她這麼說，朝比奈的神情變得比方才在店裡時還要哀傷。

「是因為昨天的事嗎？」

「多多少少也有點關係。」

「我那樣得意忘形，看起來太蠢了，是嗎？」

「不是。」

他不把原因歸咎在今天的話不投機，可見這個人還算頭腦清楚。只不過——

「這樣會像是我受她擺佈似的。這一點我不能忍受，而且……」

柴崎往路邊站，避開行人的往來。她無意讓他在大街上難堪。

「你喜歡的我只是個業務範本。我有那樣的笑容跟親和力是因為工作需要，所以看上我那張臉的人一開始就不在我的對象範圍內，因為我這副美女的溫柔笑容有誰不愛呢？對不對。」

見朝比奈啞口無言，柴崎重新換上那副「業務用」的笑容，並說道：

「今後若您再度光臨並使用本館資源，我保證會提供您一如往常的服務。」

她恭敬地一鞠躬，邁步走開。

朝比奈並沒有追上來。

＊

引發爭議的《週刊新世相》最新刊消失後的第二週，久未露面的朝比奈出現在武藏野第一圖書館。

「柴崎小姐。」

柴崎正要走出閱覽室時，他從後方追上來喚住了她。柴崎回過頭去，還來不及開口，他就挺直了脊背站定。

「我的動機一開始的確是像妳說的那樣，可是跟妳聊過一次之後，我就知道妳是個言詞辛辣又尖酸的人了。我沒有因而失望，所以才會繼續約妳。」

妳畢竟不可能永遠都把那種業務用的面具戴得那麼好啊——聽到朝比奈如此放膽直言，柴崎隱約不悅。

「我又不是為了掩飾本性才戴面具的。」

要是我真的一開始就戴了面具，料你也不可能看穿。

「原來如此，那也好。不過，現在我見識過妳的壞心眼了，之後還是約妳出來，妳就不應該再用業務用的表情來敷衍我。」

朝比奈的語氣強硬，臉色也沉了。

「我就是想跟那個尖酸毒辣的妳說話，或是聊圖書館的問題。妳的觀念和我完全不同，而我就是想聽聽妳的說法。」

說著，他略帶不甘地垂下眼去。

「更何況，我沒想到妳竟然為了一個同事的多管閒事就要躲我。就算妳真的要把我剔掉，也請妳給我一個理由。」

唉，這種單刀直入的傻勁就跟笠原沒兩樣。柴崎暗暗想著，便回答他：

「不過你在館內約我，對我是個困擾呀。我不喜歡讓人拿這種事來取笑我，再加上又有那種好事的同事。」

聽到這裡，朝比奈已經十足頹喪。柴崎頓了一會兒，才又添了一句：「所以……」

「你要約我就傳郵件，我會回覆到你上次給我的那個郵件位址去。你若做得到，吃頓飯我還是可以奉陪的，直到找出剔掉你的理由為止。」

「唷，結果妳把郵件位址給他啦？」

郁顯得很意外。

「是啊。我不該受別人的影響就拒絕他，這話也不無道理。」

被廣瀨算計完全是一時不慎，所以既然對方是在知情的狀況下再來約她，那麼假裝中計反而能避開廣瀨的小技倆，對柴崎來說也是個方便。

便見郁放心似的笑了起來。

「哎，幸好那些人沒把事情給鬧開了。我發現妳在那種場合裡會站不住腳呢。」

是呀，柴崎點點頭又說道：

「我很不擅長呢，當那種氣氛纏到我自己身上來的時候，我就沒法脫身了。以前有過很多不愉快的經驗。」

眼前坐的是郁，把自己的弱點講出來也不要緊。她這回是想清楚了才說的。

也不知郁是不是明白柴崎的思緒——不，她應該是不明白，郁大力拍著胸脯保證：

「到時候妳就來找我，我一定會為妳擺平那些糾紛。」

「要是妳出馬，只怕不是擺平而是踢倒吧。」

「我、我上次不就替妳解圍了嗎！」

「嗯，我很感激妳呀。」

柴崎的謝辭反倒令郁不自在，只見她身子往後退了退：「妳講話這麼直接，感覺好怪哦。」這話由她講來，還挺得罪人的。

「不過，你們要是交往了，記得告訴我！」

「如果交往的話啦……雖然我想大概不會。」

「什麼——妳怎麼這麼快就下定論？」

「妳忘啦？我是個喜歡設防線的女人呀。」

說到這裡時，柴崎的手機響起了收到新郵件的提示音。她打開手機，只看了一眼就瞥完訊息。

「怎麼了？該不會是朝比奈先生約妳吧？」

「不是，是我朋友。」

柴崎說著，闔起手機。

四、兄與弟

＊

「哎呀，幹久，歡迎歡迎！」

除了小牧的父母以外，會這麼稱呼他的就只有毬江的雙親。小牧的朋友或同事之間都沒有直呼其名的習慣。

讓不屬於親戚的外人這樣親暱地呼來喚去，對一個年近三十的男人而言是有些難以言喻的尷尬，不過毬江的母親是看著小牧從出生到長大的，小牧可沒有權利拒絕。

「今天圖書館休館嗎？」

小牧是防衛人員，休館日也未必休假。他向毬江的母親解釋過好幾次，看來她還是不記得，他只好單純地照實答說自己今天是值夜班。

「毬江在嗎？」

其實他早已和毬江聯絡過，只是隱約覺得自己應該裝作偶然來訪才不致失禮。話說回來，星期六的下午，毬江大多是在家的。

「她在她房裡，你先進來吧。要是時間方便，你待會兒帶她出去散個步好不好？那孩子一個人總不愛外出。」

要不是有小牧，毬江關在屋裡都要結蜘蛛網了。說著，毬江的母親笑了起來。

「那我等等約她去喝茶。」

「對不起呀，幹久，我們從前就一直依賴你，沒給你添麻煩吧？」

「阿姨，妳把我當什麼了。」

小牧笑著糾正她：

「我要是嫌麻煩，早就不敢來你們家了。」

「說得也是，真的很謝謝你。」

換作是以前，毬江的母親會誇說是因為小牧懂事才放心把毬江交給他，但如今她只是淺淺一笑，然後惋惜地嘆了口氣。

「是啊，她就是小孩子脾氣。」

不，她不是。

在微妙的罪惡感驅使下，小牧逃也似地往二樓走去。

他直接打開房門，見毬江正面對書桌，沒有注意到房門口的動靜。一般人會留神其他人的氣息，聲音的作用佔了極大成分，所以就這一點而言，毬江對身旁的動靜氣息並不敏銳。

小牧將門邊的電燈開關連按數下，毬江察覺光線的變化，這才轉過頭來。

「小牧先生！」

在家時，毬江說話便肆無忌憚地發出聲音。她像個孩子似的從座位上站起來，向小牧奔去——小牧急忙反手將房門關上，因為毬江撲上來抱住他。

剝開她環在背後的雙手，小牧把毬江推開。

「拜託，請妳別這樣。」

「咦——為什麼？你會為難嗎？」

「就因為不會才傷腦筋啊。」

儘管毬江的雙親向來信任小牧，明明白白放心地把毬江交給小牧來保護，這十數年的信賴卻令小牧更覺得責任沉重。

「你自己都說你已經沒辦法再把我當小孩子看待了。」

毬江鼓著雙頰說道。

「可是在我看來……」小牧對著她應了一句，讓她注意。

「像妳這種舉止，不管過多久都不會顯得像大人的。要不要賭？」

「這種事怎麼賭。」

毬江百般無聊地坐到床上。

「乾脆我直接告訴他們好了。」

「不要不要，那樣我會尷尬。」

小牧苦笑著，將書桌前的椅子拉過來坐下。毬江的房間只是一般大小，床鋪和書桌離得還算近，但以毬江的聽力而言，這樣的距離並不適合聊天。

「講這種事要選對時機，況且我可不想被叔叔跟阿姨盯住。」

「……你為什麼坐那麼遠。」

毬江開始撒嬌，小牧又苦笑，卻被她回以一句「不要打哈哈」。

「幾時才能像普通男女朋友那樣，好好的交往啊？」

「多努力、多忍耐，低調一點，等他們可以接受了才行。」

小牧說完，以為毬江會更賭氣，不料卻見她俏皮的嘿嘿一笑。

「……我有在努力。」

看她略帶滿足的自言自語，小牧趕緊別開視線——再看下去，他怕自己會有做些什麼的衝動。

「妳剛才在看什麼？」

小牧想換個話題，但說話時沒有面對著毬江，以至於她沒有聽清楚。

「對不起，你說什麼？」

現在的毬江有個習慣，聽不清楚時總會反射性的先賠不是。

「抱歉，害妳沒聽清楚。」

小牧也道歉，同時暗自懊惱。沒看著她說話是為了掩飾剛才的那陣心慌，結果還讓她道歉，真不像話。

「我想問妳剛才在電腦上看什麼？」

他轉向毬江，伸手指著書桌。桌上有一部未關機的筆記型電腦，顯示著瀏覽器頁面。

「哦，這個，我正想等你來的時候問你。」

毬江說著便起身走向書桌。小牧把椅子還給她坐，自己則站到她背後，探頭望向電腦。

「這是在武藏野第一圖書館的網站裡看到的。」

「這個？」

武藏野市內的圖書館各自有架設網站，而小牧現在看見的網頁畫面是黑底白字，與他記憶中的武藏野第一圖書館網頁大異其趣。

武藏野第一圖書館的官網強調告知與服務性質，所以為了便於使用者閱讀，頁面都是白底的，字體比較大，版面結構也非常單純，應該沒有像這樣黑底且全都是文字的頁面。

「好像是最近才加進來的，主要是這個……」

毬江沒有說完，彷彿欲言又止。大概不是什麼好事。

頁面頂端的標題寫著「圖書館員的快語書評」，下方是書籍的出版訊息、簡介和封面，往下捲動則可看見書評。

「在這裡。」

毬江停止捲頁，畫面上出現的是《雨林之國》的小說封面——就是這本書為小牧帶來一個不平靜的新年，對毬江和小牧而言，它也具有特別的意義。

一言以蔽之，就是「膚淺」。想到作者可能打著「拿身障人士來博取同情」的主意，甚至讓人有點兒生氣。書中人物完全沒有人性的深度，令讀者很難移情。我從這個作者出道開始就讀她的作品，這一部卻讓我劃下了句點。我不諱言，作者已經江郎才盡。這種東西不算小說，充其量只是一種妄想的投射罷了，要打動讀者的心，恐怕有點難度。

喜歡戀愛家家酒的讀者或許就能樂在其中？話說回來，這只是我個人的意見。我認為此書毫無收藏價值，為了不浪費錢，奉勸讀者們還是到本館來借閱就好。

小牧在瀏覽時，毬江沒有說話，大概也跟著重新看了一遍。他扳著毬江的肩頭讓她轉向自己，便見她切切的說：

「我在圖書館借回來看完，就去買了一本。」

「嗯，我知道。」

小牧按在她肩上的手略略施了點力。

「一開始是我推薦的。我自己也很喜歡這個故事。我想這篇書評絕對不代表整個圖書館的評價。」

只見毬江頹然地將額頭靠在小牧的肩上，看來她果然為此而受傷了。

身為愛書人，毬江素來與圖書館親近，如今自己喜愛的書籍被館方「快人快語」的評為「毫無價值」，想必相當沮喪。

「對不起啊。」

這事原輪不到小牧來道歉，只是想到毬江獨自看見這篇書評時的心情，他就忍不住感到歉疚。

＊

「有個東西想要讓你看一下。」

說要到堂上的寢室喝酒，小牧卻是一進門就打開堂上的筆記電腦。

然後從武藏野第一圖書館的首頁目錄直接跳到那篇書評。堂上也是第一次看見。圖書隊員的生活雖是以圖書館為中心，他們卻不常接觸圖書館的網站，一來是對圖書館早已熟悉、不必藉由網路來了解；二來是館方自有內部網路，平常工作上使用終端機時，連接上的也幾乎都是內部網路。

單單是頁面的背景底色就與公共機構的官網風格明顯不同，文字內容更是極盡片面辛辣之能事，看來像是出自一人之手——應該是業務部的館員。

「你有什麼看法？」

小牧簡單描述毬江受到的打擊，然後問道。

「什麼看法嘛……」

堂上捲頁往下，邊抓頭邊道：

「我個人是不太喜歡啦。」

文中刻意貶低作品、毒辣且聳動的用詞，與堂上的感性不符。

「如果不是我們館方的官網內容，而是一般民眾以個人身分營運的網站，我倒覺得寫評論的人自己負責就夠了。也是有人專門愛看這種東西嘛，只不過……」

「作為館方的內容，不太合適吧？」

「當然不合適，為書作評根本就超越圖書館的分際。」

堂上斬釘截鐵的說道。小牧又追問：

「可是我們有『推薦圖書』，那就不算講評嗎？」

圖書館會以推薦的形式向閱覽人介紹書籍，介紹文的內容則取材自定期發行的圖書館報或特別專刊，也會刊登在官網上，唯形式與『快語書評』不同。

「你在胡說什麼？」

堂上一臉訝異。

「『推薦圖書』又不對書籍作任何批評。圖書館的營運是正面性的。書籍的評論牽涉到價值觀的討論，難免包含負面成分，這一點與公共事業體的服務理念不符，不是嗎？」

公共事業體應以提供快捷、便民的服務為使命，圖書館對書籍所採取的中立立場便是基於這項原則。以「推薦圖書」為例，民眾偏好的書籍受推薦並不致引人不快，可是評論書本的價值涉及主觀，那就有可能令使用者感到不悅了。

「換個角度想，會不會有人因為這種書『被推薦』而感到不悅呢……」

「喂，你發燒了啊？」

堂上一本正經的把手貼在小牧的前額。小牧當然沒有發燒。

「要是單純就可能性與否來說，那當然任何可能性都會有啊，可是公共事業體不能一味站在否定性的觀點來看，那會流於偏頗的。我們用『推薦』使民眾對閱讀產生興趣，這是肯定性的手法，而這篇『快語書評』則是用極端否定的手法，這是不能等同而語的。公共事業體不應該假借否定性的手法去從事。」

「抱歉。」小牧苦笑起來：

「一扯到那孩子，我對自己的觀點就沒了信心，怕自己不夠公正。」

看見他坦率地示弱，堂上反而不忍心出言調侃：

「人總是盲目的。」

小牧聞言沒有羞赧，反而爽朗的笑了起來。

「誰教我家的公主纖細又敏感嘛。」

「……你是什麼意思？」

「真要我說？」

聽到調侃的對象就要轉到自己身上來，堂上沉著臉不吭聲了。他倆之間從以前就是這樣，偶爾有幾次，他以為小牧要露出破綻了，但小牧就是有本事不讓他抓到把柄，還能莫名其妙的反過來將堂上推落劣勢。

所以堂上已經有了經驗，這種時候最好閉上嘴巴。不過——

「我先跟你說清楚……」

天生不服輸的脾氣，卻害堂上每每皆輸，因為他就是忍不住要回嘴。

「那傢伙以前怎麼看待我，跟現在可一點關係都沒有。那時她是個小鬼。」

「是你自己要扯到那麼遠去的。照你這樣說，現在愛上我的這個正好就是你所謂的小鬼年紀，那我的立場該放哪裡？就算我敢說，你敢聽嗎？」

少來！堂上慌了。

「我是說，你不要哪壺不開提哪壺。那傢伙只是特別幼稚，但她跟當年那個小鬼不同了。」

「我懂了，她太幼稚，所以你覺得很辛苦。」

「……你故意模糊焦點是吧。」

堂上氣呼呼的撇開頭去，便聽到小牧吃吃笑道：「真想讓他們看看你現在這副表情，尤其是手塚，他對長官的景仰大概一擊就毀了。」

堂上更加惱怒，咕噥了一句「我可沒叫他景仰我」，接著又道：

「況且她根本連我的長相都不記得耶，講再多又怎麼樣？」

還什麼「王子」呢，根本——

「她不擅認人又不是一、兩天的事。受訓時還管稻嶺司令叫大叔，連司令都哭笑不得。我看司令大概也沒想到竟有隊員連他都不認識吧，真有趣。」

小牧想起當時，忍不住又笑了起來，然後加重語氣取笑道：

「為了只有自己記得對方就鬧彆扭，這樣也不算成熟吧，王子。」

果然又提起那檔子事！堂上氣炸了。

「誰啊！誰在鬧彆扭啊！你給我收回這句話！而且以後不准再用那兩個字叫我！」

「讓人難以苟同的命令，恕難收回。」

「我大可不必聽你在那邊冷嘲熱諷！告訴你，那傢伙喜歡的是五年前的三正，而那個人只存於在她腦中，不是現在的我！」

堂上直到瞥見小牧愣住，才發覺自己失言。

「原來她真的跟你這麼說過？」

話已出口，堂上驚覺太晚，只好不情願的吐實：

「只是衝口而出罷了，那個笨蛋。」

雖然只是五年前見過一面……

但我到現在都還崇拜、尊敬那個人，也喜歡他。

從事情始末看來，她的心意顯然已經無法收回。

「……你別一臉憐憫的樣子！」

「啊，抱歉，我有露出那種表情哦？」

「也不必這麼爽快的就道歉啦！」

堂上忿忿地操作著電腦的觸控面板，繼續捲動並瀏覽問題網頁。

「你本來是來找我講正事的，幹嘛搞到這麼離題。」

「那你明知贏不了，以後就別再跳出來讓我砍了嘛。」

小牧說得好像從沒假設自己會輸似的，讓堂上愈聽愈不甘心，無奈兩人的戰績就是小牧所說的那樣。

「問題應該是這個案子怎麼會被上頭通過？」

「會不會又是館長的均衡論？」

江東就任館長兩個多月來，他倡導的均衡論已經被不少人接受。

「那個說起來也算合理啦……」

天底下不是每件事情都該求取平衡性，江東的論調卻有意無意的忽略這個道理。

「哎，起碼人家也憑這一招爬上來了。」

聽著小牧的應和，堂上將網頁拉到最底部，找到文末的作者署名。

「喂，這人不是跟手塚同寢室嗎？」

砂川一騎。小牧邊看邊點頭。宿舍常有活動之類的交流，他們對部下身邊的人際關係大多有些印象。

「我也記得是，只是想不起他的為人。」

「好，把手塚叫出來問。」

見堂上拿出手機，小牧皺眉道：

「這樣突然把他叫出來，不太好吧。」

「不趁現在找他，誰知道你哪天又在他面前亂講我什麼，我才不要。」

「哇啊——這麼任性。」

對，我就是要任性。堂上說道，真的把手塚找出來了。

手塚來到堂上的寢室時，比手勢賠禮的卻不是叫他出來的堂上，而是小牧。

「不好意思，我阻止不了班長的蠻橫。」

「啊，不會。」

看來是堂上不聽勸阻的堅持找人。既是親近的長官，手塚一點也不覺得不高興，更何況堂上又是他崇拜的對象。

見堂上朝小牧輕踢一腳，嫌他多嘴，兩人大概在手塚來之前已經鬥過一輪。

「好，喝酒之前先來解決正事。」

堂上邊說邊站起身，招手示意手塚走到電腦前。

「這好像是你室友砂川負責的，你知道嗎？」

斜向掃視過網頁文面，手塚不由自主地皺起眉頭。

整串書評都有大量具強烈否定意味的字眼。撰文者或許自以為辛辣機巧，但從第三者的眼光看來，全篇不過是謾罵詞藻的堆砌而已，會去認同文中觀點的恐怕只有原本就討厭那些作品的人。

「這是砂川寫的？」

堂上還沒回答，手塚已經看到網頁最下端的署名。

「我們覺得內容本身不太符合圖書館應表現的性質，所以想問問負責人是什麼樣的個性。」

見小牧如此發言，手塚直率的回答：

「我跟他沒有那麼熟，沒法斷言這像不像他的作風，所以……」

聽到這裡，堂上輕聲笑道：「這倒是很像你的作風啊。」男性隊員初入隊時都是住四人房，一個人未必跟每個室友都很親密，但總是會有某種程度的應酬或交流。

「不過，說意外卻也滿意外的。砂川看起來不像是言詞這麼犀利的人。」

手塚和他只是一般交情，覺得他還算隨和，個性穩重。在同室的這一年裡也沒惹過什麼爭端，反倒是另外兩個室友喜歡打打鬧鬧的，經常在宿舍裡闖禍，老是讓手塚不得不出面調解。

相較之下，砂川安分多了，因此手塚雖然對他印象不深，卻認為他不是個愛惹麻煩的人。

「你能不能去打聽一下，問問看業務部為什麼會通過這個企畫案？還有砂川本人是基於怎麼樣的動機？」

「這意思，是要我……」

手塚反問，堂上便做了個曖昧的表情。

「算是探子吧。隊長應該還不知道這件事，所以我們先探聽一番，收集情報。」

在實務面上，玄田就扮演著稻嶺的探子，以下的部屬們則細分成更深入的情報蒐尋網。身為基地附屬圖書館，武藏野第一書館和基地之間的連繫雖然緊密，但以稻嶺的職責而言，他要統籌整個關東地區的圖書隊營運，至少在各圖書館的動向還沒有釀成問題之前，不必各個精通。

至於眼前的「快語書評」，手塚明白它有釀成問題的可能性，畢竟此類否定性的建議或宣導，並非公共服務事業的正道。

「我知道了，我會去打聽。」

手塚點頭應允，一面打開長官遞過來的啤酒罐。

「柴崎那邊應該也可以試試。」

這個提議引得堂上斂起表情，雖然點頭同意，卻像是不大情願。只聽到他含糊咕噥道：「那傢伙知道了，又要鬼叫鬼叫。」不用問也知道他在講誰。這事情若扯上柴崎，郁勢必也將知悉。

自從明白長官對郁絕無偏私，只是莫名的過度保護之後，手塚那打從編班起便產生的心結也就解開了。而且，也許是長官不擅應付女性隊員，或者是像郁那樣過分粗心魯莽的人，本來就容易惹人生氣和操心——手塚自然而然有了這種想法。

「不讓她參一腳，她一定會吹鬍子瞪眼。」

為了免於受害，手塚姑且好心地提出忠告。卻見小牧忍俊不住，堂上則是沒好氣的啐罵：「這我當然知道！」

＊

「那個『快語書評』，聽說是你弄的？」

接到堂上他們的指示數日後的一個晚上，手塚才終於找到機會詢問砂川。另外兩名室友出去聯誼了。手塚現階段對聯誼沒興趣，所以婉拒了他們的邀約，而砂川好像有個遠距離戀愛的女友。

「啊，你看了？」

砂川本來在看電視，聞言便笑著轉過頭來。

「能讓你這樣的菁英看到，真是我的光榮啊。」

「拜託，你幹嘛那樣講。」

知道對方指的是他的家世，手塚並不覺得高興；他已經夠惹人眼紅了。

「可你明明就是啊。從新進隊員被提拔到圖書特殊部隊，你爸又是日本圖書館協會長……」

「就跟你說別提這個，我要生氣囉。」

手塚不是不尊敬父親，只是不喜歡旁人動不動就提起這回事。見砂川道了歉，手塚也且按捺下不快，繼續話題。

「那個書評是誰叫你寫的嗎？」

「什麼話，那是我提的案子耶。」

從這口氣聽來，砂川對那個企畫似乎相當自豪。

「喏，我本來就是幫忙弄網站的，不是嗎？」

圖書隊的預算有限，頂多只能支付網站架設和網路安全等專業密集的外包費用，所以常態性的內容更新大多由館內人員兼任。不過這些人稱不上專業程度，大約對程式設計或網頁設計有點兒興趣，也略懂一些罷了。

「所以館長相中了我，問我有沒有辦法藉由網站增加民眾到館閱覽。」

「然後你端出去的就是那個案子？」

以手塚的說話方式而言，這種講法算是帶刺了，不過砂川好像沒聽出來。

「有意思吧？正派的圖書館搞尖酸毒辣，你不覺得很特別嗎？」

毋寧說是不正常吧——手塚想著，但不說出口，決定多套點內情。

「上頭居然會通過，倒是滿奇怪的。」

「我當時跟館長說，既然我們有『推薦圖書』，那來個反面性的評論或許也不錯，館長就說放手讓我試試。那個館長挺明理的，不像鳥羽在任時，他只肯讓我們做一些溫吞吞的更新，完全沒有挑戰性的精神。」

在這種時候，鳥羽的鄉愿主義就顯得保險多了——手塚仍只是在腦中想道。他的看法和堂上與小牧一樣，覺得公共事業體不需要表現得如此尖銳。

「沒人來抱怨嗎？」

手塚直指，果見砂川的氣勢顯出一絲退怯。

「可是我在頁首有寫警告了啊。」

網頁的最頂端的確有大大的「注意」標語：「本書評僅為一圖書館員的個人觀點。內容恐有偏激或使人不快的表現，敬請注意。」

「我都提醒過了，他們還要去看，那就是他們自己要負責了吧？」

手塚心想，小牧要是聽到這番話，一定會暗暗發怒，並且不准他再這麼說。

「我倒不這麼認為就是了。」

他給了個溫和的否定。私人或民間企業的網站可以這麼看，但像圖書館這樣的公共機構原本就不該做這種警告──會有值得警告的內容出現就很引人非議了。

「可是圖書館是在保護表達的自由，圖書館員反而不能自由發言，這不是矛盾嗎？」

「我說你啊……」

頓了一會兒才出聲，是手塚在按捺心頭的不耐煩。

「頂著捍衛自由的名義就無限上綱也不對吧。你自己想想媒體優質化法通過時的時代背景。」

在那個時期，濫用報導自由的媒體引發太多受害事件，使得司法機關不得不對那些媒體採取嚴厲批判的態勢。就從那時候起，社會大眾也開始認為媒體不守紀律，輿論出現了呼籲政府約束媒體、限制報導自由的聲浪。

有這樣的前車之鑑，後人更不應該曲解自由，從自我本位妄下定義。

在探討圖書館員的言論自由同時，身為圖書館員所應守的立場也必須兼顧。館員對書籍本該採取中立態度，砂川在書評中的發言卻已經違背這個最低的中立標準。

「之前《週刊新世相》的事情才搞得圖書館界焦頭爛額，你忘了嗎？」

若是用自由當擋箭牌就可以擺脫一切束縛，那樣的問題根本就不會發生了。

手塚的批評卻像是惹得砂川不悅，只見砂川臉色微沉：

「手塚，你的腦袋有點硬呢，你哥就靈活多了。」

手塚知道自己的臉色大變，卻不知砂川從中讀到了什麼，突然換上一副興味盎然的表情，探頭過來問道：

「手塚慧就是你哥，對吧？」

「是又怎麼樣？」

這一句話應得一點也不客氣，砂川卻絲毫沒退縮，反而高興得激動起來。

「你真好，有一個那樣的哥哥！最近才有一個朋友約我去參加你哥主持的『圖書館未來企畫』研究會，你知道會員有多少人嗎？而且每個人都很積極。那個研究會才成立兩年，卻已經是日本圖書館協會衍生的研究會之中氣勢最強的了！主持人才三十歲，真是青年才俊，好令人崇拜啊。」

花兩年讓研究會上軌道也不算是什麼天大的難事吧，手塚這麼想著，腦中浮現哥哥的容貌。記憶中的哥哥仍停留在五年前的模樣，他想像不出年齡會如何改變他的容貌。他根本就不想知道。

手塚從不主動和他聯絡，除了之前為了小牧而去求取情報的那一次。

「前陣子我才有機會跟你哥說到話。可能他知道我跟你同寢室，還特地找我，跟我打招呼。他很關心你，還叫我代他向你問好呢。」

手塚想讓自己的臉上看來面無表情，卻感覺到兩頰的肌肉在抽搐。問個什麼屁好！假惺惺。想拿上次的人情開我玩笑嗎？

「吶，你哥是怎麼樣的人啊？」

「大概就跟你想的差不多。」

「幹嘛這樣，說給我聽嘛。」

手塚現在才注意到，原來砂川這個人竟有如此不識相的一面。也或許這傢伙只是對感興趣的事物格外執著。

要讓這種人閉上嘴巴，方法只有一個。

「我爸跟我哥關係不太好。我也不想在外人面前批評我哥。」

果然有效。砂川的臉上出現歉意。以後大概也不用再擔心他會頂著崇拜手塚大哥的名義，去外頭宣揚什麼了。

手塚自己對於別人在外頭傳些什麼倒是不痛不癢，他只是不喜歡哥哥利用「手塚」這個姓氏到處招搖罷了。

砂川總算識相，沒有繼續探問下去，兩人之後也沒再交談了。

＊

比手塚光年長八歲的哥哥慧離家出走，是在手塚高二的那一年。

手塚慧從圖書大學畢業，被分派到川崎市內的圖書館。他在日本圖書館協會裡擁有個人會籍，又是協會長手塚純夫的長子，深受圖書館界矚目。

相應於當時的矚目，手塚慧的表現應該也並不遜色才是。正當社會風氣崇尚知識自由、認同圖書館對知識自由的捍衛效力之際，手塚既然生長在一個與圖書館特別親近的家庭中，自然也格外尊敬這樣的父兄。

他一直認為，哥哥將來必定會晉升為官員，成為父親的左右手，而自己有朝一日也當然會加入他們的行列。

卻在手塚慧踏入職場的第三年，一切翻盤。

──圖書館應該是個中央集權型的國家機構。

聽到手塚慧這麼說時，做弟弟的他還以為哥哥腦筋糊塗了，父親似乎也大為震驚。從那天起，父子之間每天都爭辯得不可開交，手塚還沒有足夠的經驗或論點可以介入發言，又見母親夾在中間終日痛苦，只能盡力安慰她。

戰後的守舊派人士一直期盼能建立中央圖書館制度，將圖書館列為文部省組織，後來卻礙於占領時期的政治因素和財政困難而沒有實現。圖書館法在義務設館、中央圖書館制度和國庫補助等法案都尚未健全的情況下就草草通過，讓守舊派人士大為不滿，隨即發起圖書館法修正運動，要求健全中央圖書館制度、整頓全國的圖書館網，以期達成中央集權式的組織重建。

遺憾的是，在發起運動的館界人士看來，戰前與戰時的圖書館長期淪為國家附庸，到了戰後仍沒有改正那種心態，要談體制整頓根本是緣木求魚。

修法未果，運動無疾而終。「中小報告」公布之後，圖書館才在地方行政體制下走出自立之路，直到今天。

這段奮鬥史象徵著圖書館切斷對國家的依賴，一直讓圖書館界引以為傲，而中央圖書館制度的請願之聲雖然繼續存在，卻漸漸被視為守舊且落伍的觀念。

手塚慧之所以支持中央制，則是因地方行政機關與國家機關互爭財源之弊而起。地方與國家立場不同，但在當前社會中平起平坐，在爭取公共資源時往往互為敵人。

同時，媒體優質化委員會既是法務省之下的組織，那麼圖書館也應該升格為文科省系統的同等組織，以便在省廳層級爭取檢閱權的執行範圍。這是手塚慧的主張。

然而，這個論調是以認可檢閱的執行為前提。為了讓圖書館升格而承認媒體審查的行為正當性，無疑是本末倒置。

圖書館界不斷呼籲各界對抗優質化委員會無所不用其極的各種檢閱，又將該項使命寄託於圖書館的自由法，當然不可能接受這樣的主張。

手塚慧說，最初的讓步都在他的計算之中，只要小小的犧牲最終能連本帶利討回來就夠了。他是個有才能又極有自信的人，當然認為一切都可以納入掌控，唯獨父親不知為什麼不肯認同，令他忍無可忍。

可是，手塚父親的態度始終不變。

縱使是暫時的，圖書館界也不可能讓圖書館的自由法留下這麼一段與檢閱制度妥協的歷史，更何況誰也不敢保證這段歷史會持續多久。

且從戰前的歷史來看，圖書館打算依附於國家、或國家企圖利用圖書館的時候，不幸的下場就已經註定了。

圖書館絕不能重蹈覆轍。

父親的意見是如此堅定且不容顛覆，還是高中生的手塚也覺得這份意志值得尊敬。可是哥哥還是跟父親決裂了。於是手塚慧離家出走，再也沒回來。

父親大概早有心理準備，心思纖細的母親卻承受不了這個打擊，從此罹患精神疾病，長期往來於醫院與家裡。手塚在準備大學考試之餘，還要分神陪伴母親、照料她服藥等，後者的比重甚至大於他的讀書時間或學生生活。

手塚慧完全不讓外界察覺他與父親的決裂，繼續在圖書館界和協會裡扮演才能出眾的會長之子。據說支持他的年輕人愈來愈多，而他同時也和媒體優質化委員會建立起某種交流管道。

這些事都是手塚聽哥哥親口說的。離家之後，手塚慧總會定期和弟弟聯絡。

早在哥哥離家之前，手塚就表明自己就業時也將踏入圖書館界，如今手塚慧顯然是有心栽培這樣的弟弟，試圖拉攏他進入自己的陣營。手塚慧的主張激進，要增加支持者並不容易，這一點也是他不公開與父親決裂的理由。儘管手塚的父親一貫聲明兒子的作為與協會營運無關，但要是手塚也轉而為哥哥助陣，父親那公正的態度反而會為手塚慧加分。

旁人會認為——既然協會長的兩個兒子都在從事圖書館的改革，必定有點名堂，想必是經過協會長的認同。

事實上，手塚慧和優質化委員會之間的關係也成了一大助力。這一層檯面下的管道雖然引人質疑，但就結果而言，身為一個圖書館人，手塚慧在任職處和協會之中的評價都相當高。

一反外界對手塚慧的看好，手塚對哥哥卻愈來愈不能認同。自從手塚慧離家後，母親一天天憔悴，他竟然一次也沒有回家探望，只會在外面利用父親的名聲——現在還想來利用弟弟。

無論他的終極理想有多麼高遠，至少做弟弟的無法接受他這種實現理想的方式。正因為手塚過去對哥哥是萬般仰慕、尊敬，所以如今格外反感。

「別再找我出來了。」

兄弟倆最後一次見面，是手塚考取大學，而手塚慧以祝賀為由而找他出來的時候。

「你想看我，大可以回家裡來。只是不管你說得再多，我還是沒法認同你的看法。我贊同爸的意見，也相信圖書隊成立的理念。」

每次見面，這些話他總是想說卻沒說。如今手塚慧當面聽見，卻也只是苦笑，然後說：算了，總有一天你會懂的，到時再跟你談吧。

臨別之前，手塚婉拒哥哥送的賀禮，卻被逼著硬是收下了。手塚慧叫弟弟先收著，等他們和解時再拿出來用也無妨。

「和解」兩字令手塚心中動搖。做弟弟的他，沒辦法不期盼著能使哥哥的激進論調有所折衷。

賀禮是一只與名義相應的名牌手錶，手塚將它連盒放進在書桌中最不常用的抽屜裡。從那以來，像是某種忌諱之物，一次也沒去碰過它。

進了圖書隊，手塚刻意以防衛部為志願，藉由進入特殊部隊來表明自己的決心。

他要對抗所有不正當的媒體檢閱，盡全力守護自由——所以，他要站上最前線。

同樣是手塚家的兒子，他要擁有超越兄長的評價。就是在這種心態下，他初入隊時才會那樣心高氣傲。

你非要處處拿第一才甘心是不是!?

就是在那段時期，郁的這一句話刺得他痛徹心肺。堂上和小牧雖也有同樣的意見，他都有辦法不承認、不接受，但被郁當面指著鼻子罵，讓他避也避不掉。

充滿暴力的那一番話，逼得他承認自己幾乎有著與手塚慧相同的傲慢與自負。在那之後，兩位長官的苦口婆心，他才終於聽了進去。

郁的言詞率直得不留餘地，與她同寢室的柴崎則是毒辣得毫不留情。被她們兩人批評過後，手塚覺得那間寢室裡的女人根本就不是女人，而是值得他另眼相看的強勁敵手。

＊

「柴崎，那個『快語書評』是在搞什麼東西呀！」

一聽到郁那興師問罪的口氣，柴崎就露出厭煩無奈的表情。

「那個單元已經害我們裡外不是人了。」

「那個砂川又是哪來的大爺？一介圖書館員還自以為是書評家嗎!?」

「要是書評家就好了。書評家會寫得更公正客觀，才不會淨寫那些失禮的東西呢。」

防衛班在開會時提及該網頁，竟讓郁發現她喜歡的好幾本書都被譏諷得一無是處，就連那本與「王子」的回憶有關的童話故事書也不能倖免。

「還說是『騙小孩的』！什麼叫做『騙小孩』！根本是廢話嘛！那本來就是寫給小孩子看的書，哪輪得到大人雞婆出來講話！一個大人自己捧著童書說『不值得大人鑑賞』，跟他到玩具店抓起戰隊機器人說『不值得大人把玩』有什麼分別？真是蠢斃了！那買那個叫什麼ＡＳＵＭＯ的人，又該怎麼說！」（註：暗指HONDA研發的次世代機器人「ASIMO」）

「笠原，我抗議！」

柴崎朝郁一指。

「小孩其實是最難騙的。他們跟大人不同，最受不了無趣的東西呀。」

說著，柴崎嘆口氣，說唸故事書給小鬼們聽真是不容易。

「這個我知道，只是……」

郁不高興的咬著嘴唇。

那本童話是她孩提時的最愛，一直到高中才如願盼到了它的完結篇。對郁而言，高中的記憶尚且不遠。而她原以為自己到了二十歲就會自動蛻變成大人，如今都已二十有三，大人和孩子的分野也還不明顯，只有被歸類為「小時候」的回憶一點一點的增加了，心情和感性上卻仍有一部分跟學生時期是共通的。

兒童時期的感性與現在的感性有著連綿的一貫性，當時深愛的故事卻被一篇稱不上公正的評論貶低成那樣，就好像在傷害童年時的她似的。

才不過五年前，有人嘉許她寧可冒著扒手污名也要保護那本書，那份心意與喜愛至今依然，卻遭人指為「騙小孩的」感性——

他才沒有資格講那種話。郁試著回想砂川的長相，砂川與她同梯，長得並不起眼。

「話說回來，他的個性有那麼好戰嗎？」

網頁上的每篇書評都帶有極負面且挑釁的語意，而那些文字竟然出自一個個人色彩淡薄的平凡人，令她相當意外。同梯的男性隊員那麼多，要不是他和手塚同寢室，郁根本不會知道這個砂川是何許人也。

「嗯——他的個性大約是在半年前開始起變化的，不過我跟他不是同一課，只能捉摸個大概。」

話雖如此，一個不同課的泛泛之輩也在柴崎的掌握之中，她的情報功力高強得令人害怕。郁在心裡偷偷咋舌，天底下大概沒人能逃過這女人的警戒網。

「聽說他好像跑去圖書館協會加入一個研究會……跟那個會裡的人關係很好，之後就像變了一個人似的，說話、做事開始莫名其妙的強勢起來，對什麼事都愛發表意見了。」

「妳有的時候真的滿恐怖的……」

見郁面露戰慄，柴崎甜甜地回以一個巧笑：

「承蒙您的讚美，本人深感榮幸。」

「我才不是在讚美妳！」

究竟是哪種女人會把這種話當成讚美呀？郁根本拿她沒輒，卻見柴崎面色微沉：

「他已經給我們惹來不少問題了呀。我們自己都覺得那樣的內容不適合圖書館發表，可是跟砂川一鼻子出氣的那些人努力鼓吹，又懂得擺平館長。」

那些人用來說服館長的藉口，好像是「『推薦圖書』的對立性評論」。

「館長本來就喜歡搞平衡，要我們為網站提新案子的人也是他，這個企畫案就這麼通過啦。砂川原先就是負責網站的，所以網路組的人都站在他那邊。」

館長只是同意實施，並不過問網站營運的細節，反倒是業務部內部為了這項企畫案而反目。

「不過，哎，這是我們內部的問題。」

怪不得柴崎一開始就嘆「裡外不是人」。於是郁又問：

「這麼說來，外部也有民眾來投訴囉？」

「如果只是民眾投訴倒罷了。」

柴崎又嘆了一口氣：

「我們已經接到一些書的作者跟出版社來抱怨了。正式的抗議雖然還不至於，但對方的情緒已經很不滿……」

問題鬧大，恐怕只是遲早的事。

「他可以在私人網誌的自我介紹上自稱圖書館員，那不會有任何問題，但利用圖書館界或書籍從業人員的身分來當作立論根據就很值得非議了。」

柴崎的說法和堂上一樣。

館員不該在圖書館的官方網站上攻擊特定書籍，這一點郁也明白。但她的反感只是出於直覺——罵書絕對不是正義使者會幹的事。

當然，她知道這麼說一定會引來眾人瞠目。

「人家當然只是質疑我們，說圖書館身為公共機構，如此貶低特定書籍是否恰當？或是出版社方是否可以將那篇書評，視為圖書館界對該公司書籍的攻擊等。說真的，就因為對方言之有理，我們應付起來才更棘手呀。」

郁自覺臉色大變。柴崎大概一下子就看出來了，側著眼「嗯？」了一聲。

「……那都是後續的問題了吧。」

攻擊一本書，就等於傷害了喜愛那本書的讀者。郁如今身為保護圖書的人，可以撇開私人情感，但聽到毬江為了自己喜歡的小說被辱罵而傷心，一想到就生氣。

至少，圖書館的使命是為當地區民提供閱覽服務，這種事不該是分內職責，圖書隊、各種協會和關係機構也一樣。

郁想到什麼就說什麼，引得柴崎一直摸她的頭，直誇「乖孩子」。

「好棒哦——妳把妳想說的話都說給老師聽了，真乖真乖——」

「哎呀，別鬧我啦！」

她拂開柴崎的手，見柴崎笑著點頭：

「我想，那些作家和出版社的抗議之中也包含妳所說的那些意見吧。他們不單是為了被公共機構攻擊而表述不滿，也有替支持他們的讀者發聲的成分。」

「那我們館方怎麼面對這些投訴呢？」

郁的措詞有些硬，掩飾自己受到認同的害羞。

「目前都是敷衍啦，說那只是一介職員個人的雜感，網頁上也有事前聲明等，只是……」

柴崎露出苦笑。

「擺明了強辯嘛，不是嗎？」

想到館員們不得不用這種說詞去應付外界的抱怨，郁覺得心中一股鬱悶。

「抗議變多了，網頁上的警告和注意聲明也愈寫愈長，現在看起來感覺根本就糟透了。」

「……既然這樣，為什麼不把單元關掉？」

「妳想知道理由嗎？」

柴崎的苦笑竟有幾分自暴自棄的意味。

「因為也有人反應說很有趣呀，而且人數還不少。」

郁無話可答了。那些意見多到可以勝過民眾和出版社方的不滿。

「事實上，被砂川罵過的書反而有許多人跑來借閱。有人就是喜歡這個調調嘛。既然這件事牽扯到閱覽民眾的個人喜好，我們也不好批評，砂川他們也就是看準了這一點。」

只要不釀成關鍵性的問題，主張均衡的江東八成就不會下令關閉「快語書評」。

明知有傷民眾情感，圖書館卻不得不繼續在官方網站上發布類似文章，這一點想必令圖書隊員極不情願。誠如柴崎所言，用個人意見為由來跳脫官方發言的範疇只是一種詭辯，因為那篇網頁確實可以從圖書館的官方網站入口點進去。

想到柴崎等人在業務部要和閱覽民眾直接交流，防衛部門的郁就不敢再抱怨什麼了。要談這些委屈或心痛，業務部一定有更深的感觸。

可是，他們不可能反過來對閱覽民眾訴苦說「我們也是有苦衷的」，或要投訴者體諒這份委屈。對民眾而言，圖書館是一體的，館員都是同一陣線，他們不會接受一個館員自表委屈，就可以獨善其身或置身事外。業務部只能向受傷的民眾道歉，安撫不滿的心聲。

要作戰的不是只有防衛部——郁頭一次有此體會。平常，她總是下意識的有所區隔，覺得與優質化特務機關戰鬥的防衛部就是戰鬥員，業務部就是非戰鬥員，現在才發現不盡如此。業務部的戰場在另一個地方，他們的敵人包括有社會大眾的誤解、不認同和冷漠。

要與那樣不具體的敵人對抗，不知有多麼複雜苦澀。

「……加油。」

郁不自覺地口出鼓勵。柴崎笑著點頭，俏皮的一眨眼。

「放心吧，早晚的事。那傢伙已經一腳踏在地雷上了呀。」

郁沒敢再追問柴崎這句語意模糊的話。跟柴崎交情不淺的郁很清楚，當她這麼說的時候，並非只是口頭上說說而已。

＊

『此類胡說八道之作，希望是書商最後一次發行。』

柴崎所指的地雷是什麼意思，郁在數週後的七月上旬才明白——就是這一行字。

砂川評論某一部系列小說，這一行便是那篇書評的結語。

他之前已經對同一位作家的著作多次嚴厲諷刺，好像一點也不欣賞該作家，因此也一再引來出版社的抱怨。這一次，出版社方的反應來得特別快，並且不再是來自編輯部的請求，而是該社法務部的正式投訴。

函件中，對方表示砂川的書評嚴重影響商譽，指責圖書館攻擊單一作者的行為有失中立，要求武藏野第一圖書館將該篇書評及針對該作者的既往評論全面刪除，同時還要聲明道歉。館方若不願接受，該社將訴諸法律。也就是說，對方已經做好了上法庭的準備。

眼見出版社是打定主意強硬到底，顯然不再接受館方先前的說詞，大有將問題擴大成「圖書館界企圖約束出版自由」之勢。

從這一刻起，砂川陣營的自以為是之說，全都產生了反效果。

關鍵性的那一行字，就算不被解釋為圖書館界對出版自由的壓制，也帶有明確的否定性教唆之意。不僅如此，在過去的書評中，可為對方攻擊題材的言論簡直多得離譜，網友們雖然愛看，卻不能漂白圖書館的立場。

出版社的動作快，江東館長的反應更快，他宣布「快語書評」的內容及單元即日刪除，並在首頁刊登館長署名的說明與全面道歉啟事，甚至親自赴出版社致歉。

館長處理危機的效率太高，根本像是早就預料到這個局面似的。館內外因此揣測江東是做好這份心理準備，才同意砂川的實驗性提案，認為他是個有擔當、有遠見的人，對他評價更高。出版社眼見武藏野第一圖書館全面採低姿態，也就看在江東的誠意和乾脆上決定和解。

「怎麼說呢？手腳太快、果決得嚇死人？」

柴崎咋舌，像是心服口服。她從閱覽室溜出來攔住郁，說是要講解事情經過。

「能在這種逆境下反過來提高自己的聲望，不是省油的燈啊。」

「妳話中帶刺，是我多心嗎……？」

郁朝她打量去，卻見她悶笑著打哈哈說：「是妳多心吧——？」話中肯定帶刺。

「不論如何，我想大家都不得不佩服他的手腕吧，連砂川都沒有被拱上檯面呢。換作是一般情況，遇上基層菜鳥捅漏子，哪個主管不會把真兇供出來以求自保？」

柴崎大概在暗諷前任代理館長鳥羽。

「聽說稻嶺司令都有站上火線的心理準備了，最後也不用他出面。」

郁也把自己聽到的消息貢獻出來，心想柴崎早晚也會知悉。柴崎點頭道：

「現在砂川跟他身邊的人嚇都嚇死了，以後在館長面前大概再也抬不起頭來了吧。」

見識到江東館長成功化解危機，館內有更多人崇拜他，他的人望也跟著水漲船高，贊同其平衡論的支持者八成也變多了才是。

她們聊到一半，突然聽見一個振動音，原來是柴崎的手機。她道了聲歉，便接起電話。

「對……」

從那微妙的冷漠語調、背過身去講話的模樣，郁知道打來的人是朝比奈。柴崎和他保持著奇妙的距離，卻還是不習慣與他交流時的難為情，所以總是故作冷漠。

「午飯？好是好，可是我今天的很晚才午休哦。」

只約吃飯，沒講幾句，柴崎就掛掉電話。郁試探性的問是不是朝比奈打來的？便見柴崎露出一貫的厭煩表情，點頭道：

「他說想要了解『快語書評』的事情經過啦。看不出他消息還挺靈通的。」

郁決定不拿她開玩笑，免得害她又忍不住在戀愛中擺高姿態，便只是應了一聲「好積極啊」。

「就是啊，真不得不承認這一點呢。」

柴崎隨口說道，郁且擅自將它解釋為「稍有幾分肯定」之意。

騷動平息後，過了大約十天。

和手塚正在館內巡邏時，郁跟引發騷動的中心人物砂川不期而遇，當時砂川正在閱覽室旁邊的幾間儲藏室前準備紙箱打包。

郁自己喜歡的書也被砂川罵過，對他當然沒有好感。因此當手塚作勢上前去問他需不需要幫忙時，她反而加快腳步走開，當作沒聽見。

「吶，就幫我搬一下嘛。」

結果砂川主動開口求助了。手塚答應得爽快，郁也只好湊和一下。

郁抱著一只紙箱，協助砂川將幾個紙箱搬往公共大樓的倉庫。

在三人行進的途中，郁板著臉都沒吭聲。而手塚對冷場面向來毫不介意，所以只有砂川對這種尷尬的沉默感到難耐。

「那個……妳是為了幾天前那件事在生氣嗎？」

他大概已經飽受周遭批評，索性單刀直入的問。

「我可不是看你闖了禍才生氣……」

郁怒目朝砂川一瞪：

「你還沒闖禍之前，我個人就對你不滿了，而我的情緒跟你惹出來的麻煩無關，就算你沒惹麻煩，我也討厭你。」

砂川聞言便嘀咕起來：

「幹嘛這樣，我承認我是輕率了點……」

「別人也許是責怪你輕率，我可不是。」

郁兇巴巴地打斷砂川的話。她原本就不是個怕吵架的人。

「喂。」

手塚喚了一聲，有點勸架的意味。但被郁以「別攔我」的意味瞪了一眼之後，他便轉而向砂川說了聲「算了吧」，也不再介入這場口角。手塚知道——倒不如說是堂上班全體都知道，郁有多麼討厭砂川的那些書評。

「不管有多少人喜歡你那個企畫，一定也有讀者因為你的書評而受到傷害。圖書館的使命應該是為愛書人提供書籍，圖書隊也是為了這個目的而保護書本的，你的提案和言論都不是圖書館應該走的路線。絕對不是。」

這一番冠冕堂皇的論調是直接從堂上和小牧那兒抄來的。砂川愈聽愈不高興。

「可是，身為圖書館員的言論自由……」

「你現在是想跟我挑釁是吧？你看清楚，這裡可是硬地板，我三秒鐘就可以把你撂倒。」

郁抬高了下巴說道，嚇得砂川縮脖子。

「你這人怎麼還不懂？錯就是錯在你選錯地方發表啦！你大可以搞個私人網誌之類的去寫那些東西，而且愛怎麼寫就怎麼寫，那才叫做『行使自由』。從圖書館網站可以連結到的文章怎麼能這樣搞？大眾一定會把你那些攻擊性的文字當成圖書館的見解，讀者也會覺得他們喜愛的作品是被圖書館否定的啊。」

毬江就是一例。想到她，郁就激動了起來。

「我在網頁都有註明警告了，是他們自己搞不清楚狀況……」

「你敢再推卸責任試試！我現在就教訓你！」

郁差點兒就要把手中的紙箱扔過去，但砂川已經嚇得趕緊從她身旁跳開。他撞上一扇防火門，那兒就是他所說的倉庫。

「再見！」

郁用力將手上的紙箱摔到砂川懷中的紙箱上。不以體能見長的砂川一個踉蹌，幾乎跌坐在地。

看見他那副狼狽樣，郁勉強覺得心裡平衡了點。便沒再理他，大步走開。

手塚沒有馬上追來，大概在打圓場。過了一會兒才見到他趕上來，嫌棄地說「妳那樣也太不成熟了吧」。

＊

在郁跟砂川一觸即發的對立之後又過了數日，下了班的手塚被一通打來宿舍的電話給叫到基地外頭去。

「我們幾年沒見了啊？」

手塚慧顯得一派輕鬆，好像把兄弟倆最後一次見面時的不愉快都給忘光了似的，反而是做弟弟的手塚渾身不自在。

「五年。」

「真沒想到你還肯出來見我。」

「明明是你叫我出來的。」

他可以不接哥哥打來的手機，打進宿舍的電話卻避不掉。電話在舍監室裡，手塚慧又已經向舍監表示要找弟弟，他就不想在別人面前跟他爭執去或不去了。家醜不可外揚，他不願意丟這個臉。

況且，之前為了小牧而欠下的人情遲早要還，手塚當時就有所覺悟了。

兩人碰面的地點是手塚選的。他不想被同事看到，便故意選在離圖書基地有兩站之遠的吉祥寺一家咖啡館裡。

看著坐在對面的哥哥，手塚暗想，那張臉大概就是自己八年後的樣子。他們從小就被人說長得很像，手塚也記得哥哥二十三歲時的模樣，而現在的自己跟當年的他簡直相像到教人火大。

「做了一個人情給你，我還以為你的態度會軟化。」

敢把這種話說得如此露骨，也是手塚慧一貫的作風。

「跟你同寢室的那個……姓砂川是嗎？也許他跟你提起過。你要不要加入『圖書館未來企畫』？」

「過了五年，你還是只想著要利用我，是吧？」

這話一時衝口而出。手塚暗恨自己無暇自制，也發現原來自己期待著得到哥哥的溫情。

「你想塑造出手塚協會長的兩個兒子共同經營的氣勢，讓我去穩固研究會的基礎，對不對？」

「怎麼，原來你為了這種事在鬧彆扭啊？」

手塚慧作出恍然大悟的態度，讓手塚接不上話。公私混雜的心結被他直接挑明，又被他用「鬧彆扭」一語輕率地交待這些年來的複雜情緒，感覺有點羞辱。

「我可不是因為你是我弟弟，才這樣拉攏你。沒用的傢伙我是看不上眼的，再親近也一樣。但如果是你，就算是外人，我也要拉攏。」

手塚慧說這些話時的態度極其傲慢，卻有一股不可思議的魅力和引人之處。他能吸引那麼多會員，大概就是因為這個特質。

「……難道你當年就知道我是個可用之材了嗎？」

——他指的是手塚慧離家那一年。手塚原想藉此揶揄，卻見他滿不在乎的立刻回答說「當然知道」。

「因為你是我弟弟啊。」

雖然矛盾，但這股內舉不避親的豪氣卻流露著親情——崇拜手塚慧的人大概會這麼想。手塚早知這是他的話術，尚且忍不住心動，更何況是外人。

這種感覺讓人心酸。手塚不願再去想，堅定語氣說道：

「從最後那次見面以來，我的想法都沒變過。」

進入實戰部隊，也是出於對手塚慧主張容許檢閱的反抗。

「是嗎，真可惜。」

手塚慧顯得毫不留戀。大概見弟弟面露訝異，手塚慧露出苦笑說道：

「別擺出這副表情，我可沒有死心。面對你這樣的人才，這點小挫折不會讓我就此放棄的。是我自己太急、太天真，以為你願意顧念兄弟情分了。」

——情分。這句話輪得到你說？

「我很有耐心，會繼續努力的。」

說著，手塚慧拿了帳單就起身，見手塚急急抬起頭，便攔著他：

「五年不見，不過一杯咖啡，就讓老哥請客吧。」

在這時爭付帳會顯得幼稚，手塚只好點頭表示謝意。

看著哥哥離去時的爽朗步伐，他忍不住失望——說了半天，他們沒談到一句有關父母的事情。

＊

柴崎之所以會打破只在午休時間和朝比奈碰面的原則，而答應他共進晚餐，是因為見到他那嚴肅且若有深意的表情。

朝比奈表示希望等她不忙時再詳談，又說事情或許會令柴崎震驚，最好不要影響到她當天的工作——這麼一來，當然就只有下班之後的時段可以選擇了。晚上七點還推說要上班而不吃晚飯，未免也不自然。

見面之後，柴崎試探性的問：你要說的事，該不會是叫我跟你交往吧？

要是這麼大費周章就為了這種事，我可會生氣唷。卻見朝比奈嘟著嘴反唇相譏：

就算事到如今我這麼說，妳豈是會為這種小事就感到震驚、甚至影響工作的人？

他現在講話不再假意客套，八成已經深受柴崎薰陶。

據說事關重大，為了避開圖書隊員的耳目，朝比奈刻意選了一間昂貴的高級餐廳，柴崎便賴著叫他請客。那兒不是一個基層圖書士去得起的地方，就算是長官級人士，也只有在重要場合才會涉足。

配合餐廳氣氛，柴崎決定換上講究一點的套裝赴約。朝比奈也穿西裝打領帶前來。見到柴崎的那一刻，他像是看得入迷似的，接著才露出害羞的微笑：

「妳看起來跟平常很不一樣呢。」

「你也是呀。」

柴崎應道：

「做好一點的會比較好，畢竟你穿這種衣服挺好看的。」

「哇，妳好嚴厲啊。」

朝比奈說著，舉起手看著袖口，問道：「妳覺得尺寸不合嗎？」

「我是指衣服的質料。你的模樣體面，不適合穿太便宜的料子。」

「妳這話真是耐人尋味，算是誇獎我嗎……」

兩人仍像平時那樣譏來諷去，走進餐廳。但在餐點送上來之後，朝比奈仍沒有進入正題，讓柴崎忍不住催他好幾次。

「難得到這種地方來吃飯，就先享受享受美食吧。這麼好的餐廳，而且好不容易約到妳吃晚餐。」

朝比奈總是這麼說，結果他們在用餐時就完全只是閒聊。看在旁人的眼裡，大概會覺得他們只是一對相襯的情侶吧。

不過，愈是到後頭，朝比奈的臉色愈不對勁。柴崎暗忖，他大概也一直在找機會講，只是愈來愈覺得難以啟齒。看來事情果然不小。

一直捱到餐後上咖啡時，朝比奈才終於說出今日的主題，果真令柴崎大感震驚。

「我聽一個記者朋友說，武藏野第一圖書館有非法銷毀圖書的事情。」

乍聞此言的瞬間，柴崎的腦中只有兩個念頭，其中一個當下就脫口而出：

「怎麼可能。」

事情若發生在館內，怎麼可能逃得過她的掌握——關於情報，她有絕對的自信。

卻見朝比奈露出安撫的表情，說道：

「是呀，所以……事情規模太小了，沒有讓妳察覺。」

茲事體大，要是柴崎及時得知，不等消息走漏到外頭，她自己就有本事遏止了。她的心頭浮顯一絲悔恨。

朝比奈接著透露的第兩個訊息，讓柴崎差點沒從椅子上跳起來。

「那記者說，他打算把這個消息寫成第二次『當代焚書事件』。」

這多麼駭人，對一間圖書館而言又是多麼屈辱，而且還是她任職的圖書館。

「──要是我說，現在還來得及擋下這條新聞呢？」

柴崎聞言，吃驚的抬起臉來。

「……你剛才說什麼？」

她知道自己說話的語氣從來沒有這麼迫切過。朝比奈大概有點不知所措，又像是哭笑不得。

「我跟那個記者很熟，而且他欠我人情，我大概還可以叫他別報這條新聞。所以……」

他的聲音帶點迷惘，又像是有些困擾。

這事情規模真的不大，憑柴崎的本事，要是能夠小事化無──

「那麼第一圖書館就有得救。」

事關整個圖書館界的名譽，不僅僅是武藏野第一圖書館而已。

柴崎覺得自己陷入冗長的思考，耳邊的靜默好像也持續了好一會兒，等她定下心來再喝一口咖啡時，咖啡都已經不熱了。

朝比奈也極有耐心，就坐在那裡靜靜地等。

「……你能壓多久？」

她故意不問交換條件、不問代價。

「妳就當作是明天晚上吧。」

頓了一會兒，柴崎終於忍不住把臉埋進雙手。

「抱歉，我現在沒辦法馬上回答你。等我一下。」
她得費勁吞下喉頭的那些話，否則它們就要衝出口了。
「明天一定回答你，我要回去想想。」
聽到朝比奈應了一聲好，像是在點頭。
「再點一杯咖啡吧？」
知道他是要自己恢復了心情再回去，柴崎無力的點了點頭。

「妳回來啦……怎麼了？」
郁迎上前來，表情一變。
「身體不舒服嗎？」
柴崎心想，大概是自己的臉色太差了。
「沒有呀。不過可能是有點著涼，我先去洗個熱水澡好了。」
她在浴室裡待了將近一個小時——有一半時間是用在安定心神——才回到寢室。郁又招呼了一聲，並且走向熱水瓶。
見小茶几上擺著她們兩人的馬克杯，看來她是在等柴崎回來。
「喝綠茶好不好？」
不論是日本茶、紅茶還是咖啡，她們用的杯子一律只有馬克杯。宿舍生活就是這副模樣。
眼見這個高頭大馬、粗枝大葉的室友竟能如此貼心，柴崎的淚腺剎時一緩。她反射性地瞇眼斂起那股哭意——對她而言，不在人前掉淚的習慣已經就像是呼吸一樣自然了。

「該不是鬧了什麼糾紛吧？」

被郁這麼一問，柴崎是意外大於驚奇。仔細想想，若按常理，和一個男性友人外出後鐵青著臉回來，若不是身體不適就是吵架了。

嗯，對啊，有一點——若是平時的柴崎，大概就會這麼打馬虎眼。她想到這裡，忍不住苦笑起來。她不是判斷力失了準，只是有些軟弱。

在心裡坦承軟弱，讓她感覺輕鬆多了。

「沒有，不是。」

她先否定了郁的擔憂，再裝作漫不經心地切入主題：

「不過我想問妳——假設……」

柴崎邊說邊思考，最後還是不忍心讓郁也跟著背這個十字架，於是打算換個講法，盡量用間接的方式去譬喻：

「假設妳喜歡的人或尊敬的人做錯事，或是跟犯罪行為扯上關係呢？」

「咦，怎麼了？事情這麼嚴重？難道朝比奈先生怎麼了？」

郁的腦筋果然立刻轉到那邊去了，現在她一臉戰慄。

「才不是，我問的前提是喜歡的人耶。」

「哦，那就……朝比奈先生還滿可憐的……」

「好啦，妳就當作是朝比奈先生問我的好了。」

柴崎拉回主題：

「假設那個人跟某項犯罪行為有牽連，而且快要東窗事發了，現在妳有辦法讓整件事像是沒發生過的話，妳會怎麼做？」

「什麼──？」

這種兜著圈子的說法，讓單純的郁歪頭想了好一會兒。她恐怕要多花點時間來消化。

「這個，呃……妳意思就是……」

郁抬起頭，面有困色。

「我要不要幫心上人湮滅證據，或是把消息壓下來嗎？」

標準的率直風格，讓柴崎覺得像是捱了一記當頭棒喝。

「要是我的話……嗯──我應該會勸他自首吧。既然喜歡他、尊敬他，那他做錯了事，我也不想害他再錯下去。湮滅證據有點像作弊，被拆穿了豈不是更害到那個人？」

聽到一半，柴崎的思路已經轉動了起來。

「湮滅」一詞狠狠地刺在她的心上。苦惱了半天，原來她竟為了一條原本就不該走的旁門左道而迷惘。

都是因為太過自信，以為自己若是注意到就能防範，使得那個還原鍵的出現就像是個誘惑。

然而按下那個鈕並不代表防範。縱使神不知鬼不覺，事實卻是不會消滅的。

「笠原──」

郁還在叨叨絮絮的不知說些什麼，柴崎大呼一聲打斷了她：

「我好喜歡妳哦！」

「啊!?」

天外飛來這風馬牛不相及的一句，令郁是又驚又氣。

「我說妳呀，丟了個問題來讓我想破頭，然後自己又不專心聽!?我想得這麼認真、又講了這麼多，妳怎麼這樣!?」

「啊，對不起啦，我忘了妳不擅長動腦筋。」

「什麼意思?妳想說我頭腦簡單啊！」

「好嘛，如果妳頭腦發達，那我以後就對妳另眼相看如何?」

郁一時語結，愣了半晌才不情願地咕噥道：「不用啦。」

次日午休時，柴崎撥了個電話給朝比奈。

撥去的鈴聲只響了一聲就被接起，可見對方也在等這通電話。再聽到電話那頭的「喂」似乎帶著一點倦意，可能是昨晚沒睡好。

至於柴崎自己，她在室友的暢談中茅塞頓開，一早睡醒是神清氣爽。

「昨天的事，我就當作沒聽過吧。」

朝比奈沉默了一會兒，接著以慎重的語調反問：

「確定嗎?」

「嗯。」她答得極快。

「太好了。」

朝比奈的聲音一下子柔和許多。

「事情雖是我提起的，但我其實很怕妳會答應，也擔心我可能做了不必要的提議。」

「你也太小看我了吧。」

這是逞強。不過她想，也許朝比奈根本就聽得出。

「那麼，我就可以放心繼續喜歡妳了。」

打從一開始，朝比奈對她的追求就沒有在言語或態度上掩飾過，但這還是他頭一回明確說出口。

「先警告你，我可是很難追的，就算被你抓到片刻的破綻，也不代表就抓到了我的心。」

「妳就行行好，放點水嘛。」

朝比奈如是說道，聽起來好像在苦笑。

*

結果，消息走漏的過程和柴崎所想的不一樣。

江東突然宣布召開臨時記者會，主動告知武藏野第一圖書館內有人擅自藏匿特定書籍之情事，並說館方於事前接獲匿名舉發，已查證屬實。被藏匿的作品都是媒體優質化法的支持者所寫，數量多達數十冊。

在數年前的「焚書事件」中，遭藏匿的受害書籍都是媒體優質化委員會所指定的審查對象。而此次事件雖然類似，卻被認定是出於完全相反的意圖。

涉及藏匿書籍者僅為極少數人士，可能是反對媒體審查的熱情使然。圖書館本著包容所有書籍的主旨，對此深感遺憾。

今後，我們將繼續調查事實關係，導正內規，並在此向受害書籍的作者、媒體優質化委員會及社會大眾致歉。

以上是江東對此事件的聲明。

明明是圖書館一再失態，卻因為館方主動公開道歉，又將動機導向人們對媒體優質化法與審查的仇恨，使得各媒體在批判之餘仍帶有一分同情。

「沒想到事情會這樣發展。」

在朝比奈打來的電話裡，柴崎老實不客氣地投以質疑：

「你沒有去通風報信吧？」

通知圖書館，讓館方趕在家醜外揚之前守住名聲和威望，將可能受到的傷害降到最低，顯然是有人指點。柴崎認為，第一個該懷疑的就是朝比奈。

「妳這麼說就真的失禮囉。」

朝比奈的指責還算溫和，柴崎便向他道歉。

「那個記者在圖書館界和法務界也有不少人脈，所以……也許是之中的某一個？」

這是朝比奈的推測。就手邊的情報，柴崎可以確定稻嶺並不在那樣的人脈網絡之中，所以也許是江東，或者另有他人。

「真教人不舒服。」

柴崎的喃喃自語引來朝比奈的驚訝和追問，但她沒有再做解釋，就這麼結束了通話。

外界的報導最終傾向同情，圖書館界內部可不是這麼一回事。正因為外壓少了，內部整肅的呼聲更高。

圖書館本著保護書籍的宗旨而與媒體優質化委員會和檢閱行動抗爭，那份理念遂延伸到各種思想及言論自由，在一貫中立的立場下，面對支持優質化法的思想也應該一視同仁。

有了前一次「焚書事件」的對照，這一次的事件既然可以被解釋為圖書館反向施加的不當審查，來自媒體優質化委員會陣營的抨擊自然激烈已極。

再從意圖來看，這一回顯然是原則派意識的過度激進所造成，想要扳回顏面的行政派少不了把握機會全力譴責。

對圖書館而言，事件以這樣的形式爆發算是幸運的，加上江東高明的危機處理，才使得圖書館界的形象損害減到最低。不過行政派堅持不可因此而輕忽了反省，儼然表露了比照前回、訴諸法律的意圖，卻又是冠冕堂皇，使人無法駁斥。

就算江東屬於原則派，此次的功勞也可以令他免受責難，更何況他向來中立，這場內鬥的風暴便延燒不到他身上了。

同樣的，當行政派要求館方公布主事隊員的身分時，江東自是理所當然的順從。

武藏野第一圖書館業務部，砂川一騎一等圖書士。

他說，那通匿名電話透露的人名就是這一位。

行政派立刻成立調查會，名義上是調查事件的來龍去脈，其實是藉機彈劾原則派。

「但我不認為那個叫砂川的，會是這麼積極的原則派……」

與堂上搭檔巡邏的那一天，郁偶然說起這件事。風波還沒平息，隊員們的話題總是自然而然的扯到那方面去。

主事者竟是砂川，郁其實感到非常意外，畢竟他的「快語書評」根本就不合乎原則派的價值觀，在原則派居多的圖書特殊部隊裡更引來一片謾罵。

堂上班也不例外，特別是小牧。小牧因為毬江的關係心結更深，旁人從許多小地方都看得出來。

「勉強要說的話，他頂多是得意忘形了點……我是同意那個人做事沒什麼理念可言啦。」

單從書評事件去看，砂川從起初的志得意滿到出紕漏之後的一鼻子灰，以致於和郁發生口角都不敢理直氣壯的那副德性，讓人完全感覺不出他對原則派有多少熱情。行政派所指責的「為原則派的理念殉道」一語，壓根兒聯想不到他身上去。

「不過，別人把他當成原則派來追究責任，他本人也沒有意見，有些事情從表面是看不出來的。單就他藏匿書籍的行為而論，確實可以判斷為接近原則派的思想。」

郁覺得他說的有理，便不再接腔。卻聽到堂上口氣一緩：

「算啦，等調查結束，上頭就會公布事情經過，妳就耐心等吧。」

這話有幾許安慰的口吻，大概是在郁的臉上看見不服之色。

調查會主導了整起事件的偵查，在事證齊全之前堅持不肯公開偵查過程，以免第三者竄改證據或串供。

「聽說妳狠狠罵過砂川？還說三秒鐘之內要把他摔到地上去？」

話頭突然扯到這件事，驚得郁猛然抬起頭。

「是誰跟你……」才問到一半，她已經知道是誰說的了。除了手塚還會有誰？郁忍不住嘟嘴。又聽得堂上一本正經道：

「從妳口中說出來，那種話聽來可就不只是恐嚇了。妳也該懂得給男人留點面子。」

「誰、誰教他一直找藉口推卸責任。是他自己不像個男人。」

「要比妳更有男人味的男人也不多啦，別這麼強求。」

「你、你太失禮了！根本就是在損我！我要求你收回，還要向我道歉！」

郁氣得咬牙切齒，腦袋卻被堂上輕輕一敲。

「砂川的事過去了就算了，現在他在業務部和宿舍裡已經跟過街老鼠沒兩樣，聽說在調查會上也被整得很慘。倒楣的活靶子啊。」

堂上在說到最後一句時表情苦澀，令郁忍不住好奇——聽這語氣，難道？

「……堂上教官，你以前也被調查會約談過嗎？」

一見堂上反射性地繃緊面孔——不想說真話卻又不能說謊時，這是他一貫的反應——她就知道答案了。

「咦，不會吧？真的假的？為什麼？」

「妳跟長官講話，這是什麼口氣？」

突如其來的長官口吻，就表示堂上打算轉移話題。

「咦，到底為了什麼事嘛？是行政派刁難嗎？」

行政派的調查會往往比原則派更嚴厲，這是隊內人人皆知的事。

「或是被不相干的事情牽連到？」

要說堂上自己製造了什麼麻煩，郁實在想像不出來，替玄田收爛攤子之類的反而比較有可能。玄田早就被行政派視為眼中釘，作風上也有太多足以落人口實之處。光說稻嶺司令的綁架事件，玄田當時的蠻橫就足夠被行政派拿來當作攻擊的材料了。

「笠原。」

堂上的聲調一沉，令郁不由自主的吞了一口口水，縮頭縮腦地看著堂上。

「人人都有不願意被提起的過去，妳要明白這一點。」

卻沒想到下面接的竟是這一番話。郁還在丈二金剛摸不著頭腦，便聽得堂上厲聲喝道：「完畢！」並快步離開。

「我以上級權限一概禁止妳今後再提起這個話題！」

「唔哇，我的直屬長官突然變成暴君了？你怎麼可以動用那種權限？」

「少囉嗦，閉嘴，駁回！」

——他怎麼有一種弱點曝露的感覺？

在那之後，郁仍然一個勁兒的纏著他追問。但堂上不說就是不說，甚至一聽見郁開口就大罵：「閉嘴！」根本只像是在發脾氣。

郁轉而向小牧進攻，但小牧當然只會說「既然是堂上不想說的事，那我也不能透露了」，還叮囑她「問別人也沒用，事關男人義氣，我們隊裡不會有人那麼沒種的」，害她好沒面子。

難得有個機會可以抓到堂上小辮子，郁實在不甘心，但也只好作罷。

＊

就在這樣的小插曲之後，又過了數日。

隊上開完朝會，堂上就被玄田叫進隊長室，而且還把門關了起來。在這種情況下關門密談，不是事關隱私就是有壞消息，堂上班的人馬當然格外注意起隊長室裡的動靜。

過了一會兒，果然有了動靜。

「不可能！」

堂上的怒吼聲大到連門都擋不住。

「這中間一定有誤會！請您收回命令！」

「你別管！給我叫進來就是了！」

玄田也拉高了嗓門。兩人隨即刻意壓低聲音，但還是聽得出他們正在爭辯。

不久，隊長室的門打開來，堂上低著頭出現在門口。

「——笠原，進來。」

堂上這麼說道。

小牧和手塚都一臉狐疑地望向郁，但郁在意的反而是堂上的神情——像是極度的懊惱和痛苦。她倒不知自己出了什麼問題，只是擔心堂上的模樣太不對勁，因此走進隊長室時反而十分冷靜。

走進室內，見玄田也是一臉苦澀，她知道不是什麼好事。

玄田難得一副欲言又止的態度，斟酌了一會兒才不情願地開口：

「砂川那件事的調查會下令要傳訊妳。」

郁一時聽不懂他在說什麼，所以也不知道該怎麼回應。

「他供出的共謀名單裡有妳的名字。」

什麼跟什麼！

根本是誣告！

那個砂川開什麼玩笑！

換作是平常，郁會連珠炮似的如此破口大罵。此刻，她卻只是看著玄田身旁、頂了一張撲克臉的堂上。

剛才吼得那麼激動——響亮得連關門都沒了意義，還令辦公室裡的全體都為之一驚，原來是為了這個。

堂上那一句氣沖沖的「不可能」，反倒讓郁能夠冷靜面對眼前的狀況。

「……我沒有印象。」

她聽著自己的聲音，覺得那語調平靜得令她都有點兒自豪。

「妳倒是挺冷靜的。」

見玄田如此說，郁便對著他——也等於對著堂上說道：

「我看好像已經有人替我生氣了嘛。」

堂上沒有看著她，耳朵卻紅得可笑，大概正為了剛才的激動而難為情吧。他就是這種人。

看見堂上為了自己而發怒，顯示他十分信任自己，郁的心裡有一點高興——不過，正因為他剛才的不冷靜，她更不能把這種心情告訴他，因為他一定會罵人。

「妳願意應訊嗎？」

玄田問得簡短。郁點點頭說：

「既然是為了洗刷嫌疑。」

郁努力在這一刻裝模作樣，除了讓玄田瞧瞧，也要讓他身旁的堂上知道，一個值得讓長官護航力保的下屬就是這般勇敢——雖然不清楚他明不明白，堂上的信任卻給了郁鼓舞。

走出辦公室後，堂上湊過來低聲問：

「妳撐得下去嗎？」

堂上親身經歷過，知道那個場面會有多嚴苛。而郁見他如此擔心，再想到那段經歷連堂上都覺得不堪回首，自己突然也感到不安起來。

但是……

「彼此都是圖書隊，總不會比小牧教官上次那樣更慘。況且……」

她對著堂上扮了個鬼臉，笑著說：

「有個魔鬼長官天天在操，我怎麼會撐不住？」

原以為堂上會苦笑，想不到他竟然露出極其溫柔的笑容，還在她的頭上摸了摸，誇她「很乖」。

五、圖書館的明日將何去何從

＊

堂上班在這一天原本要進行訓練，臨時在上午改成郁的應訊說明會議。當天下午就是她的第一次傳喚。

在玄田和堂上說明的過程中，手塚曾一度氣急敗壞地想要離席。

「手塚，你要去哪裡？」

被玄田的渾厚嗓音喝住，手塚罕見的扯嗓子回話：

「業務部，我要去問砂川什麼意思。」

坐下。堂上語調平靜地命令道。

「砂川拿到了身心症的醫生證明，調查會批准他回家療養，現在應該已經回家了。調查會決定等他歸隊時再約談。」

堂上解釋得流暢無礙，大概是已經對玄田講過一遍的關係。

「他根本是找個替死鬼就開溜！況且那傢伙今早根本一點也沒有病到要回家療養的樣子！這種情況總該會對室友講一聲吧？太不自然了！」

「我明白你的心情，但你還是別去亂講。時機敏感，誰曉得會不會對笠原不利。」

玄田的聲音裡滿是不情願，但這已經是他最大的自制。不知玄田是不是從剛才的爭論中發現，平時負責踩剎車的堂上今天幫不了忙。

「問題是，為什麼是笠原小姐被點名。」

小牧切中要題。

「妳自己覺得呢？」

被問到的郁正要搖頭，想了想又皺眉道：

「……呃，之前曾為了書評的事吵架過。」

「這兩者不會有關係的，不要放在心上。」

堂上隨即否定。

「他們還算嚴謹，不至於把私人之間的爭執混為一談。」

郁知道堂上曾有被約談的經驗，他的這番斷言因此頗有說服力。但見手塚像是不解其意，臉上有點不滿。

「他有沒有跟妳提過奇怪的事，或是特別找妳聊過什麼？」

小牧又問道。這一次，郁堅定的搖頭：

「老實說，要不是他是手塚的室友，我早就忘記他是誰了。雖然我們是同梯，但我對他印象不深，又不特別熟，只是因為網路書評的事才碰巧跟他起了衝突。」

「那一天我也在場。當時其實是笠原單方面的挑釁，砂川幾乎沒有回嘴。這一點我可以作證。」

手塚的補充說明是出於好意，對郁而言卻不甚光彩，令長官們不禁苦笑。

小牧抱著雙臂沉吟道：

「這麼說來，八成是調查會引導砂川作答的？」

說到這裡，平常都只有郁一個人跟不上話頭，這一回卻見手塚也滿臉不解。進入圖書隊以來，他兩人都是頭一次經歷這種內部調查。

「簡單的說，就是專打我們特殊部隊。」

玄田說得太簡略，兩人反而更聽不懂，結果還是讓堂上來解釋。

「前次的『焚書事件』是行政派闖的禍，他們到現在還沒有洗刷污名，前陣子又遇到鳥羽代館長出狀況。」

「也就是以牙還牙的機會囉？」

明明聽著同樣的說明，手塚卻像是已經明白了。

「等一下！你現在就聽懂，那我不就沒得聽了！」

事關重大，郁可不敢像平時那樣一知半解。

「別擔心，我會講完的，緊張什麼！」

堂上罵道，隨即沒好氣補了一句「妳以為我會讓妳呆呆的去任人宰割嗎」，便聽得小牧笑著打趣說是「送佛送上天」。

見手塚大概已經懂了，堂上便集中向郁解釋：

「行政派希望原則派捅漏子，這次的事件正好是天上掉下來的機會。」

這種說法讓郁有點不舒服。

「天上掉下來的……事關圖書館的名譽耶。」

「這就是派系的邏輯。」

堂上故意說得冷酷，

「原則派也一樣時時等著抓行政派的小辮子，要不就見縫插針。兩邊都一樣。」

原則派才不一樣——郁想要反駁，又發覺說不出口。她之所以覺得有所不同，是因為自己對原則派的人多些顧念，好比稻嶺司令和眼前的全體——包括堂上。

他為什麼要這麼說？為什麼要說兩派都一樣？能和原則派的人同一陣線，能和這些本著愛書的原則行事的人在一起，郁多麼驕傲、多麼喜悅。

——能做你的部下，你不知道我有多自豪。

強烈的思緒不經意地激盪起來，令她當下一悸，錯過了反駁的機會。

「行政派想盡量擴大這件事，好平衡他們先前的過失，於是我們小隊就被他們相中了。」

郁茫茫然唸了一聲「為什麼」，便聽到玄田回答：

「因為我啊。」

他的語氣莫名帶點兒得意。堂上也點頭道：

「隊長是原則派的主要人士之一。防衛部裡的原則派本來就占多數，特殊部隊又直接隸屬玄田隊長的指揮，更容易聚集原則派的人。對方大概想藉這個機會抓我們的痛處吧。」

「抓了又怎麼樣？我又不痛不癢。行政派就是沒用，連這個都不懂。」

「隊長您不會痛癢，可是原則派會啊，拜託您也自重點。」

堂上忙不迭便給他一盆冷水，小牧也接口道：

「所以他們為了刁難特殊部隊，就要挑最不難纏的新進人員下手，這樣妳懂了吧？」

「那又為什麼是笠原呢？」

手塚還想追究。

「要鑽特殊部隊的漏洞，應該先找上我這個室友才對吧？他們甚至可以懷疑砂川就是因為跟我同寢室，才會有那種陰謀啊。為什麼跳過我、找到笠原身上去？」

少根筋！你也不必在大家面前問吧！郁恨恨地瞪向手塚，手塚卻一逕沒發覺。她為什麼成為行政派下手的目標，她自己最清楚。

「……呃，你要我在這裡明講？」

小牧也不禁苦笑。郁便氣鼓鼓的向手塚嗆道：

「我最笨啦！破綻最多啦！最迷糊啦！我若是行政派也會挑這樣的人下手啊。你這麼聰明、這麼難對付，誰喜歡找你這種人啊！」

「我……我又不是那個意思——」

「那不然是什麼，炫耀嗎？」

見郁鬧起彆扭來，手塚大概也不想再多講，只好閉上嘴巴。

「不論如何，砂川養病，這會是個瓶頸。」

堂上拉回正題：

「按常理推論，笠原會否定砂川的證詞，調查會勢必得重新找砂川對質。但如今既已決定暫時不約談他，調查會就只能任由你們兩造各執一詞，打精神消耗戰，所以至少會先從妳這裡抓出話柄。」

對行政派而言，這一招有利無弊，且試無妨。

縱使是誣告，郁的約談結果仍然是個尋找偏見或其它漏洞的可能方向。若是一無所獲，行政派也沒有損失，頂多是浪費時間而已。

再考慮到砂川的療養期和精神消耗戰，可想而知，類似的約談勢必會拖長且次數頻繁。

說明會議結束後還剩一點時間，堂上班仍繼續集合訓練，只有郁除外。

「在傳喚之前好好預習。」

說著，堂上將會議中即席寫成的約談應對問題冊交給郁，裡面都是調查會可能問到的內容和標準答覆。這是他和另外兩人一起彙整的，算準了郁能記憶的份量，這一點也很了不起。

這些人怎麼這麼優秀啊——郁忍不住為自己的沒用而感到頹喪，不過她努力振作起來，把背這本題庫當成自己的工作。

「那妳就加油吧。」

小牧丟下這句話，在表情複雜的手塚肩上拍了一下，便與他一起走向門口。手塚身為砂川的室友，對郁遭約談一事大概有些罪惡感，又或許有些擔心，因為他自己都不知道熬不熬得過這種關卡。

最後離開的是堂上。他沒走出辦公室，卻在郁的桌旁停下腳步。郁坐在位子上仰起頭看他——這倒是希罕——只見堂上像是思索著措詞，好一會兒才指著那本題庫，以命令式的口氣說道：

「先給我抄一百遍再說。」

「一百……？」

「妳這種人只能這種用方式背東西，寫過才會記住。」

被他說中了，學生時代的郁正是如此，於是她趕緊張羅抽屜裡的影印廢紙和筆。

落在桌面上的影子還沒有離開，郁又抬頭望去，見堂上目不轉睛地看著她，眼神裡彷彿有一股強悍的意志力，她也受牽引似的與他對望。一會兒才驚覺此景簡直像是眉目傳情，緊張得正想別開視線，卻聽見堂上又開口了：

「接下來會更難熬。」

就這麼一句，從他的口中聽來卻更顯非同小可。

「撐不住的時候一定要跟我說，這是命令。」

郁一時語結，不知道該怎麼回答。堂上厲聲催促道：「聽到沒？」

「是！」

被他的魄力所懾，郁連手都舉起來敬禮。只見堂上的表情稍緩：

「很好，那我們就約定囉。」

「是約定嗎？」

命令還用得著加上那一句嗎？郁老實地質疑，堂上立刻板起面孔。

「隨便啦，只要妳做得到就好！選一個妳喜歡的記得就好！」

他氣沖沖的罵完就走了，留下郁獨自坐在辦公室裡。

「什麼選喜歡的，你是長官耶……」

她嘀咕著，搞不清楚該把它當作命令還是口頭承諾，心情竟有些輕快。

*

下午兩點開始約談，預計進行一個小時，地點就在圖書基地司令部的行政大樓會議室。

郁在敲門後走入室內，見正面的長桌後坐著五名有點年紀的長官，分別佩帶著三監到一監的階級章。而正中間的一監就是彥江光正副司令，形貌非常消瘦。一年前的郁還不怎麼認得他，現在好歹知道他是隊裡的行政派之首。

哇塞，好像禿鷹。彥江副司令的頂上稀疏，加上那一副銳利眼光，令郁的腦中浮現這般失禮至極的聯想。

彥江無語的朝長桌正面的椅子示意，郁於是行了一個禮，走向椅子坐下。

確認了所屬單位和姓名後，偵訊從一個令人意外的問題開始。提問者是彥江。

「妳支持原則派嗎？」

郁來不及將那本題庫抄足百遍，不過數十遍已經夠讓她記住。在那本題庫裡，這一題是堂上寫的，字跡有點潦草。

「我剛入隊第二年，對於派系方面還沒有太深入的想法。」

「可是從妳的記錄看來，妳的行為大多是偏向原則派思想，比方在受訓期間行使保護圖書裁量權的問題。」

料到調查會一定會問這個，郁早有心理準備。

「我倒是不清楚，圖書士哪來的裁量權可以行使就是了……」

彥江翻著手邊的文件苦笑道，同時也引來周圍一陣失笑。這些嘲弄的笑聲令郁感到屈辱。她的雙頰漲熱。

「民間店面屬於非武裝緩衝地帶，以一介隊員之己見行使裁量權，實在不可取。」

「我已經深切反省。」

公式化的答覆。關掉情緒開關，這是堂上的建議。

其實她一點兒也沒反省，只想到那個一心要給孩子買生日禮物的年輕媽媽，還有開心地從郁手中拿回繪本的那個孩子。

那位媽媽笑得靦腆，而那個孩子高興得連零食都丟開了。

想到自己能守護那些喜悅，眼前的屈辱算得了什麼。

「過去也有原則派的隊員犯過同樣的問題，我記得是個有裁量權的三正。」

郁的心臟猛然一跳，思緒翻絞——難道是那個人？但如果真是那樣，王子是否也因為救了我而遭受同樣的責難，甚至也被約談——因為我的緣故。

浮上心頭的歉疚也同樣強烈。

那位三正是誰？

她好想問。只要她開口，那位不知名的王子就可以從回憶中走出來現身了。但她不能開口。

絕不要主動發言。

堂上的指示，遠比她此刻的衝動更具約束力。

那本題庫是依照被動答話的前提所製，裡面沒有寫到那名三正的事。假使郁探問他的身分，她將無法預料這場約談的後續發展，也將在調查會的議事紀錄中留下檢討點。現在彥江的面前還擺了一只錄音機。

無關緊要的事別多說，以及只在被質問時回答。能做到這兩點，應該就能充分保護妳。

抄寫背下的那本題冊，是為了保護郁而彙整的。

「裁量權——是的，這是個很原則派的問題。」

彥江又道：

「而且妳的長官在事後還為妳擔保。包含堂上、小牧兩名二正，外加玄田三監。」

當時的小牧和玄田並不是她的直屬長官，彥江大概是故意混說的。

「稻嶺司令是原則派的，玄田三監則是他在派系上的左右手，這是眾所周知的事實。由這位三監所率領的圖書特殊部隊會不會在思想上也偏向原則派，則是我們經常關注的問題。」

總比偏向行政派要健全多了吧——郁真想這麼回敬他。

「他有沒有向妳灌輸過這一類的思想呢？」

這個部分是手塚寫的字。她一面回想那刻板方正的字跡，一面答道：

「我並未接受過別具派系色彩的思想指導。」

想追隨他們的腳步，完全只是郁自己的想法。想到長官們，比她略矮的那個背影躍入腦中。

在那之後，引導式的訊問持續了好一會兒，郁都勉強過關，沒有承認自己是原則派的人。然後，質詢內容突然變了。

「妳怎麼看媒體優質化法？」

——來了。郁悄悄嚥一口唾沫。這裡是小牧的字。他們用手臨時寫成題庫，說不定反而是一件好事，因為那樣比打字的更加深了視覺印象。

「我反對。」

答話時盡量簡短。用詞愈多，對方愈容易找到破綻。

「為什麼呢？」

「身為揭櫫『圖書館的自由法』的圖書隊員，我認為反對是當然的。」

彥江冷哼一聲，好像咕噥道「背得很熟嘛」。坐在他左鄰的二監又問：

「你對檢閱的看法呢？」

「那不僅侵害知的權利，也侵害言論自由。我認為檢閱本身就是不當行為。」

「當檢閱對象牴觸個人的人權及隱私時呢？」

「若涉及司法救濟，那就是司法層面的問題。前提是，檢閱制度不應該被正當化。」

題庫裡還列舉了好幾個司法救濟的實際案例，不過長官們叮囑過，若不能正確講述，寧可不提。

「我們面對檢閱的立場是一樣的。」

大概見到郁面露訝色，二監笑著解釋道：

「同樣是圖書隊，原則派與行政派的根本使命並不對立，只是在執行使命上的方式存在著各種立場罷了。」

乍聽此言，郁想表示歉意，但趕緊改口說「原來如此」。她現在扮演的是一個對派系思想所知不深的新進隊員，不具有任何立場色彩，也沒有失言的問題。

「只不過，行政派有個基本的觀念，那就是我們應該嚴正執行檢閱對抗權。由於行政派不可能僅憑隊員個人己見就行使裁量權，因此妳在受訓期間引發的裁量權問題便帶有濃厚的原則派色彩。妳本身擁有的特質似乎傾向認同原則派，這一點不能否定，不是嗎？」

「這個……」

這一記變化球令郁剎時疑惑，但她隨即回神。

「我也不確定。」

「圖書特殊部隊裡的原則派居多，難道沒有因此助長妳的這種特質？」

「我想，這一點只能仰賴周遭人的判斷了。」

到目前為止，抄寫數十遍確實發揮了功效。問題是——

「最近有一名憎恨檢閱的隊員行為失當，釀成令人遺憾的後果。」

砂川遭約談時說了什麼？又是如何提起郁的名字？堂上等人推測不出，所以題冊裡也寫得不多。

「那個人就是砂川一士，妳知道他吧？」

彥江問道。郁只是淡淡的回答：「隊裡都傳開了，當然聽說過。」

「在事情爆發之前，你們應該就認識了。」

「我的同事手塚和他同寢室，所以頂多只知道姓名罷了。我跟他不曾交談過，基本上只當他是眾多同梯的其中一個。」

砂川的書評令郁極度厭惡，但不必在這種場合明說，否則一定會被解釋為互有交流才引發反感。說話比較溫厚的二監又把話題接了過去：

「砂川一士預謀藏匿了數十冊書籍，都是鼓吹檢閱制度和媒體優質化法的支持者所寫的。他自己說是因為不願見那些肯定檢閱制度的論調猖狂，關於這一點，妳有什麼想法？」

這方面的問題可以用題冊的答案來帶過。

「我明白砂川一士的心情，但他錯了。」

媒體為了高中生隨機殺人事件而偏頗地攻擊圖書館時，郁曾經為了館方仍必須公平公開的供應所有刊物閱覽而非常不滿，當時的堂上也知道部分媒體流於偏激，卻是面不改色。

但是，郁現在明白了——堂上和眾長官們一直以來都是同樣的立場。

「無論任何資訊，閱聽人都有權用自己的眼睛去判斷，圖書館不應該剝奪這個機會，也不該藉由負面的暗示使閱聽人對特定書籍產生先入主觀，就算是對圖書館本身不利或不公允的資訊，圖書館對所有書籍仍然必須保持最低限度的中立。」

這是寫在題庫裡的答案，如今也是郁的看法，因此她講來是極其自然。

館方要將某一思想的相關書籍列入館藏時，也會去找出對立主張的書籍並採購相對數量。圖書館就是這麼樣的一個組織，這也是圖書館自許的公正使命，

「砂川一士對媒體審查的痛恨，我想所有的圖書隊員都能感同身受，但就這次事件的結果而言，

砂川一士的行為也等於圖書館方施加的檢閱。我覺得他的行為是不該縱容的。」

題冊裡只寫到這裡，郁卻毫不猶豫地繼續說下去——

換作是堂上，他一定會這麼回答：

「只要是館內的藏書，就算是肯定檢閱制度、擁護媒體優質化法的書籍，我們也應該一視同仁的保護它。」

調查委員們的臉上全都露出意外的表情。他們想必已經對她做過調查，大概也認為她不是個會主張這種論調的人。

的確，若在郁的裁量權失誤發生當時，就算理智上有所認知，她也絕對說不出這等冠冕堂皇的大道理。

「……這是非常公正的意見。我也這麼認為。」

二監做了個收尾。彥江接著開口：

「妳既然站在這個立場，砂川一士為什麼會說妳是藏匿書籍的共犯呢？」

「我也不知道。」

這話有一半是說謊。堂上雖不認為郁和砂川之間結過樑子，但她卻沒辦法不把那一天的口角爭執聯想進來，一來事情是最近才發生的，二來——若是招出共犯就可以脫罪，砂川當然有可能拿她當替死鬼。

「你們之間要是有任何交流，最好坦白，否則對妳不利哦。」

「我跟他頂多是打照面時會寒喧，還沒有熟到連午飯都可以一塊兒吃的地步。」

郁答得堂堂正正，這是真話。要她跟那種傢伙一起吃飯，簡直是開玩笑。

之後的問題繼續圍繞在她與砂川之間的關係上，但由於他們之間確無關連，郁一概用「不知道」去應付。

「砂川一士藏匿書籍是在七月十八日。」

也許是無技可施，彥江開始轉述砂川的供詞。郁鬆了一口氣，心想他們大概不再從她身上探問砂川的事了，這一關總算是過了。

要說七月中旬，正巧就是她和砂川爭吵的那陣子吧——才這麼想時。

「他是在第二閱覽室倉庫為那些書籍封箱，再搬到離閱覽室最遠的公共大樓第三倉庫去。這項作業由笠原一士協助，你們在中途因口角而爭吵。有這回事嗎？」

她的臉色大概改變得太明顯，引得彥江還多問了一句：「看來妳還記得？」

「等等……請等一下。」

這麼看來，砂川的這段供詞指的就是那天的事了。是砂川故意把不相干的那場口角扯進來作了偽證，還是他那天在搬的東西真的就是被藏匿的書籍？

可是手塚當時也在場，砂川為什麼不說手塚、卻要說她？郁開始緊張了。她不知道該不該把手塚在場的事情講出來。

她很快的做了個判斷，決定只回答跟自己有關的事；沒有直接相關的部分就不觸及，這個原則應該還是不變的。現在漏講，頂多是以後補充證詞，萬一多嘴講錯了什麼，要再訂正可就難了。

「若是那次爭吵，那確實是有過。」

「那麼妳承認你們之間有……」

「不是的！」

她猛地打斷彥江的話。

「我當時之所以幫砂川一士搬東西，是因為正巧路過他的工作現場，是他主動要求我幫忙的。我路過的時候，他已經裝箱完畢，也封好了，所以我不知道箱子裡裝了什麼，現在才知道——我現在也很驚訝！真的嚇了一大跳！」

「難道妳沒想過要確定箱子的內容物嗎？」

「裝箱搬運是館員工作的家常便飯，我怎麼會動輒去懷疑裡面的內容呢。」

「可是他要把東西從閱覽室倉庫搬往公共大樓，妳對這條路線不曾感到懷疑嗎？」

「類似的工作並不罕見，若只憑這一點就要懷疑誰在藏書，那麼每天巡邏時早就有人起疑了。」

「不過，妳拿箱子時也沒察覺它的內容物，是不是？」

「這根本……」

郁差點把「廢話」兩字丟出去。

「箱子都封起來了，難道我有超能力，摸一摸就可以知道裡面的東西？」

幾個長官噗嗤笑出，彥江也發現他很難再追究下去，於是悶悶不樂地閉上嘴巴。

「……笠原一士，措詞要節制。」

仍是那位二監開口，算是打了圓場。郁收斂起表情，口頭道歉，心裡則十分不滿，覺得該節制的人應該是副司令。

「妳和砂川一士因口角而決裂，確有其事嗎？」

「……我們曾發生口角，但完全是不同的話題。」

「請說明你們爭吵的內容。」

這一段問答不在題庫的範圍裡，眼下只能直來直往了。

「是關於砂川一士所撰寫的『快語書評』。」

「說得詳細點。」

「我認為有辱罵或貶低性質的文字內容不適合作為公共圖書館的服務，當時就當面向他指出，所以起了爭論。」

「換句話說，你們的意見決裂是針對圖書館的存在立場，是嗎？」

啊！不妙。郁本能的想。「因口角而致使意見決裂」的這一點被認定了——但是二監的說法本身也沒有錯。該死，這下子可真是欲加之罪何患無詞了。

「……是可以這麼說。」

「可是妳剛才說妳和砂川一士不曾交談，也沒有交流？」

彥江又開口道：

「照妳現在的講法，妳跟砂川一士之前就認識了吧。」

——搞了半天原來是這樣！郁咬牙驚覺。今天這場約談的目的根本就只是為了留下記錄，證明郁的證詞曖昧不可信、甚至是作偽證。

「是從『快語書評』造成問題之後才認識的！在那之前根本完全不……」

「那麼，妳又說『打照面時會寒暄』，難道是說謊？」

二監冷不防的接腔，巧妙地啟動另一層陷阱，大有指摘她發言反覆、含糊之意。

完蛋！怎麼轉到這裡來了！

「不是。剛才是我一時口誤，並不是完全不認識的意思。」

郁勉強轉圜，卻已經失了方寸，也沒有自信能再像先前那樣撐下去。他們若是繼續逼供，只怕起初不會露的馬腳都要露出來了。

就在這時，突然響起響亮而威嚴的敲門聲。

調查會還沒應答，房門就被打開，郁回過頭去看——來者是堂上。

「報告。」

堂上邊說邊敬禮。看見他那一本正經的表情，郁覺得自己幾乎要哭了出來。她急忙克制。

「現在是下午三點，請准許笠原一士回到工作崗位。」

彥江一聽，立刻顯出滿臉嫌惡，二監則乾脆宣告約談結束。

「笠原，過來。」

「是！」

郁一骨碌跳起來小跑了幾步，又倉促回身，向長官們行了一個禮。但彥江的目光不在郁身上，卻是兩眼直瞪著堂上。

「還真是上樑不正下樑歪啊。」

聽見彥江的譏諷，堂上只是稍稍欠身，回了一句「不敢」。

「……好可怕……」

一走出司令部大樓，郁忍不住蹲了下去，抱著膝蓋呻吟起來。

堂上也停下來等她，直到她不再打哆嗦，才在她的頭上輕輕一敲。

「妳很努力了。」

「現在別對我好……」

話還沒說完，她的喉頭一哽。

「哭出來沒關係哦。」

「我不要！好像輸掉似的！」

郁甩了甩頭，猛然站起身。堂上有些愕然，但又沒好氣地說：

「妳怎麼連這種時候也要講輸贏啊。」

「要不然豈不是像被行政派氣哭了似的嗎？」

可惡，快點想別的事情來講，否則眼淚真的會掉出來。

「對了……」

她隨便換了一個話題：

「那個——約談時有講到我那個白馬王子的事。」

堂上猛一扭頭過來，那神情簡直可用驚恐來形容，看得郁都不免莫名其妙，但還是繼續說下去：

「那個王子在救了我之後，該不會也遭到同樣的約談吧。」

「……他們怎麼會突然提這個？」

「沒有啦，副司令講到我在受訓期間惹出裁量權的事，說以前也有一個原則派的三正引發過同樣的問題。我就想，那個人該不會就是我的王子吧。」

「我哪知道。」

堂上應得這麼兇，以往郁會立刻表達不滿，但她現在滿心疲憊，一點吵架的力氣也沒有。

「約談讓人好緊張又好累，還要聽一大堆挖苦諷刺的話，感覺好差。王子當年要是為了幫我也受到這種待遇，我會很難過。」

堂上沒答腔，郁就更想吐怨言了。

「他們剛才問我時，我照你們給的標準答案回答說『深切反省』。王子在被約談時，會不會也被迫要這麼回答呢？被我害到不得不反省。」

「用不著妳擔心。」

「你幹嘛這樣講。」

郁不高興地說。堂上沒轉頭看她，逕自又說：

「難道妳後悔了？」

這話問得唐突，郁愣了一會兒才明白，答案馬上衝口而出：

「當然沒有！」

為那對母子搶回書本，她一點也不後悔，也從不想反省什麼。

「再多幾次我也會做一樣的事情！」

「那倒免了。」

堂上冷靜地潑了一盆冷水。

「妳既然不後悔，那傢伙一定也不後悔。若說反省，也許是有吧。」

聽著聽著，郁又覺得想哭了，只是心情和剛才不同。

「……堂上教官，你有點像他。」

「哪裡像？」

堂上不問是誰，語調裡卻帶著否定的意味。

「那股正義使者的氣勢。」

他正看著別處，表情顯得萬分厭惡，郁也不管，只是繼續說道：

「剛才來帶我時也很像正義使者。回想起來，我每次闖禍時你一定都會出現，從我入隊以來就是這樣。」

「妳以為是誰害的啊？」

堂上啐了一口，突然轉過身來指著郁的臉：

「就是妳！誰曉得天底下會有像妳這麼丟臉的蠢蛋，每次都把事情搞到非要我出面才能解決！」

聽他如此氣沖沖的連聲大罵，郁也覺得愧疚，面子上卻掛不住。

「過分，說我笨我就認了，怎麼把丟臉也算在我的頭上。」

「知道自己笨就該少做點丟臉的事啊！有點自知之明好不好！」

「難得有正義使者的氣勢，講話還這麼難聽。」

「沒那種氣勢最好！我是圖書隊員，才不是什麼正義使者！」

堂上吼完轉身就走，郁只好悶頭跟上去。沒走兩步，她的腦中靈光一現。

「啊！」

聽得這一叫，堂上不耐煩地又回過身來罵道：「這次又怎樣啦！」

卻見郁一臉興奮：

「隊裡的約談記錄說不定會有王子的資料？聽副司令的口氣，那件事情也鬧得很大。」

「我還以為妳想起什麼重要的事……」

堂上的臉色糟到了極點——然後雷公就發威了。

「妳這蠢蛋！沒有正當事由是不准私人調閱約談記錄的！申請書還要長官跟相關部門的三個大印！妳想在上面寫什麼理由，妳說啊？『我想知道我的王子的真實身分』嗎？只要我還有一口氣在，別想我會在那種申請事由上蓋章！大白痴！」

雷公魄力太驚人，郁來不及反駁便直接落敗，這場交談就在「回去了啦！」的喝叱聲中結束。

回到辦公室，玄田和其他班上成員已經在隊長室裡等著。

「回來得好。交出來交出來。」

在玄田的催促下，郁從胸前的口袋中取出了USB錄音機。

「倒帶要按哪個——」

玄田拿了就亂按一氣，小牧便若無其事的接過去替他操作。郁一面看著，隱約有些擔心。

「那個——在約談時這麼做不會有事嗎？」

「胡說，怎麼會有事。妳不過只是不小心把私人物品放在口袋裡忘了拿出來，又碰巧按到錄音鍵罷了。約談規則又沒說不准帶錄音器材到場；就算不准帶又怎樣？是他們事前不仔細搜身的錯，他們活該。」

嗯——做賊的還理直氣壯啊，郁自言自語道。但以玄田的標準來看，這話可說是一種稱讚，同時代表著圖書隊的氣質。

事實上，他們根本是看準了調查委員們不敢向女性隊員的胸前口袋伸手，才這麼做的。玄田本來甚至說要放在乳溝——這已經是性騷擾等級了，誰知另外三名男性竟異口同聲的以「先天條件上不可能做到」表示反對——簡直是百分之百的性騷擾外加損人三級。郁知道自己抗議也沒什麼意義，心裡卻還是不平，很想表明「要是擠一擠我也有乳溝」。

「可是這也不是我的私人物品啊……」

這只錄音機是隊上的公物，玄田撕掉了上頭的單位標籤。

「小地方不要計較啦。」

什麼小地方，一點也不小！

玄田的計畫是從錄音中仔細檢視約談內容，做出正確的議事紀錄，然後研擬下一次的對策。

眾人依照郁的記憶一段一段聽下去，聽到砂川作證口角的那一段，手塚的臉色變了。

「這不是在說那天的事嗎？」

他這話是對著郁說的，但是郁在當時也跟他一樣錯愕。

「事情都說到這裡了，妳為什麼不講出我的名字？」

三位長官都沒吭聲。見他們都不回答，郁只好自己解釋：

「我不敢自作主張的把你也說出來。我想，反正只針對我自己的部分回答就好了。」

「嗯，我倒覺得妳其實可以說出來的……算了，事前沒料到有這一步。再靜觀其變吧。」

有了小牧的合格認定，郁才稍稍鬆了口氣。

「話說回來，這一段很爭議呢。你們覺得當時搬的是圖書嗎？」

小牧向手塚問道，顯然比較信任手塚的記憶力。

「是有點重量，搬起來也很穩，裡面的東西沒有亂晃，有可能是書籍。」

「先假設你們搬的東西確實是被藏匿的書籍。調查會既然這麼問，可見他們也正是在那個地點發現那批書，那麼到此為止都是事實了。沒人提到手塚的名字，應該是刻意隱瞞。」

見郁歪頭不解，堂上便解釋：

「他們故意不把手塚的事說出來，看妳會不會一氣之下套出更多的話來。」

聽他這麼一說，郁大大驚慌起來。

「啊，那、那我今天是不是應該把手塚的事說出來才對？」

「不，妳那樣激動的只為自己辯解也挺自然的，又像是真的被逼急了口不擇言。哦，還跟副司令對罵『難道我有超能力』啊，不錯不錯。」

堂上的措詞引得小牧吃吃笑。郁只覺得滿臉通紅，不敢抬頭。

「而且反過來制得下一波先機。下次可以反咬他們。」

這意思是說，以後他們還可以主動聲明手塚當時也在場，有點反將一軍的味道。

再繼續聽下去，郁就開始縮頭縮頸了，因為她在那之後陣腳大亂。這會兒重聽一遍錄音，她自己都覺得受不了。

直到堂上出現結束了約談，再來只剩衣服磨擦的聲音，郁才舒了一口氣。

「唉，虧妳能提防到這個程度。」

小牧率先開口說道：

「最後還性急起來說自己沒說謊和一時口誤，效果應該不錯，對吧？」

聽得小牧這麼問，堂上也點頭。

「是啊。說真的，我沒想到妳能守得這麼嚴。」

「呃……是嗎？」

郁還是有些忐忑，結果被玄田一掌猛然拍在背上，震得她有受到內傷的感覺。

「要有自信！換作是我，出錯會比妳多三倍！」

「三倍還像話嗎！」

玄田才不理會堂上的挖苦。他繼續說道：

「好，這次的過程可以用來擬訂下次的方針了。二度約談的間隔不得少於三天，所以我們有充分的時間可以演練。」

調查性質的約談都是如此，同樣的問題會反覆訊問多次，目的在逼出證詞的齟齬或矛盾之處，受約談者只能努力使每次出席的證詞內容一致，不讓對方抓到語病和話柄。

「關於妳跟砂川爭吵的內容，以後就可以叫手塚去作證了。加把勁應付個幾次，他們的疑惑就會解除了。」

小牧好心的鼓勵，但是郁想到還要「應付幾次」，反而消沉起來。正當她頹然往桌上一趴——

『……好可怕……』

聽見自己帶著哭調的聲音，郁又驚跳起來。

『妳很努力了。』

「呀啊————！」

她尖叫著想蓋過播音，當然不可能完全掩過。錄音機清清楚楚的把她和堂上之後的對話播下去，包括什麼「現在別對我好」和堂上的安慰之詞。堂上已經整個人傻住了。

「……這段撒嬌是怎樣？」

「停掉停掉——不要聽——！」

郁猛然撲過去抓小牧時，堂上也氣急敗壞地搶過錄音機，一下子關掉它。

「妳白痴呀!!剛才為什麼不關掉！」

這一吼丹田氣足，堂上顯然是氣炸了。

「我、我忘了……！」

「妳是雞啊？走三步就忘光光！」

「你早知道我記性差，幹嘛不提醒我！」

「我哪知道自己的部下竟然有個雞腦袋！原來妳喜歡我把妳當成雞腦袋一樣笨是吧！」

冷眼看著這一場五十步笑百步的鬥嘴，玄田只說了一句「不必選我們在場的時候拌嘴啦」，當場就令兩人統統閉嘴。

＊

玄田指示郁下班時跟堂上一起回宿舍，郁就依言等堂上處理完工作才走。

原以為堂上會對她說教，結果倒也沒有。不知是不是為了錄音機的事而尷尬，兩人的交談似乎少了點，也沒聊起什麼特別的。

來到宿舍門口時，卻看到柴崎等在玄關。

「柴崎，怎麼了?」

柴崎沒回答，隱約像是苦笑。便見堂上對柴崎說：

「再來就拜託妳了。」

「包在我身上。」

柴崎俏皮地答道。堂上隨即走進玄關轉往男舍，留下一頭霧水的郁。柴崎這時又說：

「走吧，回寢室前先去吃晚飯吧。」

「啊，好……」

郁搞不清楚發生了什麼事，才剛跟著柴崎踏入餐廳……

——啊。

原本鬧哄哄的餐廳，驀地出現極短暫的一刻寂靜。

電視機傳來的新聞播報聲突然清晰可辨。

嘈雜聲很快就恢復，但已足夠讓人察覺氣氛有異。

「裝作沒事。」

聽見柴崎悄聲指示，她努力保持自然的模樣。柴崎不斷對她說話，她也一路應答，這段對談的內容卻彷彿完全沒進入她的心裡。她一面回應一面想：我現在在說什麼啊？

往領餐的櫃臺走去時，排在櫃臺旁的隊伍裡好像有人在偷看她。

那些眼神帶著好奇與疑惑，離善意也相差甚遠。

接下來會更難熬——她終於明白堂上的預告是什麼意思，也明白了柴崎為什麼要特意到宿舍玄關接她。

白飯咬起來像砂粒，配菜也吃不出味道。但她覺得不吃光會顯得自己像喪家犬，硬是把飯菜吃得一乾二淨。

放回餐盤、走回寢室的路上，不時都有人在經過時和柴崎打招呼或閒聊，但她們卻都和郁保持著微妙的距離。比較熟的還是會和郁說上幾句話，卻比以往多了許多顧忌和敬而遠之。

既然知道郁因共犯嫌疑而被約談，在還沒有證實她的清白之前，誰都不敢跟她走得太近，這也是人之常情。懷疑和好奇是掩飾不住的。

走進寢室，房門一關上，郁不由自主感到頹然。她靠著門板蹲著，雙手抱膝。

想到宿舍生活竟落到這般田地——短短一頓晚飯的光景，她已經充分明白目前的立場，只覺得眼前一陣暈眩。

「辛苦了。」

柴崎的口氣和平日一模一樣，既不特別親切，也沒有特別顧慮什麼。這份不變如今成了一種救贖，郁覺得好感謝。

「……謝謝。」

「沒什麼，反正我也只是受人之託。」

「嗯，我知道。」

郁也知道，柴崎的故作現實也是一種溫柔。

「來，別癱著，我們去洗澡囉。」

見柴崎開始準備洗澡，郁這才站起來，也準備換衣服。

在「芒刺在背」的實感中洗完了澡，郁回到房間，開始聽柴崎講述情況。

「不瞞妳說，其他人都認為妳有可能做出那種事。」

郁在受訓期惹出的裁量權事件早就是全基地皆知的事，她又是公認的直腸子兼性情中人，不僅外顯性格好戰，對抗優質化特務機關的鬥志也比別人高。

為反對檢閱而過度反應——這頂帽子簡直像是為郁量身訂作的。

結果認識她的人都認為她有此可能，了解其性情而能為她辯白的知心人卻只有柴崎一個。就算是互不相識的同僚，也會因為她先前的風評而有同樣聯想。

更糟的是，身為全國第一位女性特殊防衛員，基地內沒有人不知道郁是何許人也。

「也有人表示同情，只不過……」

那些人卻不是為郁的人品澄清，而是出於包庇，認為郁必定是太過痛恨媒體審查才出此下策，但這種意見反而加深了他人對郁的疑惑。

怨不得任何人。入隊一年多，這種「為反對審查而流於衝動」的形象是郁自己造成的。許多禍事，包括在非武裝緩衝地帶行使裁量權的那次失誤，如今更成為衝動形象的證據之一。

（難道妳後悔了？）

重新咀嚼堂上問過的話，郁還是不後悔也不反省，只是她原先不懂前因後果之間的連結，而今她懂了——下一次，她將是「明知而故犯」。

王子當年出手相救，想必也已體悟到違反規則的下場，決心概括承受吧。

「反正，現在來問我的人，我一律跟她們說『不知道』。」

以柴崎的風格，她不會主動向他人澄清「笠原才不會做出那種事」云云；同樣的，打從回宿舍以來，她也沒問過一句「結果妳究竟是不是幫兇？」之類的話。

「明天起，我會跟其他人說『笠原都說她不知情』，不過這種氣氛只怕會持續到約談結束為止。」

這麼想來，郁倒寧願約談快點進行。不要間隔什麼三天了，連續盤問個一週或甚至兩週，讓她快點解脫算了。郁本來就喜歡速戰速決，不喜歡持久戰。

「聽說砂川連衣服和隨身物品都搬光了，只留下一床棉被。」

柴崎不愧是包打聽，這消息卻教郁開心不起來，因為砂川顯然打算長期休養。近年來，政府為了因應壓力社會而將心因療養制度納入公營事業體系，圖書隊如今也享有這樣的福利。考慮到心因性疾病的治療時間較長，公務人員的休養期可長達數週甚至數個月。

「萬一診斷出憂鬱症，我看他兩個月都不會回來。有人說感冒兩、三天、憂鬱症兩、三個月，光是現階段的診斷書就夠他請上個把月的長假了。」

「要那麼久……？」

砂川的約談要交互進行，郁的嫌疑才有可能完全洗清，如今看來是拖定了。長官們也說過，調查會現在很想塑造原則派失態的印象，八成也傾向拖延戰術。

「堂上教官他們有說妳為什麼會被點名嗎？」

「他們說可能是調查會引導砂川作答……可是我好像真的幫他搬運問題書籍了。不過，當時手塚也在一起就是了。」

「什麼意思？」

「我跟手塚曾經一起幫砂川搬過紙箱，那裡面裝的好像就是被他藏匿的書籍。喏，我之前不是說有跟砂川吵架嗎？就是那時候。」

柴崎的臉色一沉。

「麻煩了，這就有爭議呀……他們會質疑你們是不是知道箱子裡的內容物。」

「就今天看來，砂川只供出我的名字，而且講得好像是我跟他在藏書途中意見不合而拆夥似的。

下次再被約談時，我要主動說手塚當時也在場。」

「啊——快點說、快點說。快點把那小子扯進來，對特殊部隊比較好。」

言下之意，增加隊內的嫌疑人，總比讓郁獨自承受所有嫌疑要來得低風險。

「哎，堂上教官他們應該會幫妳擬訂對策啦，不過……」

柴崎邊說邊直視著郁：

「妳自己可別放棄呀。」

在過去的例子中，許多隊員經不起長期約談的壓力，結果被迫認罪以換取減輕處分。所謂的壓力不單來自調查，更有大半來自隊內人際關係的失調，如今郁完全能體會。

「放心。」

命令也好承諾也好，只要做得到，隨便選一個都行。

鬼頭教官兇巴巴的令人害怕，但有他在，卻又比誰都讓人來得更有安全感。

這一點，自從保護圖書館的裁量權事件之後，她就暗暗明白了。

*

二度約談時，郁說出手塚的事情，但手塚卻一直沒有接到約談通知。調查會只說砂川休職無法對質，結果手塚這一號戰力無法投入，大大出乎特殊部隊的意料之外。

「堅持各個擊破是吧。」

玄田表情凝重地喃喃說道，接著對郁說了聲「妳要撐住」。即使證詞已否定關係人的涉入，約談仍集中在單一隊員身上，這已經形成不當精神施壓。稻嶺與工會聯手從各方面抗議，只可惜看來成效不彰。

在行政派來說，他們的目的只是藉由壓力來使郁崩潰，外部的抗議當然無效。

堂上總在每一次約談結束的時間準時來接郁，也每一次都問她是否還好。

「沒問題。」

她每一次都這麼答，心想他大概也看得出，但她就是想逞強。

「我已經滿習慣了。就算被問到意料之外的問題，也不會緊張了。」

難捱的反而是別的方面。

將近一個月了，宿舍裡的氣氛還是一樣不對勁。砂川遲遲不復職，眼看就要入秋。

「他們今天丟來的問題都是變化球呢，我覺得我揮棒揮得還挺巧妙的。」

「哦?那倒有意思，我要聽聽看。」

挾帶錄音機的事始終沒被發現，他們也就繼續這麼做。

「……堂上教官，你那時被約談了多久?」

郁直接轉了話題，堂上也像是知道她在問什麼，略躊躇了一會兒，便答「兩個月」。

「那我現在正在折返點上，是吧?」

不知道自己能不能兩個月就了事。郁決定不去多想，免得鑽牛角尖。

「妳說吧，那傢伙實際情況怎樣？」

逮了個工作空檔，堂上攔下柴崎如是問道。

「她的壓力可大啦——各種有的沒的。」

柴崎只是蹙起眉頭這麼回答，堂上已能想像宿舍裡的情況。

「吃飯洗澡還可以盡量約她一起去，但也不可能天天湊得到時間，而且又不是在學校裡，總不至於連廁所都一起去上吧。」

真要那樣反而讓人笑話了。柴崎聳肩添了這麼一句。

「發生這種問題時，女生往往比男生還慘。女生的圈子又硬又保守，就連我要對外保持中立都得費一番精神。」

連柴崎都感受到壓力，那可不是普通的裝強好勝就能撐過了。

堂上低低咒罵「可惡」，又忍不住喃喃道：

「那傢伙為什麼都不講出來啊。」

「討厭，你難道不懂？」

柴崎油腔滑調，還在堂上的肩膀拍了一記。

「當然是愛面子逞威風嘛，還有別的嗎？」

堂上一時沒意會，眨了眨眼睛。

「逞威風……這時候還逞什麼頭。」

「就是在偏想這種時候表現一下呀。你還聽不懂？」

「聽懂啥？」

見堂上一臉訝異，柴崎做了個絕望的表情。

「哎唷，那個小女生就是不甘心讓你一個人專美於前嘛。」

「居然在計較這個。」

堂上沒好氣的唸道，卻聽得柴崎出其不意的說：

「我看她大概是真的崇拜你吧，跟崇拜她的王子差不多了。」

無視於堂上的驚愕，柴崎悠哉地退場，回到閱覽室去。

就在這段對話的數日後，手塚神情凝重地跑來找堂上，說有事要跟他談。

他說希望小牧也在場，因此三人當晚就在堂上的寢室裡集合。

堂上照例準備了酒類，想讓氣氛輕鬆點。結果手塚一滴也沒沾，而且正襟危座，表情極其嚴肅。

「我要先聲明，事情跟我私人有關。」

用這個前提跨越心理障礙後，手塚便單刀直入：

「我上面有個哥哥。」

「哦，我知道。」

小牧隨即應和，而堂上也略知一二。

「他在協會主持一個什麼研究會是吧？常聽人說他很傑出。現在是在神奈川嗎？」

「好像是。」

這一段大概也只是前言——他們兄弟好像不親。手塚本來就很少談自己家裡的事，只有偶爾提起他那擔任協會長的父親和健康不佳的母親，卻一次也沒說到這個同樣在圖書館界發展的哥哥。

「我們五年沒見，前陣子見了面。」

不知道該如何回應，堂上姑且點頭。隨後聽到手塚補充：

「他很早就離家，而且離家後就完全沒回去過。」

這種事情聽起來還滿隱私的，不知手塚為什麼要講給外人聽，而且大有一副犯了錯要告解的氣息。堂上和小牧互看一眼，猜不出這個部下的用意。

兩人交換眼神，決定讓小牧去接話：

「他是被你爸趕出去的嗎？」

「我哥是因為對我爸死心了才出走的，因為他主張圖書館中央集權。」

聽到這裡，堂上和小牧才聽出了名堂。圖書館中央集權是一種完全否定現行圖書隊制度的思想，因為它的基本構想是將圖書館昇格為國家級中央機構，改用集權型態來保障財政面、穩定圖書館的社會地位。但圖書隊的勢力奠定於地方行政，並與國家抗衡。

「我哥認為在第一線和審查制度抗爭並非根本的解決之道，他覺得應該要成立一個與媒體優質化委員會同等級的組織，在對等地位上再去爭取審查的執行範圍。」

堂上想了一下，不知該怎麼措詞。

「協會長不會認同吧。」

「正是如此。」

要成為國家級的中央機構，圖書館將奉行現行的國家制度，等於承認並容許法務省擁有媒體審查權。別的不說，至少在圖書館法第四章的審查執行限制上就得大幅讓步。

「我哥主持的『圖書館未來企畫』就是為了研究這個構想而成立的。名義上只是進行理論研究，試圖尋找它的可能性。」

「這種立論很前衛呢，可是……」

小牧表達感想，客氣地措詞以免失禮。堂上聽得出他的語意，也接口道：

「思想是個人自由，我們也不能講什麼──你本來是想說什麼？」

手塚顯然不附和他哥哥的思想，當然也絕不是來尋求長官認同的。

「我在想，笠原會被點名，可能是我害的。」

這樣的開宗明義有點兒跳脫，手塚趕緊補充道：

「我哥希望我加入他的研究會，前幾天也為了這件事來找過我。小牧教官的監禁地點就是他透露的，他大概以為是做了個人情給我。」

「原來是從他那裡。」

我不能透露情報來源，但這消息不會有錯──這是手塚提供情報時所說的話，而那情報也確實無誤。如今知道他哥哥正在推動那樣的構想，跟法務省之間應該也早有不少管道。

相對來說，能建立起那樣的管道，那份理念也絕不是嘴上說說而已。

「人情是欠下了，但我還是不肯加入他，所以我猜，他就從我周圍的人開始下手。」

「這也是有可能，但終歸只是想像。你有別的根據嗎？」

堂上問道。手塚馬上就答：

「有。砂川就是『未來企畫』的人，他好像很崇拜我哥。替他開診斷書的那家醫院，我哥有朋友是那裡的精神科醫師。」

「天啊，來陰的。」

小牧大皺眉頭。他很少有這麼明顯的負面表情。手塚欠下的人情是因他而起，大概也令他心裡過意不去。

「砂川偷藏書的那件事，我懷疑是我哥指使的。」

堂上也有此疑念，只是不好意思說出口，做弟弟的手塚可就不顧忌了。

書籍藏匿之事若是手塚哥哥的陰謀之一，那麼他一定也指示砂川別在約談時供出弟弟的名字，怪不得調查會沒有先傳喚手塚。

調查會說砂川證詞有待確認，玄田等人原以為是行政派為了各個擊破而施行的拖延戰術，現在看來反倒是錯怪了。郁主動提出手塚人證，調查會等於收到了新的證詞，那麼在砂川的原證詞未對質之前，他們對新證詞當然要採取保留態度；一來是避免郁跟手塚口徑一致地把責任全推在砂川身上，二來是療養中的砂川不能應訊，單向偵辦難免不公平。

就這一層意義而言，調查會雖是敵人，卻也還算公正。

「我知道了，我會轉達給玄田隊長。」

「這樣能阻止他們繼續約談笠原嗎？」

手塚問得急切，不過堂上能體會他的感受。

兄弟鬩牆竟要把不相干的外人拖下水，不管是誰設身處地，都會有難以釋懷的自責。

然而……

「很難。」

手塚自己應該也清楚。

「我們既然沒實據，也就沒有正當理由去阻止約談了。除非『未來企畫』和行政派有幕後牽連，那我們才要從幕後去捅。否則它只不過是協會名下的一個研究社團罷了，逼得再兇也不痛不癢。」

相反的，砂川既然被認為是原則派，他所參加的社團更有可能會被視為原則派的大本營。

「我……我該怎麼跟她賠不是？」

「不准跟她說。」

堂上嚴厲起來。

「這些事情沒有證據，又不能在約談時講出來，這時候透露出去只會害她混亂。你去賠罪也只是減輕你自己的罪惡感，對她一點幫助也沒有。」

手塚道了聲歉，重新坐正。

「我們能做的只有精神支持，而你已經充分做到了啊。」

小牧打圓場，堂上也為自己剛才語氣太嚴厲而有些不好意思：

「話說回來，那根本也不是你的責任。」

「來，愛逞強的班長賠不是了——」

小牧的語調滑稽，手塚這才輕鬆的笑了起來。

「好啦，來都來了，喝完再走吧。」

聽得堂上勸酒，手塚便不再正座，卻一直用雙手撐著地板，看起來好像要行大禮磕頭似的。堂上不由自主的起身想攔他。

「不用這麼客氣啦。」

「不是……是腳——」

跪坐太久，麻掉了。

沒人知道小牧喜歡趁人腳麻時大玩搔腳底板的惡作劇——驚見一場腳底板攻防戰即將展開，堂上趕緊把放著酒瓶和杯子的矮桌移到旁邊去避難。

＊

郁回到宿舍時，柴崎還沒回來。她想，她們沒有特地約好，也許柴崎只是稍微晚歸吧。看見自己的洗衣籃裡堆了衣服，她一時又想，不如先去把衣服洗好，外頭走廊傳來的談笑聲卻令她退縮。

她總是在和柴崎一起去吃飯時把衣服丟進洗衣機，等到澡洗完，衣服也洗好了。寢室離洗衣場並不遠，現在的她卻連走這一點點距離都會怕——她不敢一個人走出房間。

宿舍廣播卻像在這時跟她作對似的。

『302室的笠原小姐。有您的電話，請到舍監室來接聽。』

會是誰這時打來?郁的私交一律都打手機，可見不是她熟識的人打來的；也不會是推銷電話，因為舍監絕不會放行。看來這通電話並非無關緊要。

再拖下去，廣播又要再喊一次。郁長長呼出一口氣，抬起頭來。

一踏出寢室，走廊上的雜談聲立刻靜了一下下。雖已經歷過好多次，她卻還是不習慣心裡那種涼涼的感覺。

不能低頭。郁說給自己聽，一面小跑步朝樓梯前進。跑著趕去接電話就不會不自然了——想到自己還得為走路而找說法，她又忍不住難堪起來。

舍監室的卡式電話聽筒擱在一旁，舍監則到她自己的臥房裡關起門來迴避。她向來顧及電話隱私，只在電話講太久時才會走出來提醒一下。

電話台座的便條紙上潦草寫著來電者的姓名。這也是宿舍的老規矩。

〔協會　未來企畫　手塚先生〕

「協會」指的是圖書館協會嗎?「未來企畫」倒是沒聽過，不過這個人跟手塚同姓呢。郁邊想邊拿起聽筒。

「喂?久等了，我是笠原。」

不知對方是誰，郁帶點打探的語氣，便聽得一個開朗的男聲回道「妳好」。

聽見是個陌生的聲音，郁反而鬆了一口氣。自從被約談之後，她已經不只一次在舍監室接到無聲電話，而且都是一聽她出聲就掛斷。

才剛寬心，對方的下一句話卻令她措手不及。

「我弟弟承蒙妳照顧了。」

這人大概是手塚的哥哥——郁花了將近十秒鐘才察覺這一點，而對方倒也極有耐心，靜靜在電話那頭等。

回到宿舍才剛喘了口氣，堂上的手機就響了。是柴崎。

電話裡的她只說自己會馬上趕到，叫他召集全班和玄田隊長，隨即掛上了電話。堂上不明就裡，姑且先從小牧開始找起，但被小牧問了一句「要在哪裡碰頭」，這才發覺——柴崎說會趕到，是要趕到哪裡？

才在電話這頭歪頭思索，便聽見有人敲門，還來不及應門，門就被打開了。

來的人是柴崎。她的眼光在室內速速掃過一圈，然後瞪著堂上厲聲道：「太慢了！」

「妳——妳、妳以為這是哪裡——」

喂？幹嘛，怎麼了？電話那頭響起小牧的聲音。

「呃，柴崎跑來了。」

「啊？」

「反正你先把隊長跟手塚找到我寢室來再說。」

堂上自顧說完就掛掉電話，結果他做的事跟柴崎一樣。

卻見柴崎顯得不太耐煩，語帶不滿的抱怨起來：

「我剛才不是說馬上嗎？你怎麼拖拖拉拉的！」

「妳掛掉電話也才兩、三分鐘耶，怎麼可能啊！而且妳在想什麼？怎麼跑來這種地方！沒人攔妳嗎？」

「有我的微笑加一句『對不起，我真的有要緊的急事』，你以為有哪間男生宿舍能攔得住我？」

聽著她哼哼兩聲冷笑，堂上不禁語塞。他不得不承認，就算是男舍的舍監也未必抵擋得了這一招。眼下確實是抵擋失敗。

他在心中暗暗叫苦。從各方面來說，這傢伙的確是笠原的好搭檔，只不過她是天使般的面孔，魔鬼般的心機。

「恭喜您闖關成功，不過這會兒我們什麼事情也談不了了。」

聽到門邊傳來一個聲音，原來是剛剛才跑步趕到的小牧。

堂上和柴崎扭頭看去，卻見小牧打開的房門外已經圍起了人牆。

「妳也該想想自己的影響力有多大。高不可攀的名花隻身擅闖男生宿舍，好事的鄉民豈有不看熱鬧的道理。」

柴崎一愣，笑了起來：

「哎呀，看我急的。是我低估自己了，不好意思。」

再也沒聽過比這更大言不慚的自謙了。

你們這些人又是怎麼聽到風聲的？堂上看著門外那片人牆，滿腹狐疑。

結果他們只得移師到共同區域的會議室。一待全體到齊，柴崎便將一張便條「啪！」的一聲放在桌上。

看過那張便條，最先變臉的是手塚。

〔我跟手塚的哥哥吃晚飯。可能要談研究會的事，門禁時間前會回來。〕

「這一定是『未來企畫』設下的圈套！」

柴崎的發言令堂上一驚。除了相關人士以外，他只跟玄田說過關於手塚慧和「未來企畫」的事。

「妳是從哪知道……！」

「從出事到現在，你以為過了幾天呀？三天就夠我掌握消息了。」

「我現在真覺得妳太可怕了！」

「怕個頭！快想想你要拿笠原怎麼辦啦！」

柴崎這一喝極有氣勢，震得堂上都往後退了半步。但見柴崎長長舒了一口氣，靜下來道：

「……我是局外人，請恕我僭越了。接下來就麻煩各位。」

然後她優雅地微笑頷首，欠了欠身便退出會議室。臨走前，她在門邊又回過頭來：

「地點八成是接待長官用的那間店。要在門禁之前回來，又要避人耳目，只有那裡囉。」

柴崎說完就走，留下四個大男人面面相覷，滿臉複雜。

「……就是主管聚餐的那間店吧，我去。」

手塚鐵青著臉自告奮勇，小牧叫他且慢。

「你敢保證不會當場跟你哥打起來嗎？那是主管餐廳，要是惹出糾紛，後果不堪設想哦。」

見手塚語塞，小牧立刻否決了他的提議，接著轉向堂上：

「怎麼辦，堂上？」
堂上也不知如何是好。
依目前的推論，這一連串事件都是為了把手塚拉進「未來企畫」所設下的圈套，但這只是推論，沒人能肯定。手塚慧若是勸誘郁加入一個研究會——一個表面上是民間社團的組織，那麼誰都無權妨礙她，也不能阻止她去聽他的說明。
「……隊長怎麼看？」
玄田皺著眉頭沉默半晌，最後站起身來。
「笠原是你的部下，你做決定吧。」
堂上聽到這番話，頓覺初入隊時的徬徨與不知所措彷彿又回來了，還在迷惘時，卻見玄田走出了會議室。看著長官嚴謹的背影，他直想低下頭去。
「小牧，你覺得呢？」
尋求副手的意見應該不算逃避——腦中浮現的這個念頭，卻令他忍不住懊惱。
小牧輕輕嘆口氣：
「我們對手塚慧的計畫，到目前為止都僅限於推測。既然他是為了『未來企畫』的事而把笠原找出去談話，我們也無權阻止她；如果是笠原自己有興趣想了解，那就更不用說了。」
雖是個可供商量的副手，小牧這個人卻永遠只會給標準答案。也許正因為如此，他才會在回答前嘆上那麼一口氣吧。
問了也是白問。

沒人說話，房裡一片死寂，只聽得到時鐘的秒針滴答響。

響過幾圈之後，堂上打破了沉默：

「——我們等她自己回來。」

「堂上二正！」

手塚的聲調中有著明顯的責難，堂上卻只是大吼堅持：

「帶她回來不合乎本隊的正當行動準則！」

「可是……」

「你不准再過問！」

我們又不是她——嚥下的這後半句，苦得難受。

在尷尬的氣氛中解散後，堂上準備回房，寢室在在同一層樓的小牧攔住了他。

「這麼做好嗎？」

堂上剛舉腳跨進房門，聽見小牧的話，半轉過頭答道：

「別再問了，我搞不好會給不一樣的答案。」

彷彿要拋開那種心緒，堂上關起了房門。

媽的，每個人都這樣。

到底是要我怎麼樣！

他抬起頭，目光瞥見書櫃的一角。

想起擺在那裡的某一本雜誌，再想起留下那本雜誌的人，他的表情一苦。

＊

跟手塚好像。

在靠窗的桌位啜飲著餐前酒，郁暗暗打量與她對座的手塚慧。手塚三十歲時大概就會長成這個模樣吧，她想。

感覺好怪。

跟一個貌似手塚的男人坐在這種店裡，郁只覺得渾身不自在。店裡的氣氛輕鬆，常來的人應該會覺得愜意，但她覺得這兒跟自己實在太不相襯，滿心緊張——因為這裡是隊內有名的主管級餐廳。

恐怕要請妳打扮得正式一點，方便嗎？

聽到電話那頭如此要求，她就猜到八成是高級餐廳，卻沒想到竟然是這裡！被手塚慧帶到這裡來時，她還在門口掙扎了一會兒。

不行！就算是各付各的，我也不敢來這裡！

她不想讓人請客，一定要手塚慧在電話裡答應各付各的才肯赴約，最後還是拗不過他的堅持。他說請弟弟的女朋友吃頓晚飯也沒什麼，這話卻把郁嚇得不得不趕緊糾正。

我哪是什麼女朋友，手塚會殺了我！

見她這麼緊張，手塚慧瞇著眼直笑，說她真是個有趣的女孩。郁可一點也笑不出來。

「我不知道手塚有哥哥呢。」

「嗯，因為我前陣子也搬到外面住，我們就很少見面了。」

男生搬離開家之後就是這樣，郁的哥哥也是如此。手塚慧說想順便了解一下弟弟的近況，她覺得理所當然，但想到消息走露後可能會被手塚罵到臭頭，郁就不敢講太蠢的事，只隨便選幾個好笑的交差。雖然只是些日常趣事，手塚慧還是聽得津津有味。

「不知不覺間，那小子變得這麼爆笑了啊。」

哇呀完蛋，手塚要是知道會氣炸。就在郁慌張地要求他「請你別跟他本人說」時，他們的餐點已經上到主菜。

「請問……」

主菜之後就剩甜點和咖啡了吧，郁一面回想菜單，一面探問：

「你說要談的事，可以談了嗎？」

手塚慧在電話裡明說要邀請郁加入他所主持的「圖書館未來企畫」研究會。他說他從弟弟口中聽說她的名字，兩人也聊起過她。手塚還稱讚她企圖心旺盛，令手塚慧留下了印象，所以才想約她出來見面聊聊。

想不到手塚竟會在外人面前稱讚郁，令她十分意外，也格外高興——尤其是經歷過這一個多月的人情冷暖之後。

手塚慧在電話裡笑著請她保密，因為他弟弟不准他對當事人透露，所以今晚的邀約當然也要瞞著手塚。聽著電話那頭的笑聲，她覺得這位大哥親切又平易近人。

經郁這麼一提，手塚慧便直接問了：

「笠原小姐，妳對檢閱制度有何感想？」

「我堅決反對。」

她的回應簡直快得像巴夫洛夫的狗。

「妳覺不覺得，我們應該使檢閱制度從這社會上消失？」

「覺得。」

見郁大大點頭，手塚慧微笑。

「這就是我們研究會的主題。我們想找方法消除它。」

郁的興趣一下子提高了。咦，這很有意思。

媒體優質化法已經實行了三十多年，郁等於是出生在檢閱社會中。沒有媒體審查的社會是什麼樣子？書本不是獵物，書店不再為了臨檢而緊張，而人們可以隨心所欲的閱讀——

圖書館也不需要武裝了。

那說不定很棒！光是想像，她就覺得心情昂揚。

「我們認為應該是有可能的，因為三十多年前的日本也沒有這一套制度。」

「……對哦！」

像是被他指出了盲點，郁不覺揚高了聲調。她總覺得那是自己出生前的事，以為歷史已久，但仔細想來，她父母童年時的社會並不是現在這個樣貌的。

面對媒體審查，不管是主動或被動，現代人只有接受或拒絕這兩個選項，但在上一代的心目中，這種事搞不好根本就不該被列在選擇題裡。

距今也不過是三十多年前。

「在『未來企畫』裡，我們試著找出驅逐檢閱制的具體構想。」

「啊，快講快講！」

手塚慧和郁的大哥正好同年，再加上一時興奮，讓她不自覺失了客套，連忙改口說「我很想聽」。

「首先，要徹底廢除檢閱，必須使圖書館的地位與媒體優質化委員會相當，也就是讓圖書館昇格為國家機構。以性質來看，它可以放在文科省下面。」

郁歪頭問道：

「可是，圖書隊能與國家審查抗爭，不就是因為圖書館立足於地方行政嗎？」

人們常用圖書館抗爭、審查抗爭等名詞來統稱所謂的圖書保護行動，正確來說，應該是地方政府拒絕讓中央層級的媒體優質化委員會藉審查制度而過度干預行政，才要透過廣域地方行政層級的圖書隊行使武力。

「嗯，但是妳看，中央和地方公務組織這樣搞武力鬥爭，根本就是不對的。妳不覺得嗎？看在外國眼裡，根本就是內亂。」

郁為之一愣，手塚慧繼續說下去：

「日本內鬥，外國也不便干涉，畢竟這是地區性的紛爭，純屬內政問題。可是妳知道嗎？國際間都認為日本現在就像學生運動盛行的年代，只差沒有出動自衛隊來維持治安。實際上我們槍炮也用了，內戰也打了，以一個民主社會而言還挺丟臉的。」

一下子把這麼嚴重的名詞抬出來講，讓郁努力咀嚼了老半天。要說內亂或內戰什麼的也不是不通，只是在她這一代的觀念裡並不覺得那有多異常。圖書館抗爭的實彈交戰範圍都有嚴格規範，媒體優質化委員會也嚴厲要求做好封鎖措施，避免波及民間人士。

只要能避免這種抗爭，日本的治安反倒比世界其它地區還要穩定呢。

在郁的認知裡，警察出勤也一樣會遇到槍戰，這在當代早就不是什麼大事。而圖書抗爭的開槍標準和警方執勤時一樣，說起來也就不值得大驚小怪。

但就在同時，她明白手塚慧的思路有多麼卓越。她傻呼呼的想，不愧是做哥哥的人，懂得用內戰來形容這種現況。說不定其他人也都是用這種觀點在面對這場抗爭，只有她一個人沒頭沒腦、渾渾噩噩。

話說回來，為什麼我身邊每個傢伙都這樣聰明啊？她暗暗不滿。

這時，手塚慧的話鋒一轉：

「要根本驅逐檢閱制度，現行的圖書隊制度是不合用的。審查抗爭只不過是治標不治本。」

一聽到否定圖書隊的論調，郁就反射性的不悅，但想到一個沒有媒體審查的社會，她還是想繼續聽下去。

「你所謂的徹底解決，是指？」

「徹底解決是一定要的啊。」

手塚慧笑道。看那和善的笑容，再想到總是爭強好勝的手塚，便覺兩兄弟的性格果然不同。

「在圖書館昇格為中央公務組織之後，促成法務省與文科省的政治談判。」

「呃，可是……」

郁覺得不對勁。入隊第二年，她多少受到周遭人士的薰陶，尤其是堂上。

「你要讓兩個組織各自維護相反的法律，卻存在同一個政府中嗎？」

她不認為媒體優質化委員會會接受這種方式。

「當然，圖書館在昇格中央時，圖書館法第四章也會相對受到大幅的限制，到時候要怎麼保留圖書隊的權限，恐怕會是個爭議。」

「也就是說，『圖書館的自由法』會被刪減？」

意思差不多啦，手塚慧爽快承認。

「不過，讓出的權限以後再拿回來就行了。這項談判可以讓我們獲得正當的立足點，這一點才重要，否則現在的圖書隊制度只不過是中央跟地方的意氣之爭。」

腦袋快要飽和的郁忍不住抱頭：誰來找個翻譯給我——

「要長期性的消除媒體審查制度，有必要藉由政治斡旋。現在的圖書隊制度是以審查存在為前提所訂，卻不是用來根絕審查的。反過來說，圖書隊制度等於是在容許審查制度存在的情況下成立。所以，我們若要杜絕審查風氣，將來勢必得在某個階段捨棄圖書隊制度。」

聽到如此激進極端的話題轉變，郁滿腦子的困惑。一個沒有媒體審查的社會，當然是她最期盼的，然而——

「呃，不好意思，能不能說得簡單點……」

見她討饒，手塚慧又笑眯了眼。

「換句話說，就是『不入虎穴，焉得虎子』。」

要不是郁從小把《漫畫成語辭典》讀得滾瓜爛熟，她還沒辦法立刻聯想。

「虎子就是杜絕審查，入虎穴就是刪減圖書館自由法、把圖書館變成中央組織？」

「對對對。」

手塚慧和藹地點頭，像一個誇獎學生的老師。

「任何事物都存在著風險，報酬高則風險也高，我們只是跟敵人比風險管理罷了。在這一點上，我認為我有贏面，所以創立了這個研究會。當然，目前還停留在模擬階段。」

補上最後一句，手塚慧調皮的笑起來。

「笠原小姐，跟妳的個性滿合的，不是嗎？『入虎穴，得虎子』。」

「呃，也可以這麼說……吧。」

「那妳願不願意參加呢？」

他的語氣輕鬆，郁卻遲疑起來。

當媒體審查不再存在，社會將變成什麼風貌？她沒有見過，但那樣的社會距今不遠，也許還救得回來。

在她的想像中，那的確充滿了魅力、光輝，也極其正當——要說救回，聽起來也是天經地義。

可是……

「假設你的構想實現了，那要花多少時間才能讓媒體審查完全消失？」

下意識地，郁脫口道出這個問題。

大概沒料到有此一問，手塚慧沉默了一會兒，隨即以輕鬆的口氣回答：

「那的確會是一場長期抗戰。也許十年、二十年，或甚至更久……不過制度一經成立，想改變總是要下點決心，畢竟媒體優質化委員會的權限已經奠定得相當穩固了。」

郁點點頭。

「……光靠圖書隊制度是沒法消除檢閱的唷。」

他重申道。郁猶豫著點頭。

「我懂了。請你去找別人吧，我做不來。」

手塚慧睜大了眼睛看著她，一副難以理解的表情。被他這麼盯著，郁有點畏縮。

「我知道，只是……」

天啊，為什麼腦袋這麼不靈光？好想借柴崎的腦袋來用一用，要不然想說的話都說不好。

「……只是我沒法對別人說：也許再過幾十年就不會有檢閱了，大家先忍耐點接受它。」

郁焦急地想了半天，好不容易才拼湊措詞，抓到她想要講的輪廓。

「想看書就是想現在看啊，總不能叫他們十年後再去看。要勸他們為了幾十年後的自由放棄現在的自由，我說不出口。」

「那麼，妳寧願容忍眼前這個結構扭曲的社會，繼續那種治標不治本的抗爭？」

手塚慧說得很慢，一字一句的，好像要郁仔細聽清楚。

不對，我怎麼可能容忍現況。這種社會根本是走錯了，我也不喜歡。

「不然呢？討厭歸討厭，現況就是這樣，所以僅存的自由就更重要了，不是嗎？也許有人願意為了更好的未來而忍耐，可是我總覺得，叫所有人都陪著一起忍耐是不對的。萬一有人不願意拋棄眼前所擁有的自由，其他人也不該責備他。」

要是有人願意為了正當的未來而割捨己身之自由，郁當然會尊敬他，認為他品格崇高；可是相反的，若為此而貶責那些做不到的人，這就不對了。

「為了美好的將來放棄自由，是很偉大的權利，我非常尊敬，但那不是義務。我們要是把這種要求當成義務，逼別人去遵守，豈不是跟媒體優質化委員會一樣了嗎？每個人都有權利決定要或不要，選擇是一種自由啊。」

「那麼，妳覺得要怎麼樣才能改變現在的社會呢？妳總不會覺得現在的社會很好吧？」

「這個……」

她恨恨地朝手塚慧瞪了一眼，心想：我又不是負責想這種事的。要是柴崎或手塚或小牧在場——甚至是堂上在就好了。

「比方讓政治家之類的人……」

「妳要等待政治家自發性的去推動？」

「或是民間運動啊。」

見郁嘴硬，手塚慧露出了遺憾的笑容，卻像是憐憫大過惋惜。

「算了吧，群眾是很被動的，除非事情壓縮到他們切身的利益空間，否則只會有極少數人採取行動。就算人民心裡不滿，但只要不牽涉到關鍵性的利益，絕大多數還是會順應現況，因為用嘴巴罵比親自動手要輕鬆多了。妳以為大家都為了不能自由閱讀、言論受限而感到痛苦嗎？很可惜，那種人並沒有像妳想的多，也就因為這樣，媒體優質化法才會施行得這麼理所當然，造成了今天的社會。」

他的話完全正確，讓郁無法辯駁——所以她放棄辯駁。

「我頭腦很差，搞不懂太複雜的事。」

乾脆大方招認。

「只不過我認為，圖書隊為保護當下的自由而戰是正當的，我也以此為傲，所以我沒辦法贊同你的觀點。謝謝你邀請我加入『未來企畫』，但我不能接受。」

手塚慧不發一語的凝視著郁，半晌才悶聲吃吃笑起來：

「——服了妳啦。難怪我跟憑感覺做事的人老是不對盤，你們就是喜歡最後來這一套。」

看她不解其意，他就邊笑邊補充道：

「妳這種小朋友都一樣，不管人家講得多清楚，妳聽完了一律丟一句『雖然聽不懂，但我不要就是不要』然後全盤推翻，對吧？」

……怎麼這樣把我當傻瓜。郁不滿地嘟著嘴，卻見手塚慧探身向前：

「好吧，那我再白話一點，從更入世的角度來逼妳好了。」

被他意有所圖的湊近，郁不由得往後退了退。手塚慧完全沒把她的怯縮當一回事，口氣一變：

「老實告訴妳吧，其實我想找的根本不是妳，而是光。」

光？隔了幾秒，她才意識到那是手塚的名字。

「那小子是個死硬派，不肯答應我，我就想從他的朋友下手，看看會不會讓他的態度軟化點。一開始是他那個室友，可惜效果不大。我看他跟妳好像比較要好，所以想從妳下手看看。」

原來如此。

「那你在電話裡說的那個藉口，是騙我的？」

那小子在電話裡稱讚妳，妳可別講出去啊——做哥哥的這麼講，聽起來好像跟弟弟很親密似的，但現在看來，恐怕他們根本早就為了這個問題而反目，甚至是鬧翻了。

「也不算是騙啦，沒那麼嚴重。要對付那小子，拿妳當誘餌的效果，看來至少比砂川好一點。」

「……話講得這麼白，還真有點傷人呢。」

「對啊，這才叫逼嘛。還有一個入世的角度。」

怎麼樣叫做入世？郁還沒來得及想，手塚慧的下一個狠招已出：

「妳能不能幫我去跟那小子說——『只要你肯屈服，我就讓笠原小姐不再被約談，還能證明她的無辜，幫她解脫』。」

——她的腦子一片空白。

怎麼會這樣？她覺得自己在低喃，又不確定有沒有出聲。

「妳覺得我不可能做到？」

聽著他調侃似的語氣，郁一句話也答不出來。

「好吧，反正消息就快走漏了。這一切都是我布的局，從一開始就是，好讓我有籌碼可以跟我弟談條件。砂川是『未來企畫』的會員，他的行動全是受研究會指示，包括讓妳跟我弟幫他搬書的那件事。」

究竟是多精密的計謀——難道他無時不刻都在盤算、掌控著事態發展？

郁渾身打顫。

「……過分。」

「我也覺得對妳過意不去，只是我實在太希望我弟過來了。」

「不是。」

不是對我過分。郁低頭想著——是對手塚。

她想起從小就愛打打鬧鬧的哥哥們，吵架時恨得牙癢癢，鬥起來絕不手軟，動輒拳打腳踢摔成一團。可是——在這世上，他們是她最不必顧忌、最放心信賴的人，甚至在唯一的妹妹赴外地工作後，他們也從沒有替爸媽催她或逼她回家過。

要是哪個哥哥敢像手塚慧這樣做，郁絕對無法原諒他。但她同時也可以確定，自己絕對沒辦法討厭他。

既然這麼想拉攏弟弟，為什麼要陰謀設計他？

「妳現在也不好過吧？」

郁打抱不平的心情突然垮臺了。

曾幾何時，回宿舍變成一件苦差事。每當她走過，嘈雜人群中總會驟然出現剎那靜闃，偷窺的眼神投來好奇或輕蔑，客觀公正或個性好一點的會不露痕跡地別開視線。除了柴崎以外，沒人要主動跟她交談，頂多是空洞的簡單問候。去洗衣場也要等柴崎回來，一出走廊就得感受別人的眼光。

的確不好過，她沒法否認。

「妳無憑無據，就算跟調查會說了也是白搭，而且我可以讓約談行動一直持續下去。」

那我現在正在折返點上，是吧？

她才對堂上這麼逞強說道，如今卻只覺得自己單純可笑。堂上被約談時，幕後有這樣的陰謀嗎？

「妳只要傳話給光就好，沒有任何責任，讓他自己去判斷。」

詭辯正在動搖郁的心。只是傳話，而且她還可以告訴手塚，不管他怎麼決定，她都不會恨他。

靠窗桌位才有的蠟燭在玻璃杯裡搖曳著小小光芒。她此刻的心緒，就好像映在窗上夜色裡晃動的光暈。

不行，我要把持住，想清楚。如果換作別人，別人會怎麼做？比方說——

剛想到這兒，窗上突然發出一個聲響，把郁嚇了一跳。她朝聲音方向看去。

敲窗的人前一秒鐘才出現在她的腦中，如今正在窗外喘著氣，嘴巴在動。

——我馬上過去。

她覺得他在這麼說。然後她忽然挺直了腰桿，重新直視對面的人，正色道：

「既然這樣，請你自己去對他說。我講不出口。」

手塚慧的表情看不出一絲煩惱或不愉快，單純只是回應她的注視。

「手塚是我的同袍，他被親哥哥設下這麼過分的圈套已經夠可憐了，我不能再加深他的痛苦。」

餐廳的門鈴發出叮噹聲響。

「你要他為了對我的歉疚而屈服於你，還要我去把這件事講給他聽？我不忍心。請你自己講吧，那樣對他的打擊還比較小一點。」

那個強勁有力的腳步聲逐漸接近。

「你們的觀念雖然不同，但也不用對他做出這種不必要的傷害。我不想幫你去傷害我的朋友。」

腳步聲就在桌旁停下，她抬頭望去——穿著制服的堂上直直俯視著手塚慧，胸口起伏，顯然走得很急。

「這位是我的部下，我要帶她回去。」

手塚慧朝堂上打量，顯得興味盎然。

「你就是堂上二正啊。」

堂上不答，只是轉向郁：

「走了。」

說著，他拉起郁的手就往門口走，一面從制服口袋裡掏出鈔票——大概是事前放進去的，顏色看起來像兩張萬圓鈔——往櫃台服務生的手裡一塞，交待說同桌客人等下會來付清，便大步踏出餐廳。

快步在回基地的路上走了一會兒，郁忍不住出聲。她穿著淺口高跟鞋，堂上卻是以訓練的速度在走，實在很難跟上。

「堂上教官，我的手痛。」

堂上好像這才發現自己還緊握著郁的手，只見他往下看了看，然後像是用甩的放開她。他同時停下腳步，卻不發一語，只是在她前面站著。

郁隱約覺得自己應該先開口，卻不知怎麼的吐出一句八竿子打不著關係的莫名其妙之語：

「你怎麼穿制服來？」

圖書隊的制服都是隊員在入隊時自費訂作的，通常只在正式公務場合才派得上用場。

「因為我別件襯衫都還沒燙。」

堂上板著臉回答，卻又遷怒的罵：「誰教妳給人家帶到這種高檔餐廳來！」

然後他頓了一會兒。

「他跟妳說什麼？」

問歸問，郁聽得出，堂上其實在來接她之前就全部知情了。

「全都說了，不過我拒絕了。」

又一陣沉默。堂上好像鬆了一口氣，虛弱地應道「是哦」。

「其實不用特地來接我，我自己會跟他講清楚再走。」

郁輕輕抗議：

「你怎麼連自己栽培的部下都不信任啊？」

原以為堂上會反唇相譏，他卻只是別過視線，表情依舊不變。

「我想來接妳是我自己高興。」

哇啊——現在講這種話實在很詐。

「妳這陣子吃了這麼多苦，我擔心也是理所當然的吧。我是妳的長官啊。」

可惡，我快哭了。郁死命忍著，說什麼也不想毀掉這一個多月來逞強的成果。虧她那麼努力的故作堅強。

要你多管閒事。我都跟你保證過了，我撐不住時一定會講出來，你還擔什麼心。

她清清楚楚聽到自己的心裡響起這幾句話，臨到嘴邊的聲音卻被淚水哽咽得亂七八糟。

「妳做得很好。」

堂上伸出手去，忽然沒好氣地說道「沒事穿什麼高跟鞋」，然後仍像平常那樣摸了摸她的頭，只是手臂好像伸得更長了點。

＊

在那之後，郁又被約談了兩次，然後調查會就沒再找她了。

現階段無法斷定她與藏匿事件有關，一切必須等砂川回來才能釐清。調查會只好放了她，算是暫時還她清白。

宿舍裡的氣氛還是有一點點詭異，但已有逐漸好轉的趨勢。多虧柴崎積極地在宿舍裡扮演大嘴巴四處宣傳，幫了大忙。

手塚曾向她打聽那晚和手塚慧還聊到什麼，但郁只是裝蒜，用「反正他講他的，我不太認同，所以就拒絕了」一詞敷衍以對。

「有機會見到你哥，幫我跟他說聲抱歉哦。」

管他能不能轉移焦點，總之手塚雖然半信半疑，聽完了便不再追問，大概也不想跟這個麻煩的哥哥再多加牽扯。

就這樣過了幾天，郁回到宿舍時，收到一封信。

看著舍監遞過來的信封，郁皺起了眉頭。

這一封從神奈川縣寄出的信，寄件人寫著：「未來企畫」手塚慧。她當然不能在走廊上拆開來看，於是小跑步回到寢室，走進空無一人的房間打開電燈。柴崎說今晚會遲歸，幸好郁已經能打進較熟的隊員圈子裡，就算沒有柴崎作陪，去吃飯也不再尷尬了。

郁懶得找剪刀，直接用手撕開信封，裡面有兩張萬圓鈔和一張信紙。這兩張鈔票大概是要還給堂上的。

展開信紙，便見到優美流暢的筆跡。

〔謹向舍弟的友人致意。〕

指的恐怕是約談突然結束之事。

接著是——

〔日前的便餐理應由我付帳，因此請將此款還給堂上二正。〕

郁後來和堂上談過，那天的費用由他們兩人均攤。不過手塚慧既然執意要請客，她也沒拒絕的理由。對方大概也愛面子。

最後——

〔有一位從高中仰慕至今的白馬王子做頂頭上司，像妳這樣的女孩果然不能隨便亂約。託兩位的福，那晚我可糗大了。敬祝如意。〕

——————————腦袋一片空白。

這一刻的震驚……

就連乍聞手塚慧的計謀當時，都遠遠比不上。

「白馬王子做頂頭上司」，意思就是——

「呃、呃、咦、咦咦咦——————!?」

腹式呼吸的淒厲慘叫，從她那練得結實的丹田給逼了出來。據後來的耳語情報，好像連男生宿舍都聽見了。

＊

被叫到附近的公園見面，朝比奈看起來一如往常的神清氣爽。

「讓你久等了。」

他笑得和藹：「要去哪？」

柴崎也笑了。

「這裡就好。」

朝比奈的表情一斂，大概已經料到是怎麼回事。

「我跟你說過，等到我找出拒絕你的理由，我們就不再見面了，對吧？」

朝比奈不作聲，只是盯著柴崎看，柴崎則保持著完美的微笑——這表情是她擅長的。

她已經找到那個理由了。

「我的身家背景不夠好，不夠格跟法務省的高級官員交往。門不當戶不對的戀情註定會不幸呢。」

朝比奈像是死了心，表情空虛，卻有一分紳士般的坦然。

「妳全都知道了？」

「也沒有全部啦……」柴崎謙遜道：「頂多是法務省的哪個派系和『未來企畫』有掛勾罷了。」

朝比奈沒有答腔，柴崎便逕自說下去：

「要是我那天接受了你的提議，事情會怎麼發展呢？檯面下動手腳湮滅事證，然後被媒體揭發的人就換成我；或是有人因此抓到我的把柄，脅迫我加入『未來企畫』？」

「——妳願意聽我解釋嗎？」

「請啊？想說什麼就說吧。反正是最後一次了，說出來心裡痛快點。」

朝比奈的神情有些哀傷。管他是真的還是裝出來的，柴崎已經不在乎了。

「法務省裡面也有人反對媒體優質化法，只是在比例上算是極少數。這一派和『未來企畫』有個長期構想，就是要廢除或弱化媒體優質化法，而我就是其中的一員——柴崎小姐，請妳相信我，我們痛恨檢閱的情操是一致的。」

「別把我的情操跟你們的復仇騙局混為一談，我們只不過是槍口一致。」

柴崎的斬釘截鐵令朝比奈的表情更加黯然。

「我本來是反對用騙的。」

所謂的「復仇騙局」只是柴崎故意誇大其詞，賭氣拿話套他，想不到他竟老實承認。令她不禁再次心想，朝比奈在這方面實在跟郁像得不得了。

（你這個人哪。）

柴崎暗暗苦笑。朝比奈大可以厚著臉皮繼續扯謊，說這件事情背後根本就沒有什麼陰謀，他純粹只是想幫助柴崎，挽救柴崎任職的圖書館而已。

想起他那晚的哭笑不得。朝比奈若是繼續頂著那張可以解讀成委屈兼犧牲的表情，也許真的可以騙過好些人，偏偏這個傻小子說認就認了——怎麼會挑這種老實人來幹這種差事呢？

柴崎不得不承認，朝比奈當時的提議確實令她心動。若不是他這般溫厚，此刻的她已是個不能堅守原則的人了。

「幸好妳沒有接受我的提議，我真的這麼想。因為我當時已經愛上妳，知道妳不會點頭的。」

說完，他停頓了很久很久。柴崎很有耐心的等著，最後才輕輕呼了一口氣。倒不是失望，沒那麼沉重，不過是籤運不好罷了。

你知道嗎？也曾有一段時期，我覺得跟你見面挺開心的。

而臨別這傷人的最後一刀，你卻還是要讓我下手？

「唉，既然這樣，你為什麼不說我是圖書隊構想實驗中的情報部候補生、而你是看上我這個身分才來跟我接觸的？」

朝比奈的表情明顯受到重創。

柴崎心想，他的心意不會是假的。只是在某些狀況下，他曾經選擇以組織的利益為優先，而不是對她完全誠實。

他的掙扎，她的心結——她要一次戳破。

「我明白道歉也無濟於事。我只是以為，妳可以和我們一起創造一個沒有媒體審查的社會。」

「很抱歉，你們已經惹毛我了。」

——兩個月，將近兩個月。

在這段期間，郁過足了如坐針氈的日子。在年輕女孩的群體生活中，再沒有比她那樣的情況更糟、更令人煎熬的了，柴崎卻只能眼巴巴的看著，完全救不了她。

誰能想到呢？

「未來企畫」欲獵取的對象其實是手塚和柴崎，而這兩個人太難攻陷，郁於是成了殺雞儆猴的犧牲者。

郁是被我害的——這股怒氣，她決定一股腦兒的發洩出來，無關朝比奈個人的斟酌，而是針對他的所屬陣營。

「我無意否定你們的宗旨，只是那跟我所想的並不一樣，所以就在互信的基礎上盡量去做吧。我覺得和平往來就是如此，你覺得呢？」

朝比奈沒再說話，只是向柴崎以四十五度角一鞠躬，默默地離開。

直到朝比奈的身影完全遠去，柴崎才對著一旁的灌木叢說道：

「可以了。」

從樹叢後現身的人是手塚。他穿得一身黑，不知是不是迷彩。

「不好意思，讓你像個隨扈似的。」

「不……我也應該。」

郁成了代罪羔羊，手塚也同樣感到自責。

「還有，多謝你的消息，讓我馬上就確定兇手了。」

柴崎把手機號碼告訴朝比奈的當晚便收到一封簡訊，當時郁還問是不是朝比奈傳來的。柴崎隨口說是朋友，其實是手塚。

——不要深入，他是法務省的。

從那之後，柴崎向手塚表明了自己的身分，兩人也開始有些情報交流。

「……只是剛好在我哥的人脈裡看到同樣的名字。『朝比奈』這個姓氏不算常見，又聽說名字跟我一樣，我想應該不會是別人了。本來不想告訴妳，怕拖妳下水，結果還是不得不說。」

「哪有什麼拖不拖下水的，我也有我的布局嘛。你不需要隨便自責，既沒有必要，同時還把我看輕了。」

「……妳的確有一套。」

手塚苦笑著喃喃道。

「我很希望自己永遠是個才女呢。」

柴崎輕笑幾聲，望向朝比奈離去的方向。

「其實還可以再讓他留一陣子，我只是懶得跟江東館長牽扯太多。」

實驗情報部已經證實江東是「未來企畫」的中樞成員，也向兼任情報部長的稻嶺報告過了。「未來企畫」的中樞成員有半數都不是正式會員，這正是為了隱瞞其關連性，也被認為是手塚慧意圖奪取圖書隊實權的間接事證。

「要是朝比奈先生跟武藏野第一圖書館的館員混熟了，那批人就有辦法進一步掌握館員。加上館長又是協助者，攻略情報更是要多少有多少。麻煩就在這兒。」

砂川之所以敢做出那樣大膽的行為，便是因為和館長協議聯手，否則光憑他那樣的小角色，就算再怎麼崇拜手塚慧，也不會有膽單獨執行那個藏匿計畫。再想到整起事件的揭露過程竟完全無損於江東的資歷，事情就都說得通了。

「我覺得現在正是揭穿真相的時機。」

柴崎冷靜的做了結論，手塚一時無話可答，頓了一會兒才說：

「我先回去好了。」

乍聽此言，柴崎不懂他在顧慮什麼，隨即發現是顧及她想哭的情緒，心情反而為之一緩。見他如此含蓄的體諒自己，柴崎突然想得寸進尺，於是一轉身背向手塚：

「陪我發一下牢騷吧，要不要？」

手塚沒搭腔，但也沒有要走開的意思。

也許是體諒，也許是歉疚，總之都是善意，不禁讓柴崎想多些冀求。

「你知道嗎?為了這張臉，我以前吃了不少苦頭。我知道這種事到處都有，發生在我身上的事也沒什麼大不了，但我從此就變成了很難陷入戀愛的體質，只會愛上絕對不會愛上我的人；一旦愛上了又害怕，緊張得想要快點告白，等著對方拒絕我了才能放心。所以……」

她略略仰頭看著天空，沒有星星。

「說真的，我倒不是為了怕自己軟弱才請你一起來。跟朝比奈先生見面還挺開心的，當然也有些顧念，但我確定自己絕對沒有愛上他。我想過隨時都可以切斷這段關係，喏，實際上我也切了。」

找手塚作陪只是以防萬一，真正的理由是對朝比奈的不信任，完全無關這段日子以來的交情。

「為了工作，我不在乎辦個戀愛家家酒，以後也是，幾次都行。這話也許不該由我來說，不過我真的覺得自己非常適合待情報部。若是有上床的必要，就讓人家睡一睡也無妨。」

然後，她頭一次對著背後的手塚問道：

「我是個可以為工作犧牲色相的人。這件事要是讓笠原知道了，你覺得她會瞧不起我嗎?」

郁是那麼認真的相信正義。她認不出當年的正義王子，卻被同一個他二度吸引。

——那樣憨直、老實又單純的郁，若知道我是這種人，不知道還會不會說她不討厭我。

手塚沒回答，柴崎也不期待他的回答。她知道自己唐突地提起這些話，對方大概也無從回答。

「依我的想像……」

手塚思索著措詞，開口說道：

「笠原知道了一定會生氣。妳不覺得她會氣妳不珍惜自己嗎?說妳沒有必要犧牲到那種程度。」

這種要求同意的說法，令柴崎答不出話。她怕眼淚決堤，不敢開口。柴崎從來不在人前掉淚的。

「我也有一個牢騷要發。」

手塚自顧說道：

「其實我有嚴重的戀兄情結。我一直覺得我哥以前好能幹、好威風，我將來一定要像他一樣，即使看他做出這種事、對他失望這麼多次，我對他還是有一點莫名的期待。」

說到這裡，手塚停了一下，然後警告似的說了聲「不准笑哦」，像是要招認什麼。

「而且我覺得堂上二正好像從前的我哥，那種氣質有點類似。」

柴崎還是忍不住高聲大笑起來。多虧如此，陰霾也一掃而空。

「我不是叫妳不要笑嗎！」

見手塚發怒，柴崎連聲道歉，一面轉過身去面向他，卻見一只腕錶亮在自己面前，乍看之下相當高級，和手塚的年齡身分不太相符。

「這個，幫我拿去丟了吧。」

手塚說得認真。柴崎姑且接下手錶，聽得他又說：

「我哥以前送我的。當時想還給他，他叫我先留著，等我們和解時再拿出來用，所以我也就一直擺在家裡，直到聽妳說要跟朝比奈切斷關係了才拿過來。我覺得我也該向妳看齊，只是自己實在沒辦法下手丟掉它。」

「真的要任憑我處理？」

柴崎問道。見手塚點頭，她便邪邪一笑。

「那我們現在去當舖吧，要不要？看這一款手錶雖然沒有外盒了，應該還值不少錢，夠我們藉酒澆愁喝到痛快，多點幾道小菜說不定都還夠呢。」

手塚張著嘴巴愣在那兒——他很少露出這種蠢兮兮的表情，大概沒料到柴崎會想到典當這件事情上去。

「女人就是這樣，跟男人分手之後，就把那個男人送的值錢禮物統統賣掉換現金，再把那些錢一股腦兒花光出氣。」

「我……我是跟我家人鬧彆扭，妳怎麼拿去跟男女分手混為一談。」

「沒什麼差別嘛，別裝了。」

手塚還想辯解，卻突然笑了起來。

「好啊，反正都交給妳了，妳做主。」

「OK，就這麼決定囉。我知道有一家的價錢不錯，坐電車只要一站而已，走吧？」

手塚又愣住了，大概覺得柴崎也未免知道得太清楚。柴崎又是促狹一笑：

「在女人的群體生活中，這不過是基礎知識罷了。」

「……女人都沒有夢想跟希望了是吧。」

手塚咕噥著邁開步伐，和柴崎併肩一同向前走。

＊

「……怎麼，妳專挑我晚回來的時候病倒哇？」

帶著淺淺的微醺勉強趕上門禁時間，柴崎沒好氣地望著躺在被鋪裡的郁。

「妳管我，我愛幾時生病就幾時生病。」

我也沒想到自己會像老掉牙愛情戲裡演的那樣，因為打擊過度就發燒啊。郁在心裡想，不過她決定打死都不說出口。

「妳吃過東西了嗎？」

「沒……」

突如其來的高燒逼得她只能往床上鑽，哪裡顧得了晚飯。

「我去幫妳買點什麼吧？要不要果凍或冰棒？」

「不用了，我不想吃……」

見柴崎關心，郁虛弱地搖搖頭，在被子裡縮成一團。

〔有一位從高中仰慕至今的白馬王子做頂頭上司，像妳這樣的女孩果然不能隨便亂約。〕

睡著之前，手塚慧的那一行字跡一直在郁的腦中轉啊轉。

她希望那只是手塚慧的惡作劇，也想不通他為什麼會連郁私人的事情都知道。話說回來，且憑手塚慧的本事，他能從什麼管道打聽到什麼情報都不奇怪。再去想想那一行字所指的事情，彷彿愈發能夠印證。

每次提到王子，堂上總顯得格外暴躁，特別訓練時又聽說他年輕時曾在關東一帶的縣四處研習過。郁就是茨城縣人。

王子也曾因裁量權行使而釀出大問題過。假使堂上的被約談經驗就是指那一次，事情就兜得上了。郁不過想調閱約談紀錄也被他罵了個臭頭，說不定就是怕她知道他是誰。她愈想愈覺得堂上沒必要為個紀錄的小事發那麼大脾氣。

重點是，她的確覺得王子跟堂上的相似點和氣質完全吻合。偏偏這種感覺式的東西，對於手塚慧口中稱之為「感覺派」、凡事都用本能直覺判斷的郁而言，才是最大關鍵！現在她記憶中的王子，根本就除了堂上的臉別無他想。

按常理不是這樣的吧，搞什麼！

郁忍不住詛咒起來。

和憧憬的王子重逢，應該更浪漫、更多點酸甜滋味才是。

他們的交會卻是從背後的一記什麼飛踢，與地板擒拿術的手臂反扭開始，之後更是極盡能事的鬥嘴又鬥嘴！

五年前的匆匆一會，讓我對他充滿尊敬、崇拜和心儀，直到今天。

「呀————————！」

剛剛想起的這幾句話又讓她慘叫出聲。

「怎……怎麼了!?」

膽大如斗的柴崎也被她這聲鬼叫嚇得魂都散了。

「沒事！」

「什麼沒事，妳不要——」

「作夢啦作夢！惡夢！」

「妳又沒睡著！」

「睡著一秒鐘夢到的嘛！」

沒讓柴崎再問下去，郁又把頭鑽進被子裡。

之前對堂上講過的、頂撞過的話，現在全都回想起來了，而且每一句都羞得讓她不禁想再尖叫。

「不對！絕對不是！」

「所以妳到底是怎樣啦？我要生氣囉！」

郁沒有回應柴崎，而是愈發往被子裡鑽——不對。

我仰慕的那個只是高中時期的王子，跟現在的他怎麼樣都沒——

等等，那教官又是怎麼想呢？

郁想起自己嚷著王子長王子短的時候，堂上似乎總是厭煩地不准她再說下去，心裡忽然像是一陣刀割般的痛楚。

……他好像很困擾。

再想起前幾天為了調閱約談資料的事而捱的那頓臭罵。堂上不想被郁發現自己就是王子，竟讓他動那麼大的肝火。

萬一他真的覺得困擾，真的覺得討厭——慘了，可憐的是我？

一發現這點，她的心情更加動搖、更複雜、更迷惘了。

現在的我是怎麼看待堂上教官的呢？

現在的他又是怎麼看待我的呢？

這兩個問題，她都得不到答案。

等一下！明天怎麼辦？我拿什麼臉去面對他!?

不對，冷靜點，對方還不知道我已經察覺。可是，我有本事佯裝若無其事嗎？有本事從明天起一路裝蒜下去嗎？眼前的柴崎就已經起疑了，萬一是王子本人——

「明天要怎麼辦啊……」

「萬一還沒退燒就請假吧？」

她壓低了的呻吟好像被柴崎聽見，柴崎老實不二地回了她這麼樣的一句忠告。

……To be continued.

參考文獻

含第一集《圖書館戰爭》所列書目

《図書館に訊け!》
（井上真琴　2004年　筑摩書房）

《図書館とメディアの本　ず・ぼん11》
（2005年　ポット出版）

《図書館力をつけよう》
（近江哲史　2005年　日外アソシエーツ株式会社）

《中途失聴者と難聴者の世界　見かけは健常者、気づかれない障害者》
（山口利勝　2003年　一橋出版）

關於圖書隊

■關於圖書隊的職種

職 種	圖書館員	防衛員	後勤人員
部 署	圖書館業務部	防衛部	後勤支援部
主 要 業 務	・一般圖書館業務	・圖書館防衛業務	・藏書的配置 ・戰鬥配備的籌措整備 ・一般物流

※圖書隊總務部除了從圖書館員和防衛員當中起用之外，從行政方面也會派遣人員。
※只有圖書基地設置有總務部人事課，總括管區内的所有人事相關業務。
※因為後勤支援是外包給一般企業，因此正式隊員僅分配至管理職務。

■關於圖書隊員的階級

特等圖書監	一等圖書監	二等圖書監	三等圖書監

	一等圖書正	二等圖書正	三等圖書正

圖書士長	一等圖書士	二等圖書士	三等圖書士

※另外，有臨時圖書士、臨時圖書正、臨時圖書監的階級，這些是對應於後勤支援部的外包人員所有的。臨時隊員的權限限定在後勤支援部裡。

後記

《圖書館戰爭》出版後，收到圖書館界各方人士的迴響，更提供了許多善意的指教及高見，著實令我銘感五內。這部作品已決定推出系列作品，在接下來的數冊之內，恐怕還要勞煩各位費神應付我。我謹在此表達歉意，並懇請各方繼續賜教。

至於以《圖書館內亂》為標題而寫成的這本書，其實小有玄機。

內容中曾經提到一本名為《雨林之國》的小說——事實上，它將以實體書的方式出版。

即將在九月下旬由新潮社發售。（註：後記中所提及的時間皆為日文版的情況）

《圖書館內亂》之所以爆發，《雨林之國》可說是導火線之一。在我執拗的要求下，新潮社不得不舉雙手投降，讓我的心願得以實現。依該書的出版計畫看來，應該是新潮社與Media Works的聯手企畫。

本書中隱約提到《雨林之國》的小部分背景及這個、那個的，內容上請讓我賣個關子，讀者們若是有興趣，敬請期待。

有賴社團法人全日本聽障者暨中途失聰者團體聯合會的各位，以及新潮社的責任編輯、Media Works的責任編輯、連同兩家出版社業務先生、小姐的鼎力協助，《雨林之國》的企畫才能夠成立。

若能得到各位讀者的青睞，將是我無上的喜悅。

再來是「圖書館」陣營中登場的客串角色和新角色。雖然說是親人，我卻讓他變成一個讓人不想跟他認親的問題人物，而且偏偏是嘴巴甜、自我本位且損人利己的傢伙。在一般情況下，長子通常是犧牲較多的，本書中的這對兄弟卻顛倒過來。在這種情境下，做弟弟的要是願意敞開心胸，那麼他與被媽媽綁死了的郁或許會聊得來，然而這位老弟大概死也不願意敞開心胸。他對柴崎說不定會稍微敞開一點吧，一點點。

這群人之間的微妙關係將會如何發展？各位敬請期待，尤其是笠原郁的明天就將面臨一大難關，大家可以等著看她該怎麼辦？

因為編輯表示：「寫點關於劇中角色的事情嘛，不然感覺好寂寞喔～」所以我就大概這樣提一下吧（咦咦——）。

但願本書能為各位帶來些許樂趣（衷心祈禱）。

也希望各位能對《雨林之國》懷著一點點好奇（帶點陰謀的小怨念）。

就這樣，讓我們一同期待下一本書再見了。

有川　浩

有川浩

插畫：徒花スクモ

動啦！

熱血笨蛋女 笠原郁

堂上篤 傲嬌矮子男

微笑腹黑 小牧幹久

手塚光 頑固少年

柴崎麻子 美女萬事通

吵鬧大叔 玄田龍介

KADOKAWA 青春共和國005

天才搶匪盜轉地球

定價：260元　發售中

伊坂幸太郎◎著
芃木◎譯

史上最強的搶匪四人組大作戰！能看穿謊言的名人、天才扒手、演說達人、擁有精準生理時鐘的女人，本書描述上述四名搶匪在五分鐘內就成功搶劫銀行，沒想到半路卻殺出……日本文壇才子伊坂幸太郎獻上節奏緊湊的都會型推理小說！

KADOKAWA 青春共和國001

野球少年

野球少年
Battery
6
「投手如果害怕打者，
那豈不是根本不用比了嗎？」
淺野敦子／著
sinnmai／譯

發售中　**定價：180～220元**

淺野敦子◎著
謝怡苓、sinnmai◎譯

對自己的投手才能深感自信的原田巧，雖然擁有相襯的實力，也讓他與其他人格格不入。在即將進入國中的春假遇上同年紀的永倉豪，豪熱切期盼和他組成投捕搭檔。如此真摯的速球與捕手手套，即將在新的世界大放光明——！

國家圖書館出版品預行編目資料

圖書館內亂 / 有川浩作 ; 章澤儀譯. -- 初版.
-- 臺北市 : 臺灣國際角川, 2009.02
面 ; 公分. -- (文學放映所 ; 51)
譯自 : 図書館內乱
ISBN 978-986-174-955-6(平裝)

861.57 97023958

文學放映所051

圖書館內亂

原書名＊図書館內乱

作　　者＊有川 浩
插　　畫＊徒花スクモ
日版設計＊鎌部善彥
譯　　者＊章澤儀

2009年2月4日　初版第1刷發行
2017年1月6日　初版第6刷發行

發 行 人＊成田聖
總 編 輯＊呂慧君
主　　編＊李維莉
文字編輯＊溫佩蓉
資深設計指導＊黃珮君
美術設計＊宋芳茹
印　　務＊李明修（主任）、張加恩、黎宇凡、潘尚琪

發 行 所＊台灣角川股份有限公司
地　　址＊105 台北市光復北路11巷44號5樓
電　　話＊(02)2747-2433
傳　　真＊(02)2747-2558
網　　址＊http://www.kadokawa.com.tw
劃撥帳戶＊台灣角川股份有限公司
劃撥帳號＊19487412
製　　版＊尚騰印刷事業有限公司
I S B N ＊978-986-174-955-6

香港代理
香港角川有限公司
地　　址＊香港新界葵涌興芳路223號新都會廣場第2座17樓1701-02A室
電　　話＊（852）3653-2888

法律顧問＊寶瀛法律事務所

作者簡介

有川 浩

生長於日本高知縣，已在關西定居十餘年。一口仍帶有故鄉口音的「偽關西腔」，講起故鄉的事就會有點興奮，算是輕微的國家主義者（縣粹主義者）。出道作品為拿下第10屆電擊小說大賞〈大賞〉的《鹽之街》，代表作品有《空之中》、《海之底》、《圖書館戰爭》。現不定期有新作刊載於日本小說雜誌《野性時代》（角川書店出版）。跟本書有關的作品《雨林之國》已由新潮社出版。

插畫家簡介

徒花スクモ

曾以「シイナスクモ」的筆名獲得第10屆電擊插畫大賞〈金賞〉。興趣是逛水族館和偶爾看看書。從這個夏天開始著迷於小輪徑的腳踏車，而稍微變得比較喜歡戶外活動。是有川浩作品的忠實書迷。

譯者簡介

章澤儀

1994年畢業於政治大學資訊管理學系，曾任職於出版社、網路科技公司與廣告綜合代理商。自1993年起從事英日文筆譯。